W9-AVN-327

MADRUGADA SUJA

A marca FSC® é a garantia de que a madeira utilizada na fabricação do papel deste livro provém de florestas que foram gerenciadas de maneira ambientalmente correta, socialmente justa e economicamente viável, além de outras fontes de origem controlada.

MIGUEL SOUSA TAVARES

Madrugada Suja

Romance

COMPANHIA DAS LETRAS

O autor optou por manter a grafia do português de Portugal.

Capa
Victor Burton

Foto de capa
Henrik Trygg/Corbis/Latinstock

Revisão
Huendel Viana

Dados Internacionais de Catalogação na Publicação (CIP)
(Câmara Brasileira do Livro, SP, Brasil)

Tavares, Miguel Sousa
Madrugada suja / Miguel Sousa Tavares. — São Paulo : Companhia das Letras, 2013.

ISBN 978-85-359-2325-4

1. Romance português I. Título.

13-08823 CDD-869.3

Índice para catálogo sistemático:
1. Romances : Literatura portuguesa 869.3

[2013]
Todos os direitos desta edição reservados à
EDITORA SCHWARCZ S.A.
Rua Bandeira Paulista, 702, cj. 32
04532-002 — São Paulo — SP
Telefone: (11) 3707-3500
Fax: (11) 3707-3501
www.companhiadasletras.com.br
www.blogdacompanhia.com.br

Todas as madrugadas são sujas.
Só as manhãs são limpas.
R.

Capítulo 1

MADRUGADA

Às vezes, quando estava quase a fechar os olhos para dormir, voltavam as imagens daquela noite e a mesma dúvida de sempre: teria sido real ou um pesadelo? Depois, a contragosto, era forçado a aceitar que tudo se passara exactamente como se lembrava e exactamente como o vivera. Não há forma de escapar ao que está feito. Todavia, não há dúvida de que o ser humano é extraordinário na sua capacidade de adaptação a tudo, até mesmo à própria canalhice. Pois ele sobrevivera e seguira em frente, por vezes atormentado pelos remorsos e pela culpa, mas a maior parte das vezes fazendo por esquecer — e conseguindo-o. Ocasionalmente, assaltava-o a tentação de apaziguar a sua consciência, de voltar atrás, contar tudo a alguém e enfrentar as consequências. Mas seguira sempre em frente, pensando que nada ganharia em destruir também a sua vida.

Não é grande desculpa que tivesse só vinte anos ou que já estivesse bêbado às três da manhã, na festa da Queima das Fitas da Universidade de Évora. Percebera que estava bêbado quando chocara de ombros violentamente contra um tipo, à saída da casa de banho dos homens. O outro fez um ar irritado e comentou:

— Ó miúdo, tu não estás em grande estado! Fazias melhor em ir para casa.

Resmungou um palavrão e foi só quando se afastava que o reconheceu: era o seu professor de estruturas II, um tipo chato e arrastado, que parecia sempre de mal com o mundo. E, infelizmente, logo percebeu que também ele o tinha reconhecido. "Que se lixe", pensou para consigo, "não tem nada que vir às festas dos alunos!" Mas a verdade é que não se estava a sentir nada bem, começava a ver turvo e a ter dificuldades em segurar a cabeça direita, quando ela parecia só querer andar à roda. Resolveu sair para apanhar ar — e foi o pior que fez.

Cá fora, sentado nas escadarias do edifício principal da Universidade, o ar frio da noite devolveu-lhe alguma lucidez ao cérebro, estratificado em cervejas, aguardentes rascas e qualquer coisa indefinível que lhe tinham dado para fumar e que ele fumara sem perguntar o que era. Tirou um cigarro do bolso e tentou acendê-lo, mas as mãos tremiam-lhe e não conseguia acertar com o isqueiro na ponta do cigarro.

— Toma.

Uma rapariga viera sentar-se ao seu lado, sem que tivesse dado por isso, e estendia-lhe a chama um pouco mais firme do isqueiro dela.

Inspirou profundamente uma baforada e encostou-se para trás, contra um degrau de mármore gélido.

— Obrigado.

— Estás bêbado?

— Acho que sim.

— Grande festa, hem?

A custo rodou a cabeça em direcção a ela. Era uma miúda, novíssima, não devia ter mais do que dezesseis anos, daquelas que se infiltram nas festas da Queima das Fitas, para fingirem que já andam na universidade. Mas olhou melhor e reparou que era alta, com uma minissaia que lhe deixava a descoberto umas pernas morenas compridas, uns olhos escuros muito bonitos que sobressaíam numa cara jovial e feliz, e um longo cabelo escuro e sedoso, que descia para além dos ombros. Fez um esforço para espreitar e tentar ver alguma coisa para dentro da camisa aberta até ao terceiro botão, mas não viu nada que sobressaísse particularmente. "Nova demais para ter mamas", pensou. "Uma miúda de liceu a brincar às grandes." Voltou a olhar em frente e prosseguiu com o seu cigarro.

— Eu também acho que estou bêbada.

Não disse nada, nem sequer olhou para ela outra vez. Mas ela insistiu:

— Como te chamas?

Suspirou. "Que saco!"

Resolveu inventar um nome:

— Alexandre.

— Alexandre... o Grande?

— Que engraçadinha! Sim, Grande, Enorme. Queres vê-lo?

— Só se me deres um beijo na boca, primeiro.

Virou-se para ela, pela primeira vez com alguma curiosidade.

— Agora?

— Sim, agora.

Ela puxou-lhe suavemente a cabeça de encontro à sua, fechou os olhos e, sem hesitar, mergulhou a língua dentro da boca dele. Não o fez com voracidade, mas entregando-se-lhe de tal forma que ele, apesar da nuvem em que se sentia a flutuar, ficou comovido e retribuiu o melhor que conseguiu. Depois de um imenso e molhado beijo, depois de as suas línguas se terem tão rapidamente tornado íntimas, ele afastou-lhe a cabeça para a olhar melhor e perguntou:

— E tu, como te chamas?

— Eva.

— Eva... Évora... A Evita de Évora...

— Não sou de Évora. Sou do Algarve.

— Ah!

Podia ter ficado ali o resto da noite, até podia ter adormecido ali, ao lado da sua Evita, pois não sabia muito bem o que fazer a seguir e nem sequer estava certo de se lembrar do caminho de volta para a sua residência de estudante, o seu quarto alugado, encostado à humidade da muralha da cidade. Mas antes que pudesse gastar muito tempo a pensar no assunto, uma voz soou nas suas costas:

— É pá, que fazes tu aí sentado, com essa miúda fugida da escola?

Era um colega de faculdade com quem não simpatizava particularmente.

— Esta é a Eva, este é o João Diogo — respondeu ele, fazendo as apresentações com um gesto desajeitado dos braços abertos em ambas as direcções.

— Olá, João — disse ela, com uma voz um pouco rouca, que parecia vir de dentro, do íntimo do seu corpo magro.

João acenou com a cabeça e ia começar a sentar-se também ao lado deles, mas logo se endireitou ao ver alguém passar.

— Zé Maria, espera aí! Onde vais?

O interpelado Zé Maria deteve-se a meio das escadas. Era um tipo com um ar de rufia, tatuagens e pulseiras nos braços até aos pulsos, um dente estragado à frente, agitando umas chaves de carro na mão.

— Vou-me embora: isto já deu o que tinha a dar.

— E vais-te deitar? — insistiu João.

— Vou só dar uma passagem ali no bar das bombas da Shell, a ver o que pinta por lá. Queres vir?

— Embora aí!

E voltando-se para trás, perguntou ao par sentado nas escadas:

— E vocês, querem vir também?

— Eu, por mim, vou — respondeu Eva, começando a erguer-se.

— Eles podem vir também? — perguntou João ao Zé Maria.

— O.k., venham! Quem são eles?

— Este é o meu colega... — começou João.

— Alexandre.

João piscou-lhe o olho, sorrindo:

— Pois, Alexandre. E esta é a... a...

— Eva — anunciou a própria.

Partiram no Opel Corsa de Zé Maria, com faróis extra, bancos desportivos, volante em pele. Ele guiava como um tresloucado, os pneus chiando em cada guinada do volante e o carro atravessado, transformando em rectas todas as linhas curvas. No banco de trás, entre a inconsciência do álcool e o medo, Eva encostara-se instintivamente ao recém-conhecido Alexandre, como se uma antiga intimidade os aproximasse perante o perigo. Mas lá chegaram ao bar, sãos e salvos, e logo os três — Zé Maria, João e Eva — continuaram a encharcar-se em cervejas e whiskies, enquanto ele se tentava defender, fingindo beber mais do que bebia. E, entre copos e diálogos sem sentido gritados ao ouvido, todos dançaram à vez com Eva e com uma amiga dela que apareceu, vinda de lado nenhum, e em estado de decomposição tão adiantado quanto o de todos eles. Uma hora depois, a noite estava acabada e resolveram sair, abandonando a amiga de Eva, entretida numa conversa de bêbados com um rapaz das bombas da Shell acabado de sair do serviço.

— Bem, como é que fazemos? — perguntou João Diogo a Zé Maria. — Dás-nos boleia até ao centro?

— Dou... mas podíamos acabar a noite em grande. Vocês conhecem o Cromeleque dos Almendres?

— Os quê? — perguntou Eva, cambaleando, apoiada ao ombro do seu Alexandre, o Grande.

— O Cromeleque dos Almendres — explicou João. — Uns menires pré-históricos, no meio do descampado, aqui à saída da cidade.

— Tu conheces? — perguntou ela a Alexandre.

— Não, mas já ouvi falar: parece que era uma espécie de altar, de templo, dedicado aos deuses pelos pré-históricos. Dizem que é muito impressionante.

— Então não é? Vale a pena ver e hoje está quase lua cheia. Embora aí? — propôs Zé Maria.

— Embora! — disse João, antes que os outros hesitassem.

— Guia tu — disse Zé Maria a Alexandre, estendendo-lhe as chaves do carro. — Acho que estou bêbado demais.

O luar desenhava jogos de luz e sombras entre os menires plantados na terra e erguidos ao céu, como falos gigantescos, de três ou quatro metros de altura. Dezenas deles, dispostos ladeira abaixo, sem ordem aparente. A Natureza não poderia ter feito aquilo: só homens — obstinados, tementes a deuses que, manifestamente, os aterrorizavam. Eles tinham desligado os faróis do carro e estavam encostados ao capot, contemplando aquele estranho jogo de peças gigantescas, cujo mistério jamais fora decifrado. Como se tal decorresse naturalmente do lugar e das circunstâncias, e sem nada dizer, Zé Maria puxou Eva para si e começou a beijá-la na boca, ao mesmo tempo que lhe abria a blusa de algodão e expunha ao luar o seu peito pequenino, de adolescente. Puxou-a bem de encontro ao seu corpo e ela não fez nenhum movimento visível para se resguardar. Depois passou-a a João, a seu lado, e também ele começou a beijá-la na boca, enquanto lhe descia a saia e a fazia escorregar pelas pernas abaixo. Ela gemeu qualquer coisa, que o recém-baptizado Alexandre não conseguiu perceber se era sofrimento ou prazer, porque logo a seguir tinha-a encostada a si, apalpando o corpo nu dela, sentindo a maciez da sua pele e, mesmo através da nuvem alcoólica em que vegetava, reconheceu a sua língua quente e generosa, tal como a conhecera pouco antes nas escadarias da Universidade.

— Tira-o para fora, que ela quer chupar-to! — disse o Zé Maria, com uma voz rouca, possuída de demência.

— Não! — disse ele, mas ela já se ajoelhara nua a seus pés, correra-lhe o fecho das calças e tinha-o agora dentro da boca.

— Não! — voltou ele a dizer, agarrando-a pelos cabelos e puxando-lhe a cabeça para trás. — Tu estás bêbada!

— Olha o menino a fazer cerimónia! Pega neste, aproveita quem te quer! — disse João, exibindo-lhe à frente da cara o seu membro erecto.

Ela pareceu hesitar, pela primeira vez pareceu assustada, mas não teve tempo de reagir: João tirou-a de Alexandre, virou-lhe a cabeça para o lado e enfiou-lhe a boca entre as pernas.

Encostado ao capot ainda quente do Opel Corsa, de olhos semicerrados ou semiobscurecidos pelo álcool e pela noite de luz e sombras, incapaz de se situar entre a consciência e o pesadelo, o falso Alexandre assistiu, sem se mover e nada dizer, aos movimentos compulsivos com que o seu amigo João a obrigou a engoli-lo até ao fim, até se encostar também contra o carro, soltando depois um urro de prazer, de animal, de besta saciada, derramado sobre a cara e o incipiente peito adolescente da miúda Eva, como se de uma dádiva aos deuses se tratasse. E viu depois como a mesma cena se repetiu com o boçal do Zé Maria, com as suas pulseiras e tatuagens, de pernas abertas plantadas à frente da cara dela, sem sequer a olhar, não fosse ela digna de tanto, para no fim se afastar, ambos cambaleantes, e Eva, de olhar oblíquo, perdido, apagado numa humidade viscosa que lhe manchava o rosto quase infantil, a tentar erguer-se do chão num derradeiro esforço de ser humano, e logo, três passos adiante, cair outra vez de joelhos e, em frente aos menires, à lua crescente e às luzes distantes de Évora, desatar a vomitar, corpo e alma, como se vomitasse por todos eles uma noite inteira. E, depois disso, ouviram-na, agora sim, sem margem para ilusões, gritar de horror, partir a correr desesperada por entre os menires, tropeçar nas estevas e perder-se nas sombras daquela noite interminável.

— Dá-me aí um cigarro — disse Zé Maria, estendendo a mão para João e quebrando o silêncio que se instalara entre eles.

Também ele acendeu um cigarro e, sempre encostado ao capot do Corsa, aspirou o fumo e o ar frio da madrugada, vendo o manto de neblina que descia sobre os menires, ali alinhados há milénios, numa aparente ordem que não conseguia decifrar. Silhuetas escuras, paradas no meio do nevoeiro que o primeiro raio da luz da manhã ameaçava romper, como figurantes de um baile, assim terminado. Pensava em muitas coisas, rapidamente e ao mesmo tempo, e, enquanto finalmente se sentia a despertar, estava esmagado por um desejo extremo de adormecer sem fim. Acordou à voz sumida de João:

— Vá, vai buscá-la. Vamos embora daqui.

Partiu em busca dela, gritando o seu nome por entre o nevoeiro e esperando dar com ela caída ao pé de uma das colunas de pedra plantadas no chão, assim como o caçador espera descobrir a peça morta ou ferida junto ao local onde tombara. Na penumbra branca que o envolvia, procurou-a atrás de cada menir, chamou-a em todos os tons de voz que a pudessem convencer a voltar. Mas nem sinais dela ou da sua passagem em fuga. Começou a percorrer, cambaleante, o terreno em volta, sempre chamando por ela. Um ramo de árvore rasgou-lhe a testa e sentiu-a ficar molhada: apalpou-a e, à luz da lua, percebeu que tinha a mão suja do sangue que lhe escorria da testa. Pouco depois, reparou que João e Zé Maria se tinham juntado às buscas e procuravam-na também no terreno à volta dos menires, entre as estevas e as árvores. Nada, nenhum som, nenhum indício de Eva.

— Bom, ela que fique, então! Vamos embora, nós! — declarou Zé Maria, em tom determinado.

E andaram de volta para o carro. Ele dirigiu-se para o volante, mas Zé Maria afastou-o com um gesto de impaciência.

— Agora, conduzo eu. Estou farto desta porra!

Limpou as mãos ao banco do carro, ainda fez uns sinais de luzes e buzinou três vezes, antes de ligar o motor, enquanto João gritava por ela, através da janela do banco do passageiro da frente. Estavam no meio de um descampado de terra batida e Zé Maria engatou a primeira e arrancou com força, torcendo o volante e puxando o travão de mão: o Corsa rodou sobre si próprio num pião perfeito de cento e oitenta graus e ficaram virados para o caminho de volta. Zé Maria acelerou outra vez a fundo em primeira e, quando tinha acabado de passar a segunda, um vulto emergiu da escuridão branca do nevoeiro, mesmo na frente deles.

— Cuidado! — gritou ele, do banco de trás.

Mas já não houve tempo para fazer nada: o vulto foi atingido ao nível da cintura pela dianteira do carro, arrancou do chão e veio bater violentamente contra o vidro, que logo se encheu de uma nuvem de sangue, e depois foi projectado para o lado, desaparecendo da vista. Zé Maria conseguiu travar o carro uns dez metros adiante.

— Foda-se, era ela! — murmurou João.

O motor do carro não se calara. Ele levou instintivamente a mão ao fecho da porta e começou a abri-la para sair, mas nesse mesmo instante Zé Maria voltou a arrancar a fundo, fazendo com que a porta se fechasse por si própria. Zé Maria ligou o limpa-pára-brisas e esguichou água para lavar o sangue do vidro, começando a descer a pista de terra a grande velocidade. Torcido no banco de trás, ele levou uns instantes para se conseguir endireitar e falar:

— É pá, volta para trás! Não vamos deixá-la ali, assim! Não vamos, ouviste? — gritou.

Mas Zé Maria não respondeu. Continuou a acelerar como um louco, caminho abaixo, até encontrar o alcatrão e virar à direita para Évora, num ângulo recto suicida.

— Pára, foda-se, pára! Eu vou lá!

Ele parou, cerca de dois quilómetros adiante, quase à entrada da cidade, e virou-se para trás:

— Vais lá é uma porra, é que tu vais lá! Estou farto desta merda, sabes? Estou farto desta merda em que vocês me meteram!

— Metemo-nos todos nisto e quem quis ir lá ver a porra do cromeleque foste tu! Mas isso agora não interessa: o que interessa é que não podemos abandonar a

Eva ferida, se calhar morta, num descampado onde não sabemos quando é que vão dar com ela. Não podemos!

— E quem é a Eva, pá? Há quanto tempo a conhecias? Queres dar cabo da tua vida e das nossas por causa de uma putazinha que conheceste há um par de horas?

Em desespero, ele virou-se para o João, que estivera calado todo o tempo, desde o atropelamento:

— João, ajuda-me! Vamos lá buscá-la. Diz a este gajo teu amigo que temos de voltar atrás!

João reagiu, finalmente. Suspirou fundo e respondeu:

— O Zé Maria tem razão, pá. Se formos lá e a trouxermos de volta, estamos feitos num trinta-e-um. Não vamos conseguir explicar nada que nos safe perante a Polícia. Esquece o curso, esquece tudo o resto. E, além do mais, nenhum de nós é médico, para o caso de ela estar ainda viva. E, se estiver morta, não há nada que a gente possa fazer.

— Mas nós atropelámo-la, João! Temos obrigação de a socorrer!

— Espera aí, meu palerma — interpôs-se Zé Maria. — Nós não a atropelámos: ela é que se atropelou, atirando-se praticamente para cima do carro, sem me dar tempo de ver ou fazer nada. E porque não respondeu quando a procurámos, quando a chamámos, quando buzinámos?

— Talvez se quisesse matar — deixou escapar ele, entre dentes.

— Muito dramático, isso! Mas eu não me sinto culpado de nada e não vou lá. Vai tu se quiseres, e a pé! Mas pensa bem porque nos vais foder a vida a todos.

— Ouve — João falava calmamente. — Vamos fazer outra coisa, que é aquilo que podemos fazer de melhor: vamos telefonar ao 115 e pedir que mandem lá uma ambulância com urgência.

— É isso mesmo — exclamou Zé Maria. — Até que enfim, uma ideia inteligente!

— De acordo? — perguntou João, virando-se para trás.

— Então, vá, mas liga já! — concedeu.

— O.k. — concordou João Diogo. — Ó Zé, pára aí na primeira cabine telefónica que vires.

Pararam junto a uma cabine, já dentro da cidade. Ele fez menção de sair, mas o Zé Maria voltou-se para trás, agarrando-o por um braço:

— Tu, não. Estás demasiado perturbado e ainda pioravas tudo. Deixa ir o João.

Viram-no entrar na cabine, levantar o auscultador e ficar a falar, de costas viradas para a porta. Em menos de dois minutos estava de volta.

— Então? — perguntou ele.

— Já vão a caminho.

— Que lhes disseste? — quis saber Zé Maria.

— Que tinha ido até lá com a minha namorada e vimos uma pessoa caída e ferida. Como não percebemos nada de primeiros socorros e queríamos evitar chatices, pirámo-nos e resolvemos telefonar ao 115.

— Nome falso?

— Claro.

Zé Maria deixou-o junto ao centro. João declarou que ficava para o ajudar a limpar o carro dos vestígios daquela noite para esquecer. Ele saiu sem se despedir, mas ainda ouviu Zé Maria dizer, metendo a cabeça pela janela:

— Até mais ver! E cuidadinho com os disparates!

A caminho de casa, ouviu o silvo lúgubre de uma sirene de ambulância, que lhe pareceu seguir na direcção de onde eles tinham vindo, e pensou "Oxalá ainda cheguem a tempo!".

Amanhecia em Évora. O sol saíra da planície e espreitava entre os muros caiados da cidade. Passou pelas ruínas romanas do Templo de Diana, as suas colunas de granito cinzento suavizadas pela luz da manhã nascente. Vinha aí um belo dia, de sol e frio, um dia perfeito para ficar à lareira a ler histórias. O café da esquina acabara de abrir portas: espreitou lá para dentro e constatou que o dono já ligara a máquina de café e havia até um cliente ao balcão. Pediu um café, uma sanduíche de presunto e uma garrafa de água e veio sentar-se cá fora, escutando os ruídos da cidade que acordava. Eva. Év... ora. A cidade branca acordava.

O dono veio trazer-lhe o café e a sanduíche e, apontando-lhe para a testa, perguntou:

— O que lhe aconteceu, amigo, algum acidente?

Só então reparou que continuava a escorrer sangue do golpe causado pelo ramo de esteva.

— Ah, não foi nada de grave: um ramo de árvore que estava no sítio errado...

E sorriu, tentando acreditar que nada de grave se tinha mesmo passado.

Primeira parte

A ALDEIA

Capítulo 2

MANHÃ

Se ao menos a televisão tivesse chegado a tempo a Medronhais da Serra, talvez ela ainda fosse viva hoje. Mas não: primeiro, foi a electricidade que chegou à aldeia, trazida pela Revolução, embora com atraso, e financiada já por dinheiros europeus. E pouco depois, em 1984, o primeiro aparelho de televisão jamais visto em Medronhais foi instalado no Café Central — o único café e o único centro da povoação.

Medronhais tinha então registadas cinquenta e quatro almas, trinta e oito cães, doze galinheiros e 244 cabeças de gado, entre borregos, porcos, vacas e vitelos. E o Café Central tinha cinco clientes fixos e praticamente os mesmos cinco ocasionais. Desses cinco estimadíssimos clientes — todos eles homens —, um era o louco da aldeia, o Borges, que, mal viu o aparelho suspenso sobre uma prateleira lá no alto, entre um calendário com o imortal busto da Ann-Margret, de 1972, e um outro de publicidade ao Licor Beirão, por baixo do solene aviso de que "as bebidas expostas são para consumo na casa", tinha declarado, alto e bom som e de uma vez por todas, que aquilo era um instrumento do Demónio — o Anticristo, cuja iminente chegada a Medronhais da Serra ele não se tinha cansado de prever e de avisar nos últimos anos. Ficaram, assim, quatro clientes efectivos para a televisão. Dois deles, porém, devido à vista já cansada, não conseguiam enxergar, entre as 562 linhas que compunham a imagem televisiva do sistema Pal, nada que fosse para além de uns vagos azuis e vermelhos, movendo-se em imperceptíveis danças de cor, como os abrasadores pores-do-sol dos finais de tarde dos dias de verão. Pior ainda, tinham reclamado do Manel da Toca — o empresário de restauração que investira no Café Central e na televisão a cores para Medronhais da Serra — não só a altura a que ele instalara o instrumento de modernidade, como também, pasme-se, a própria modernidade do mesmo:

— Porra, Manel, porque não compraste uma a preto e branco?

Em condições de ver aquilo, restavam, pois, apenas dois clientes: o tio Virginiano e o Tomaz da Burra — o meu avô. Porém, se viam, mal ouviam, pois que um homem da idade deles dificilmente consegue já ter todos os dons ao mesmo tempo. Decerto que, a princípio, embasbacavam-se com o que viam, mas enfureciam-se com o que não conseguiam escutar, menos ainda entender. E, decorridos os primeiros dias da novidade, de boca aberta em direcção àquela magia lá no alto, de comum e silencioso acordo, resolveram ambos regressar discretamente ao que os ocupava, pelo menos desde que os romanos por ali haviam passado, dizia-se, para fundar aquele esconso povoado de homens, no ano longínquo de 73 depois de

Cristo: o dominó. Há 1911 anos, exactamente, que o tio Virginiano e o Tomaz da Burra se enfrentavam sem tréguas frente a um tabuleiro de dominó, anotando o desfecho no final de cada partida, num caderno desbotado e sebento que o Manel da Toca lhes fazia o favor de guardar, juntamente com as suas notas de débito corrente (contrariando, que remédio, uma das outras máximas da casa, afixada em nota por trás do balcão: "Fiado só ao Diabo, que até Deus paga aqui"). E, muito embora nunca falhassem na anotação de cada uma daquelas épicas sessões de dominó, ninguém mais — isto é, os outros três clientes e o proprietário do estabelecimento — se lembrava de jamais os haver visto a consultarem o saldo daqueles anos sem fim de combates, sempre imprevistos. Talvez que, se fossem sabendo o resultado corrente das suas tardes e noites de bravatas infindáveis, algum deles, ou ambos, se desmoralizasse de prosseguir avante. Foi só muitos anos mais tarde, quando a porta do Café Central batia no trinco com o vento e lá dentro já não restava nem memória dos últimos cinco fiéis clientes, quando o busto da Ann-Margret já havia descaído sobre a prateleira onde outrora brilhara um televisor Philips a cores e uma imensa e impudica teia de aranha cobria todo o balcão de onde o Manel da Toca presidira aos derradeiros resquícios de vida entre as forças vivas de Medronhais, que eu, entrando lá dentro, como em casa arrombada, haveria de descobrir, entre o "Razão" e o "Fiel" e outros livros de mercearia que há muito se não usam, o caderno, talvez originalmente cinzento, onde o Virginiano e o meu avô Tomaz da Burra tinham assentado, durante 1911 anos, o resultado das suas partidas de dominó. E dei-me ao trabalho, que a saudade ou a curiosidade inspiraram, de fazer as contas. Em 1989, quando o Café Central, sem conseguir exactamente fechar a porta, de tão velha que estava, encerrou porém a sua actividade — por extinção de clientes, por morte de proprietário, enfim, por falta de objecto —, o filho da mãe do Virginiano ganhava ao meu avô por 876 a 652.

Mas isso foi muito depois de tudo o resto. Muito depois de eu ter saído dali, de ter deixado a serra para vir para a cidade, de ter quase esquecido o cheiro a cebolas da minha merenda diária e ter descoberto o cheiro a mar — que não se come nem bebe, mas se respira. Muito depois de ter deixado de ser criança e julgado que me tinha feito homem. E depois de ter visto mulher, de ter cheirado mulher, de ter comido mulher. E antes de ter sido comido por mulher. Mas não adianta ir adiante: o tempo é que manda, ele é que sabe, desliza entre os dedos e os anos, apaga o que é próximo e ressuscita o que ficou longe. O tempo é que manda: é ele o único tirano invencível.

Eu nasci em 1967, em pleno período da Guerra do Ultramar, iniciada pouco antes de as tropas indianas de Nehru tomarem as possessões portuguesas de Goa, Damão e Diu, pondo fim a quase quinhentos anos daquilo a que grandiloquentemente se chamava então o Império Português da Índia — aonde tínhamos ido buscar a pimenta, o cravo e a canela e nada mais, conforme nos ensinou a professora Fátima, na escola primária de Medronhais.

— Menino Filipe: quem descobriu o caminho marítimo para a Índia?

— Vasco da Gama, em 1498.

— E o que trouxeram os portugueses de lá?

— Pimenta, cravo e canela.

— E o que levámos?

— A fé da Cristandade.

— Muito bem, menino Filipe!

E sorria-me, a professora Fátima. Eu era capaz de morrer pelo sorriso da professora Fátima. Eu era capaz de ir à Índia, se ela abrisse um pouco mais as pernas que víamos por baixo da mesa, indicando-me a direcção. Era capaz de levar comigo a fé da Cristandade, se ela desabotoasse mais um botão da blusa e se debruçasse sobre a mesa, abanando-se com o leque feito de giestas secas, quando já era junho e o calor entorpecia a aldeia e desassossegava as noites vazias da professora Fátima. Mas eu não sabia então que as mulheres trintonas gostam dos rapazinhos indefesos, como eu era.

Só sabia que tinha nascido quando o Império se desmoronava — primeiro a Índia, a seguir a África. Contaram-me depois que, estando a minha mãe em trabalhos de parto, a aldeia inteira escutava a rádio Emissora Nacional vomitando exaltados discursos patrióticos contra os tenebrosos terroristas, armados por Moscovo e Pequim, que ousavam desafiar os nossos cinco séculos de civilização em África. Mesmo ali, em Medronhais da Serra, onde tão poucos apenas tinham chegado tão longe quanto Beja ou Évora e nenhum havia visto Lisboa, quanto mais o mar ou o grande mar-oceano, mesmo ali e na solidão aterradora do meu quarto à noite, anos mais tarde, e estava a Guerra de África no seu auge, transido de medo, também eu relembrava os discursos empolgados da rádio e as conversas graves dos homens da aldeia acerca deles. Todas as manhãs, à hora a que eu comia umas sopas de pão com mel e café com leite, antes de ir para a escola, a família reunia-se solenemente em frente ao aparelho para ouvir a "Crónica de Angola", que começava invariavelmente com uma voz fanhosa e patriótica de homem dizendo: "Aqui Luanda, fala Ferreira da Costa". Morria de medo que os terroristas armados por Moscovo ou Pequim nos viessem roubar a nossa África — sem a qual, e de alguma forma difícil de explicar, me parecia que Medronhais também não sobreviveria. E, às vezes até, a minha avó Filomena, que Deus tenha, vinha acender uma lamparina de azeite no meu quarto e rezava comigo um terço pelas criancinhas assassinadas pelos terroristas de Angola e rezávamos ambos a Senhora de Fátima, a outra — a santa —, para que nunca falecesse o ânimo do Presidente Salazar — cujo grito imortal "para Angola, rapidamente e em força!" tinha devolvido a Medronhais da Serra, se não um novo alento, ao menos um novo orgulho. Aliás, para sempre imortalizado na imorredoira frase gritada pelo maluco Borges, à saída de uma missa das nove de domingo: "Eu seja cão se os terroristas conseguem entrar em Medronhais!".

E foi assim que eu fui crescendo. Atento às ameaças que cercavam a ditosa Pátria minha e aos excessos de horizonte que escapavam das saias da professora Fátima — também ela ameaçada por outros males, mais palpáveis (oh, sim, mais palpáveis!), mais urgentes e carentes de remédio. Que, aliás, o destino trouxe, na pessoa do padre Anselmo — pois quem mais, se já então a aldeia estava carente de homens para a função?

Quando soube do escândalo do padre Anselmo com a professora Fátima, deu-me um baque, uma moléstia de coração, que me pregou à cama por três dias, receitado de chás de cebola e infusões de alecrim. Não que eu conseguisse entender exactamente o que significava o facto terrível de a professora Fátima ter sido apanhada de saias em baixo na sacristia com o padre Anselmo — ele de saias em cima, pois era o tempo em que os padres ainda não usavam calças. Eu não entendia exactamente o significado carnal, brutal, do acontecimento, mas pressagiava que o meu caso futuro com a professora Fátima não tinha futuro. Entendi que tinha sido traído — a primeira de outras vezes na minha vida. E a sensação foi horrível: a cabeça azoava por todos os lados, o peito parecia querer rebentar, as tripas viraram-se do avesso e, por mais de uma vez, pensando na obscena cena da sacristia, ergui-me cambaleante na minha cama de enfermo e vomitei a alma sobre os espessos lençóis de linho do enxoval da minha mãe. Assim, eu vomitava a alma de que o padre Anselmo era suposto cuidar e sofria no corpo de que a professora Fátima se haveria de ocupar: será que existe forma mais cruel de um rapaz se começar a tornar adulto?

A minha mãe, Maria da Graça ("Maria de Sua Graça", como lhe chamava o meu avô), haveria de morrer tinha eu quatro anos, filho único, e ela apenas vinte e oito. Nunca soube, acho que nunca ninguém soube, de que tinha morrido: nesse tempo, na aldeia, morria-se sem TAC, sem radiografias, sem diagnóstico e sem tratamento. Alguns, muito poucos, ou porque eram mais abastados ou porque alguém os amava muito, iam até Beja e morriam aos poucos no hospital — apenas mais lentamente ou mais longe. Mas os outros adoeciam, sofriam e morriam na aldeia, junto dos seus e falhada toda a ciência médica das mulheres de Medronhais. Assim morreu também a minha mãe, e, mesmo o meu pai, quando lhe perguntei de quê, encolheu os ombros, como se isso não fosse importante saber, e respondera:

— Que sei eu, filho? Um dia chegou aí e disse que tinha uma dor no peito. Dormiu mal por vários dias, mas, verdade se diga, continuava a levantar-se de manhã cedo e a fazer a lide da casa, até que uma manhã já não acordou mais. Morreu a dormir, antes assim! Olha para a Maria Etelvina, da criação dela, que anda para aí a morrer aos poucos há uns quinze anos, a sofrer todos os dias e a rezar para que Deus a leve em paz!

— Pai, mas não a levaram a um médico?

Ele fez-me uma vaga festa na cabeça, como se com isso resolvesse o assunto para sempre:

— O mal de que ela sofria não era para médicos.

Morria-se igual aos animais, sem grandes queixumes, sem grande remédio, sem alarido. Um dia está-se aqui, outro está-se além, quem sabe o que pode ser o dia de amanhã, se o destino é um ladrão emboscado com uma pedra para nos atingir quando menos a esperamos?

— Cuida antes de viver, filho, porque de morrer, outros cuidam por ti.

Lá na serra, as leis não chegavam exactamente iguais ao que chegavam a outras partes civilizadas deste país escrito pelos mestres de Direito da Universidade de Coimbra e da de Lisboa. As mais respeitadas eram as leis da Natureza pois que delas e do seu cumprimento dependia a sobrevivência diária de cada um. As leis de Deus só tinham verdadeira aceitação entre as mulheres, visto que os homens sempre encontravam outras distracções. As leis do país chegavam mais ou menos sob a forma de recomendações, que uns acatavam e outros não, conforme lhes fosse conveniente para efeitos civis ou burocráticos. Vigorava, sobretudo, a lei do povo, que passara de geração em geração e que, afinal de contas, era o que garantia a tranquilidade da vida em Medronhais da Serra: de memória de homem, até então jamais a GNR fora chamada a intervir em qualquer conflito que fosse (e, se tivesse sido chamada, era certo que haveria de chegar tão tarde que, não só o mal já estaria feito e o crime consumado, como a sentença ditada e executada pelo povo). Só uns anos mais tarde haveriam de chegar para prender o Vitalino de Jesus — mas nem evitaram o crime, que já estava consumado, nem o prenderam em vida.

A lei do povo determinara que, entre o padre Anselmo e a professora Fátima, o culpado só podia ser ela. Ela, que viera desinquietar a pacífica virtude daquele servidor de Deus, de quem mulher alguma da aldeia tinha desaforo a reclamar. Não fosse ela, a forasteira, consumida pelos calores nocturnos de mulher sem homem, a provocar o inocente padre Anselmo, e nunca, tinha-se isso por certo, o bondoso sacerdote teria subido para ela as saias na sacristia e ela descido as suas para ele. Entre Deus e o Diabo, o povo escolheu Deus, pois claro.

Assim, a professora Fátima desapareceu de Medronhais e da minha vida, da minha projectada vida a dois com ela. Contou-se que tinha ido viver para Vila Viçosa, onde acabara por casar com viúvo rico, tasqueiro e vendedor de carvão e outras finezas, que lhe dera dois filhos e uma vida de porrada, antes de finalmente se finar, deixando-lhe o suficiente para juntar à sua reforma de professora e viver sem sobressaltos: adeus, Fátima!

Quando ela se foi, o padre Anselmo andaria pelos seus quarenta e tal anos, e continuou a exercer o seu sacerdócio por Medronhais e aldeias vizinhas da serra, aqui e além ungindo de Deus outras paroquianas tão devassas quanto a minha frustrada professora Fátima. Nada, porém, que as condenasse ao apedrejamento: felizmente, já não somos mouros, mas sim cristãos, e dizia-se que mulher manchada por padre é manchada por Deus. Essa foi a primeira lição que aprendi: o pecado depende do sujeito, não do predicado.

Não sei o que aconteceu a muita da gente que conheci na minha aldeia, no lugar onde vivi até aos dezassete anos. A alguns, como o padre Anselmo ou a professora Fátima, ainda lhes segui o rasto durante uns tempos, informado pelo falatório das mulheres ou pelos resmungos dos homens. Mas quando Medronhais começou a ter tão pouca gente, quando os que tinham partido eram mais do que os que tinham ficado, era como se estes vivessem fora do mundo, esquecidos dos outros, esquecidos de si mesmos.

Porque os que partiam não voltavam nunca, nem sequer de férias. Embarcavam os móveis numa camioneta que os vinha buscar e levar para o novo destino, trancavam as casas à chave e levavam consigo a chave, que era tudo o que lhes lembrava a vida anterior. Mas em breve as portas das casas, comidas pelas geadas de inverno e pelos calores abrasadores do verão, começavam a entortar-se e a estalar, os trincos cediam à ferrugem e à humidade e elas abriam-se por si mesmas, cansadas de guardar apenas memórias mortas. Se algum vizinho, por respeito ou antiga amizade aos ausentes, ainda acudia, pregando tábuas atravessadas para as tentar segurar, elas aguentavam-se mais um inverno, mas depois voltavam a ceder e a abrir. Aos poucos, Medronhais foi-se tornando uma aldeia de portas abertas, de casas habitadas por gatos vadios e cobras, com plantas selvagens nascidas espontaneamente na humidade das casas desertas e cujos ramos haviam rebentado com os vidros e as janelas e estendiam-se agora livremente para a rua, ameaçando engolir tudo o que restava de Medronhais. Suponho que terá sido assim que algumas cidades antigas desapareceram, engolidas pela selva, quando alguma imprevista catástrofe viera destruir a vida humana.

Mas nenhuma súbita catástrofe matara Medronhais: tudo fora lento, previsível, quase sem dor. Medronhais morrera devagar e à vista de cada um. Fora morrendo através de cada um que partia. E, agora, eu era o único dos que tinham partido que voltava à aldeia, de vez em quando. Vinha, porque havia uma razão concreta para tal, não porque tivesse vontade de voltar: vinha visitar o meu avô, Tomaz da Burra, o único habitante de Medronhais da Serra que recusara partir e que, desde então, desde a partida de todos os outros, vivia sozinho, com os seus animais, na sua casa de sempre e numa aldeia sem mais vivalma. De dia falava com os animais e de noite falava com as estrelas do céu: até onde a vista alcançava, até onde chegava o eco da sua voz, não havia nada mais que pudesse atestar que um dia Medronhais fora uma aldeia, habitada de gente e de vida e de alegrias e tristezas, como todas as aldeias e todas as vidas.

Capítulo 3

AURORA

Hoje, penso que o meu neto Filipe fez bem em desandar daqui enquanto era tempo, aí pelos seus dezoito anos. A mãe, a minha nora Maria da Graça, morreu antes de acontecer essa coisa do 25 de Abril. Evitou assim toda a agitação que se viveu então, as notícias da rádio, as coisas que contavam os que iam a Beja ou Évora, a Mértola ou Alcoutim, ou o que vinha nos únicos dois jornais que chegavam à aldeia, trazidos pelo correio para o velho dr. Chagas, o orgulhoso republicano reformado de Medronhais, e para o sr. Octávio da Barbearia Moderna: antes da Revolução, vinha o jornal da situação para o sr. Octávio, e o da oposição para o dr. Chagas; depois da Revolução, eram todos iguais, todos eles revolucionários. O ambiente estava tenso, então, dessas "manifestações" de que ouvíamos falar, as greves, as ocupações. Tudo coisas que o povo não entendia direito mas que muito nos perturbavam. Mas ela, porém, morreu sem ter vivido nada disso. O coração da pobrezinha devia andar fraco demais e um coração fraco é doença que não se vê nem se sente.

E assim ela se foi, tão nova ainda, deixando cá o Filipe, abandonado ao seu pai e meu filho. Filho único de filho único.

Esse meu filho, o Francisco, sempre foi ensimesmado, assim meio, como dizer, talvez alheado do mundo. Nisso, ele saía a mim, mas às vezes até parecia que não sentia as coisas como nós outros. Mas, ao contrário de mim, que só aprendi as primeiras letras, o Francisco teve sempre uma loucura pelos livros: lia tudo o que conseguia encontrar, leu toda a pequena biblioteca de Medronhais, posta à disposição do povo pelo dr. Chagas, e todos os livros que lhe emprestassem. Mas qualquer coisa de estranho lhe deviam fazer os livros, pois a verdade é que, quanto mais lia, menos falava, como se só lhe interessasse conversar com as pessoas que estavam dentro dos livros. A mulher morreu-lhe e ele não soltou uma lágrima nem falou fosse o que fosse sobre a defunta. Ficou para aí, fazendo o trabalho de todos os dias como sempre, varando as árvores ao meu lado, amanhando a terra para as sementeiras, cuidando do gado, consertando as portadas do curral. E eu todos os dias à espera que ele falasse, que desabafasse qualquer coisa, mas ele nada, sempre calado, por vezes apenas detendo-se apoiado no sacho para ficar a olhar em frente durante minutos, como se estivesse a ver alguma coisa que eu não enxergava.

Um dia, uma tarde de fins de setembro, quando vem aquela luz tão bonita por cima dos montes e das vinhas já cor de cobre, começámos a ouvir o ruído de uns carros que se aproximavam subindo, entre rangidos de dor metálica e um fragor de cilindros entupidos, a íngreme ladeira que desembocava na rua principal. Um dos carros trazia um altifalante com o qual alguém berrava coisas que não conseguíamos entender àquela distância, mas que nos assustaram. Eu estava com o Francisco a dar de comer aos porcos e olhámos um para o outro, largámos as coisas e voltámos para a aldeia, onde o povo já começava a recolher às casas e a trancar janelas e portas. Pela espia da janela espreitámos o que lá vinha e, com espanto, descobrimos que eram três carros de guerra, cheios de militares e com alguns civis empoleirados.

— São Berliets — informou-me o Francisco, que conhecera aqueles blindados em Moçambique, em 63.

— Povo de Medronhais... — o civil que segurava o altifalante, em pé no primeiro carro, deteve-se e consultou alguém a seu lado, continuando depois — ... povo de Medronhais da Serra, o MFA saúda-vos! As forças progressistas e revolucionárias que libertaram Portugal da ditadura fascista enviaram-nos aqui com a missão de vos trazer para a Revolução.

A custo, cuspindo fumo e rangendo as molas, os carros de guerra detiveram-se no centro da praça principal — a praça Doutor Oliveira Salazar, a que o povo chamava praça Redonda — e desligaram os motores. Nada. Silêncio absoluto em toda a aldeia. O homem do altifalante tossiu e recomeçou:

— Povo de Medronhais... Medronhais da Serra: estamos aqui numa missão revolucionária de paz, ao serviço do Portugal de Abril! Chamamos o povo à praça!

Cinco da tarde, na praça Redonda. Nada, não se ouvia nem o som de uma mosca respondendo ao apelo revolucionário. Foi então que subitamente, no silêncio solidário de todos nós, se ouviu um grito de triunfo e logo um homem apareceu correndo:

— É o Partido! É o Partido que chegou! Aurora da Liberdade!

Pelo buraco da porta, de todas as portas, reconhecemos o Albino: o Albino das Facas, o nosso comunista, amolador de facas, aqui e nas aldeias vizinhas. Durante anos, o Albino guardara, como tesouro precioso que só mostrava a alguns escolhidos, um exemplar clandestino do *Avante!*, o jornal do Partido, cuja primeira página garantia estar próxima a Aurora da Liberdade. E foi por isso que, antes de qualquer um de nós, o Albino soube que tinha acabado de chegar aqui, a Medronhais, e a bordo daquelas moribundas sucatas de guerra, essa tal Aurora da Liberdade — fosse isso o que fosse.

O Albino foi abraçar o homem do altifalante e, um a um, todos os outros, militares e civis, encharcando-se no suor deles. Depois, conferenciou com o tenente que comandava a tropa e com o civil do megafone. Escutou o que eles lhe diziam, vimos que hesitou um pouco, mas pegou no megafone e olhou à roda a aldeia toda, silenciosa e escondida atrás de portas e janelas corridas. Percebemos bem que esperara a vida inteira por aquele momento de absoluta felicidade, de absoluto orgulho, quando chegou a máquina à boca e berrou com tamanho exagero que até nos encolhemos mais nos nossos buracos:

— Camaradas! Povo de Medronhais! Chegou a hora da nossa libertação! Lisboa, Portugal, lembrou-se de nós e enviou-nos aqui estes senhores que nos trazem a Revolução. A terra a quem a trabalha!

— A terra a quem a trabalha? — balbuciou o Francisco entre dentes, espreitando pelo postigo, encostado a mim.

— Não te preocupes: não é connosco — disse eu para o sossegar.

Mas o Albino das Facas continuava, agora fascinado com aquele trombone que levava o seu berro até lá abaixo, para lá da margem do ribeiro, talvez mesmo até aos contrafortes da serra de Mértola:

— Saiam das casas e venham conhecer os nossos libertadores! Os nossos camaradas de armas.

— Camaradas de armas? — volveu o Francisco, olhando para mim. E eu encolhi os ombros, sem saber o que lhe dizer ou o que pensar de tudo aquilo.

Lá acabámos por ir saindo, um a um — só homens, evidentemente —, até nos chegarmos à tropa para tentar perceber ao que vinham. Antes de mais, vinham mortos de sede: sede do caminho, sede da serra, daquele calor que nós tão bem conhecemos desde que a vida ali nos pôs. Levámo-los para o Café Central e logo começaram a escorrer "mines" por aquelas revolucionárias gargantas abaixo. Soubemos que o tenente que comandava a suada tropa se chamava Guerra. Era um sujeito ruivo, de barbas, estatura média e uns olhos azuis baços e injectados de vermelho, da poeira do caminho. Perguntou se não havia tremoços para acompanhar a cerveja, mas não, nunca houvera tal luxo em Medronhais.

— Umas favas fritas, amendoins, qualquer coisa? — insistiu o tenente.

— Não, nós cá não temos nada disso — informou o Manel da Toca, nada cooperante. — Nem favas fritas, nem amendoins, nem qualquer coisa. Cá não temos nada: bem vê, senhor coronel, aqui não teria saída, com a minha freguesia...

— Tenente, sou tenente, não coronel. Tenente, ao serviço do povo. Porra, mas não tem mesmo nada para acompanhar a cerveja?

— Vá, Manel, vai lá buscar o bacalhau — interveio o Albino das Facas.

— Bacalhau? Bacalhau?

— Bacalhau seco — esclareceu o Manel da Toca, colocando sobre o balcão da tasca uns pedaços do dito, que extraíra de uma gaveta escondida.

À falta de alternativa, o tenente e a força que o acompanhava empanturraram-se com a reserva de bacalhau seco do Manel da Toca. E, quanto mais comiam, mais sede tinham, até que rapidamente esgotaram também todo o stock de "mines" do Café Central. Considerando que o abastecimento nunca era feito a menos de quinze dias, esse foi um dano considerável que a Revolução trouxe desde logo a Medronhais. Mas, enfim, nada mais restando para beber ou comer, o tenente Guerra lançou-se na política, com um discurso arrebatador, que a todos deixou impressionados. Aquilo terminou com o tenente, já rouco e um pouco bêbado, proclamando:

— ... e eis a razão por que viemos até aqui, até Arronchais da Terra...

— Medronhais da Serra, meu coronel — corrigiu o Manel da Toca, entre dentes.

— Isso, Medronhais da Serra. E sou tenente, já lhe disse. Olhe aqui as divisas: sou tenente do Exército Revolucionário ao serviço do povo e de Abril! Percebe a diferença? Os coronéis não saem dos quartéis, mas eu, a minha tropa, nós viemos até aqui para vos dar conta da Revolução e pôr-vos também ao serviço dela. Percebe a diferença?

O Manel da Toca acenou que sim, com a cabeça.

— Mas até isso vai mudar: os coronéis vão sair dos quartéis e os fascistas vão sair da toca!

(Aqui o café inteiro riu-se à socapa e o Manel da Toca ficou incomodado, sem perceber se aquilo dos fascistas a saírem da toca era uma provocação pessoal do tenente ou apenas uma distracção infeliz.)

— Nós — prosseguia o tenente Guerra, empolgado —, nós viemos para mudar este país, para devolver o poder ao povo, a terra a quem a trabalha, para libertar os operários e os camponeses do jugo do capital fascista a mando de Washington! Nós... porra, não há mesmo nem mais uma cerveja?

Não havia mesmo. Nem mais uma cerveja. Mas o que se bebera já servira para descontrair toda a gente, para aproximar mais o povo e as Forças Armadas. E foi nesse ambiente de confraternização e instantânea camaradagem que o Manel da Toca lá desenterrou as suas reservas escondidas de "aguardente mil nove e vinte" — que, não sendo frescas como as "mines", agora esgotadas, sempre tinham o condão alcoólico de prolongar o fervor revolucionário. Ou vice-versa.

Discutiu-se, gritou-se e, no fim, até se cantou. Quando o MFA desandou da aldeia, já a noite tinha chegado e até tive pena daqueles homens aos solavancos estrada abaixo, naquelas pesadas carroças metálicas que logo começaram por fazer as duas primeiras curvas ao contrário: a da direita como se fosse para a esquerda e a da esquerda como se fosse para a direita. Assim começámos a ver a Revolução. E foi assim que o tal 25 de Abril chegou a Medronhais da Serra.

Meses depois, a Revolução levou-nos três homens e, entre eles, foi o meu Francisco. Desde que os militares tinham aparecido em Medronhais, ele ainda ficara mais pensativo, cosido aos seus botões, lendo de fio a pavio os jornais revolucionários que chegavam a Medronhais, sem nada dizer ou comentar, mas absorvendo tudo atentamente. Até que um dia se decidiu. Eu ainda lhe disse:

— Ó filho, mas que vais tu fazer para a tal UCP da terra a quem a trabalha, quando aqui está a nossa terra, a tua terra, e que tanto precisa de trabalho? Como me vou virar sozinho na nossa terra, enquanto tu vais lá para as terras colectivas, como eles dizem? E o que é isso da terra colectiva? A terra ou é minha, ou é tua ou é do Zé Pesqueiro: agora, colectiva, não sei o que é. É de quem?

— É de todos, pai — respondeu ele, com um ar sério como nunca lhe vira antes. E lá se foi para a UCP Estrela da Alvorada.

Deixou-me a nossa terra para eu a amanhar sozinho, deixou-nos — a mim e à minha Filomena — um neto para criarmos sozinhos. E deixou uma saudade e uma raiva por essa Revolução que me levava filho e ajuda, alguém com quem mais falar, embora ele não falasse assim tanto — e nisso saía a mim. Mas, pronto, partilhávamos o silêncio, e o silêncio a dois não é o mesmo que o silêncio sozinho.

Capítulo 4

ALVORADA

Chamavam UCP às Unidades Colectivas de Produção, as explorações agrícolas colectivas estabelecidas no que antes tinham sido os grandes latifúndios do Alentejo e do Ribatejo, onde a Revolução rapidamente criou raízes e adeptos. Pelo contrário, no norte do país, onde a terra estava dividida e subdividida em incontáveis minifúndios e onde o povo era retrógrado e dominado pela Igreja, não houve nada a fazer pela Revolução e pela exploração colectiva das terras: abençoados pelos padres, cada um daqueles pobres agricultores de subsistência agarrava-se ao seu pedaço de terra como se fosse uma courela no Paraíso.

A UCP Estrela da Alvorada — assim baptizada pelo Américo Nunes, um quadro que o Partido enviara de Lisboa para estabelecer as regras entre todos — ocupava os 1300 hectares da que outrora fora a Herdade dos Falcões, pertencente à nobre família dos Souto Negro, aliados políticos da Ditadura, dez ou mais gerações de terratenentes desse miserável distrito de Beja, onde o Inferno passava o verão e os pobres que o habitavam sobreviviam tantas vezes com um caldo de ervas com migas de pão a boiar, após jornadas de dez horas de trabalho no campo.

Porém, a Herdade dos Falcões — que não era rica, naquela terra onde terra alguma era rica — fora das mais bem aproveitadas da região. Na parte que confinava com o Guadiana, bombeava-se água para fazer regadio de milho e campos de beterraba e criar pastagens para o gado. Teria umas trezentas ou mais cabeças de gado, bois e vacas, e no restante, que era terra de xisto e pedras com raras ervas, apascentava-se um rebanho de ovelhas e borregos de algumas oitocentas cabeças. O montado de sobreiro era fraco, mas o de azinho era bom e abundante e os três olivais da propriedade davam azeitona em fartura e qualidade para produzir um excelente azeite, com marca própria e tudo. Na altura em que fora ocupada pela Revolução, a Herdade dos Falcões empregava vinte e quatro trabalhadores no campo e seis serviçais, todas mulheres, na casa dos patrões. Todos eles, mais outros vinte e seis da aldeia próxima e outros cinco, entre os quais o meu pai, vindos de outras paragens, foram integrados na UCP. A Estrela da Alvorada empregava agora sessenta e um trabalhadores, em nome do povo e em sua representação.

Quando o meu pai chegou à Estrela da Alvorada, ela fora ocupada há dois meses apenas — fora uma das primeiras herdades a serem ocupadas em todo o Alentejo — e as tarefas ainda se estavam a organizar. Considerando a sua experiência, foi-lhe atribuída a manutenção da horta e do pomar colectivos, a guarda da criação de porcos e também a vigilância da vinha que havia sido recentemente plantada pelos Souto Negro e que daí a um ano deveria começar a produzir vinho — branco e tinto. Ele, de vinho, nada percebia, mas o resto era fácil e nem sequer lhe ocupava metade do dia. Mas, bem vistas as coisas, havia quem tivesse menos ainda para fazer.

Tudo isso ele deixou escrito nos quatro cadernos pautados, esverdeados e gastos pelo uso, que comprara numa ida a Beja e nos quais haveria de registar uma quantidade de coisas, de acontecimentos e de pensamentos ocorridos nos dois anos, ou vinte e cinco meses, que passou na Estrela da Alvorada. Nunca antes se lhe conhecera qualquer inclinação ou desejo de escrita e descobrir os cadernos foi uma surpresa para mim. Isso quer dizer, julgo eu, que aqueles dois anos o marcaram a tal ponto que não conseguiu controlar a necessidade de ir relatando para si mesmo o que vivia. Isso quer dizer também que a saída do mundo abandonado da aldeia para o mundo efervescente da Revolução Agrária não tinha, contudo, alterado a sua natureza, essencialmente solitária e metida consigo mesmo. Observava, mas não falava do que via ou sentia: descobri, afinal, que falava sim, mas só para dentro, escrevendo e registando.

Todavia, alguma coisa de essencial se alterou dentro dele quando se mudou da aldeia para a Revolução. Tão importante que tomara a decisão de escrever, tão importante que a sua escrita, ingénua e desprovida de adornos que eu não conhecia, me revelou um homem, ainda jovem, dividido entre o espanto e a descoberta, a dúvida e, por vezes, o vazio. Mas, apesar de tudo, com uma capacidade de análise e de relato que nele eram insuspeitas. Como se tivesse tido a intuição de que era uma testemunha privilegiada de uma época que não se repetiria. Em alturas, parecia optimista e alegre, noutras céptico e descrente, dando que pensar que a sua jornada de fé tivesse terminado. Lendo-o, intriga-me que não revelasse nenhum desejo pessoal, para si e para a sua vida, deixando-a apenas deslizar e ficando de fora a observar. Não manifestava saudades do que deixara para trás — nem da aldeia, nem da mulher que sepultara, nem dos pais que abandonara, nem do seu filho, eu, cuja guarda não lhe ocorrera. Apenas numa esporádica passagem dos cadernos revelava uma vaga vontade de reconstituir família com outra mulher, voltar a casar-se e a ter filhos, procurar outro trabalho melhor ou mais bem pago, mudar-se para Beja, para Lisboa, para o mundo, conhecer outras terras, outra gente, outra vida.

22 *de fevereiro de 1975*

O nosso chefe é o Américo. Ou melhor, ele é o chefe político, tem a seu cargo dirigir as UCP *do distrito de Beja. Quem dirige os trabalhos da Herdade é o Sobralinho, que vive aqui com a mulher e dois filhos. O Américo passa por cá uma ou duas vezes por semana e vem almoçar ou jantar com a gente, para nos falar. Ele é que traz as notícias de Lisboa e da Revolução e diz sempre para não ligarmos à informação reaccionária, que só conta mentiras e que é paga pelos americanos contra a Revolução portuguesa. O Américo passou por cá ontem, mais uma vez, e disse-nos que a Revolução ainda está em perigo, que os fascistas ainda não desistiram da desforra e que, se isso acontecer, vai haver um*

banho de sangue, porque eles vão querer vingança. Recomendou-nos que andemos com os olhos bem abertos porque os fascistas agora disfarçam-se de democratas, de sociais-democratas e até de socialistas. E terminou dizendo que o que melhor podemos fazer, aqui nas UCP, para defender a Revolução é trabalhar mais e aumentar a produção, para que o nosso povo não precise de importar comida e não esteja à mercê do imperialismo. A vitória na batalha da produção, disse ele, é o que vai levar o povo e os militares a defenderem a Reforma Agrária contra toda a reacção.
Assentámos que ninguém vai ocupar ou usar a casa grande, a não ser à noite, em que nos sentamos todos no salão para ver e discutir as notícias da televisão. De resto, os homens solteiros, como eu, vivem e dormem todos no celeiro, as mulheres sozinhas dormem na antiga casa dos caseiros e os quatro casais que aqui estão ficaram com o anexo de hóspedes, que é uma bela casa e ainda sobra espaço.

•

Não me lembro de o meu pai ter vindo passar o Natal de 1974 a casa. Lembro-me que veio pelo Natal do ano seguinte e trouxe-me um boneco feito de cortiça, um trabalhador do campo, com uma enxada de madeira e um casaco de pele de borrego pelos ombros: ainda hoje o tenho comigo. Quando os seus cadernos se iniciam, já o Natal tinha passado e ele tinha chegado há pouco à UCP.

Meses mais tarde havia outra entrada importante nos cadernos:

15 de março de 1975

O *Américo tinha razão: a reacção tentou um golpe militar, engendrado pelo general Spínola, o fascista do monóculo, que andou a matar pretos na Guiné durante a Guerra de África e agora se passeava a cavalo nas termas do Vimeiro (até se conta que, jovem tenente, combateu como voluntário ao lado dos nazis, numa terra chamada Estalinegrado, lá na Rússia). Mas o MFA e o povo souberam resistir: o golpe foi derrotado, o Spínola fugiu para Espanha e o Conselho da Revolução aproveitou para decretar a nacionalização de todos os bancos, seguradoras e mais uma quantidade de empresas cujos proprietários já tinham abandonado as fábricas, as lavouras e os escritórios e viviam agora no Rio de Janeiro, borrados de medo e conspirando à distância. Isso, a gente percebeu.* O *que não percebemos são essas confusões entre os militares do MFA: uns são comunistas assim, outros são comunistas assado, uns aconselhando cautela, outros querendo apressar as coisas.*

No outro dia, o Firmino, o chefe do Partido em Beja, apareceu aí com um abaixo-assinado e começou a pedir que cada um pusesse o nome e assinasse numa folha de papel, para mandar para

Lisboa. Eu nunca tinha visto uma coisa daquelas e o meu pai sempre me ensinou a nunca botar o nome em folhas em branco. Perguntei que requerimento era aquele que estávamos a assinar, e o Firmino, contrariado, mostrou-me o que lá dizia: era um pedido para que fosse aplicada a pena de morte a "todos os implicados na tentativa contra-revolucionária do 11 de Março". Fiquei a pensar no assunto e disse ao Firmino que não me sentia bem a pedir a morte de quem nem sequer conhecia. Ele ficou agastado comigo e sacou de um jornal de Lisboa que trazia uma lista de pessoas, tudo gente ilustre e comprometida com a Revolução, que já haviam assinado: escritores, professores, jornalistas, cantores, actores, empresários progressistas, até católicos e polícias. Mas, apesar da companhia, não me senti confortável, qualquer coisa me dava ainda que pensar, e pedi até à manhã seguinte para decidir. Felizmente, nessa mesma tarde chegou o Américo, que nos reuniu a todos e disse:

— Camaradas, andam para aí a circular uns papéis para o povo assinar, mas não assinem: isso são manobras dos esquerdistas e os esquerdistas são tão perigosos para a Revolução como os fascistas. Eles querem sangue, mas isso é também o que querem os imperialistas estrangeiros para virem cá e tomarem conta de Portugal, dizendo que é para porem fim à anarquia. Nós não queremos sangue, não queremos fuzilá-los, como diz esse

pateta do general Otelo, que só agora descobriu o que é o capitalismo. Nós queremos que os capitalistas, os latifundiários, fujam para Madrid ou Ipanema, que se vão embora daqui para sempre e nos deixem tudo isto que nos roubaram — as terras, as fábricas, os bancos — para pormos tudo ao serviço do povo. O Partido sabe o que quer e o que fazer. Confiem no Partido, de há muito que nos estávamos a preparar para este momento.

Capítulo 5

TARDE

A Barbearia Moderna ficava na esquina da praça principal — a praça Doutor Oliveira Salazar. Estava aberta aos domingos e através da sua porta envidraçada os clientes podiam ver as respectivas esposas e as alheias entrarem e saírem da missa das onze, a mais concorrida das cinco missas semanais da aldeia, aquela para que o padre Anselmo se preparava com antecedência e ponderação, esforçando-se por debitar inquestionáveis verdades às mulheres de Medronhais.

— Porque achais que Cristo nunca quis mulher? — perguntava ele, circulando o olhar por uma assistência muda e petrificada. — Porque assim Cristo sabia que nada, nenhuma força humana, o distrairia da vontade de servir ao Pai.

As mulheres mexiam-se, um pouco incomodadas, nos seus assentos de madeira. E Maria Madalena sorria, de além-túmulo.

— Meditai bem no exemplo de Cristo — prosseguia o padre Anselmo, de rédea solta. — Que os homens não se deixem distrair pelas mulheres!

Silêncio na igreja. E Anselmo retomava:

— E, no vosso caso, não vos deixeis distrair pelos homens. Eu sei, vós sabeis, todos sabemos, o que os homens querem das mulheres! Sim, todos sabemos! — a voz do padre Anselmo elevava-se agora, tonitruante. — Infelizmente, não fomos exactamente feitos à imagem e semelhança de Deus. Somos filhos do pecado, nunca o esqueçais! E eu, que conheço bem a natureza humana, a fraca natureza humana, eu que escuto os vossos pecados em confissão, posso garantir-vos: Medronhais também não escapa à maldição de Eva!

As senhoras entreolhavam-se, cabisbaixas, esmagadas pela maldição de Eva, pela fraqueza de Medronhais. E quais, quais delas, continuariam a maldição de Eva, naquela perdida terra de rochas e calhaus, oliveiras e azinheiras? Estavam quase no ponto em que o padre Anselmo as queria. Tinham sido dias de meditação para aquele sermão:

— Eu conheço as vossas fraquezas! Qual de vós não tem pecado, por pensamentos, palavras ou actos? Sim, qual de vós? Pois bem, escutai, pois falo em nome de um Deus misericordioso: renegai os vossos pecados! Pedi perdão a Deus e mostrai o vosso arrependimento, pela confissão, pela reza, pela penitência, e, claro, pela abstinência. E não vos esqueçais da Santa Madre Igreja, cuja caixa de esmolas está ali ao fundo, à saída, à espera do vosso arrependimento, de um sinal de que quereis voltar à graça de Deus.

Felizmente, os sermões do padre Anselmo não saíam das paredes da igreja, não passavam da porta, não atravessavam a praça, não chegavam à Barbearia Moderna.

Quando um rapazinho começava a mostrar sinais de

querer ser homem, deixava de frequentar a igreja e as missas do padre Anselmo: isso era ponto de honra entre os homens. Assim, desde os seis anos, eu passara antes a acompanhar o meu avô nas suas visitas de domingo à barbearia. Todos os dias da semana, ou dia sim, dia não, o avô fazia ele próprio a barba em casa. Mas aos domingos, não: aos domingos, o seu luxo, talvez o único de toda a semana, era confiar-se à navalha do Octávio barbeiro, dono e mestre da Barbearia Moderna — a única, escusado será dizer, de Medronhais da Serra. E, se bem que nem um pêlo de barba me aflorasse ainda no rosto inocente, eu conseguia já compreender todo o prazer único que existia numa barbearia de homens. Primeiro que tudo, era o vapor, um vapor suspenso que vinha não se percebia de onde, impregnado por um cheiro a sabão barato e lavanda, que era o mais próximo que conhecia da volúpia. Depois, era a freguesia, os homens com barba da aldeia — os homens já feitos, simplesmente — que ali se encontravam, reuniam, falavam, como num clube fechado. Um deles, à vez, estava entregue às mãos e à navalha deslizante do sr. Octávio, e esse convinha que estivesse calado, nem um músculo da cara mexendo para não dar oportunidade ao barbeiro de abrir uma linha de sangue numa face endurecida pelo sol, pelo vento, pelas geadas e outras duras penas sofridas — um mapa acidentado, que apenas um grande barbeiro, uma mão firme e uma navalha espanhola de marca conseguiam percorrer sem percalços. Havia também um cliente que se entretinha a ler O *Século* se é que sabia ler: esse, segundo a estabelecida hierarquia da casa, era o seguinte na fila de espera. E, depois, havia normalmente mais um ou dois esperando vez e mantendo viva a conversa com o sr. Octávio: muito futebol, alguma coisa sobre as sementeiras, o tempo e os animais, pouca coisa sobre mulheres, nada sobre política ("que há coisas, meu caro, que um homem deve guardar para si e, como a gente costuma dizer, onde há três à conversa, um está só a ouvir"). De política, ali, apenas duas pessoas tinham autoridade para falar, e, mesmo assim, por meias palavras, que era quanto bastava e convinha: o dr. Chagas e o Albino das Facas. Mas, enquanto o Albino, o devoto comunista da aldeia, debitava aquilo a que o dr. Chagas, desprezivelmente, chamava "frases feitas" e "propaganda barata", já o insigne republicano dispunha de uma plateia atenta, cativa do seu floreado discurso e da sua indisputável experiência de vida "lá fora". O próprio Albino — que sempre iniciava as discussões e sempre acabava por bater em retirada, acabrunhado — ficava fascinado quando o dr. Chagas, depois de respeitosamente instado, concordava em contar a sua experiência das duas visitas que fizera à América, ao Massachusetts, para visitar os seus primos açorianos. E o que mais fascinava o comunista Albino das Facas era quando o dr. Chagas descrevia o arranque do avião, do aeroporto da Portela.

— Doutor, doutor! — suplicava ele. — Conte a parte do avião a levantar voo para a América!

E, no silêncio geral, a voz grave, republicana, do dr. Chagas começava:

— O Boeing 707 alinhou de frente para a pista. Acelerou até ao limite os seus quatro potentes motores, fazendo estremecer toda a fuselagem. E, quando parecia que aquele monstro ia explodir, tamanha era a tensão que o prendia, o piloto soltou os travões e acelerou a fundo pela pista fora. O Boeing corria, corria, mas continuava pregado ao chão: haveria força que conseguisse elevar aquelas mais de cem toneladas do solo? Pregado ao assento, esmagado pela força centrífuga da aceleração, eu nem dei pelo momento em que o monstro se desprendeu da pista e começou a elevar-se nos céus. Só sei que, de repente, olhei pela janela e percebi que Portugal se afastava e cada vez ficava mais pequenino, visto lá de cima.

O Albino adorava aquela história, em especial quando o dr. Chagas se referia ao Boeing: a palavra soava-lhe como um som de explosão, de foguetão a partir para o espaço. À noite, ficava a sonhar com aquilo antes de adormecer, sentindo-se preso à cama pela tal "força centrífuga" que um dia, quem sabe, o elevaria também nos ares.

Na parede da barbearia, pregado sobre a prateleira do Restaurador Olex, da brilhantina e do "sublimado", havia sempre um calendário da fábrica de tractores Hércules e, para cada mês, havia uma mulher nua da cintura para cima. Sempre que o mês mudava, eu entrava na Barbearia Moderna sôfrego, quase trôpego, da ansiedade de conhecer a nova senhora que viera substituir aquela outra que ocupava os meus pensamentos nocturnos há já um mês feito — porque o Octávio, comerciante avisado, jamais permitia que o calendário fosse desfolhado para diante, descobrindo a nova criatura que iria anunciar o outono ou a primavera. A Hércules também fazia a coisa bem feita, com critério: ruivas alternavam com ruças, brancas com mulatas, loiras de longas cabeleiras selvagens e grandes e voluptuosos peitos, dir-se-ia impossíveis, alternando com inocentes morenas de penteado à *garçonette* e peitos como delicadas peras talhadas à medida de uma mão de adolescente. Eu entrava, olhava disfarçadamente, suspirava fundo e fechava os olhos por um instante, tamanho era o prazer, a ansiedade, de conhecer a minha nova companhia nocturna, daí em diante e pelo espaço de um longo mês. Tudo isto fazia da Barbearia Moderna um verdadeiro templo de iniciação masculina. E tudo era ainda ultrapassado quando o sr. Octávio, no intervalo da mudança de lugar entre dois clientes, me deixava sentar por instantes na grande cadeira giratória, em pele encarnada e armação de aço reluzente. Encostava-me bem para trás, as pernas suspensas sobre o vazio, os olhos semicerrados contemplando o calendário da Hércules, as narinas impregnadas pelo cheiro da água-de-colónia barata (que era um extra, apenas requisitado por alguns clientes), e imaginava a navalha infalível do sr. Octávio descendo-me pelas esquinas da cara abaixo, libertando-me de uma barba cerrada, de uma semana de trabalho, de todos os infortúnios da vida. Meu Deus, poderia existir prazer maior do que aquele?

Anos mais tarde, qualquer coisa correu mal na vida do sr. Octávio. Já muitos haviam deixado Medronhais para ir viver para os subúrbios da grande cidade, mas, por alguma razão não explicada, nunca me ocorrera nem ao meu avô que o sr. Octávio pudesse um dia segui-los também. E, todavia, assim aconteceu, dizia-se que por recomendação de um cunhado rico, que tinha aberto um centro comercial onde faltava uma barbearia à altura e onde ele oferecera sociedade ao sr. Octávio. Pensando bem, depois de isso acontecer, lembro-me de o avô comentar que o sr. Octávio era homem de outra cultura e outros saberes: lia jornais e sabia coisas da História de Portugal, por exemplo, que ninguém mais sabia. Além de ser assinante dos calendários da Hércules.

Foi uma grande perda para todos. Para os homens, sobretudo, mas para a vida social de Medronhais também. Aos domingos, os homens transferiram-se da barbearia para o café e ninguém quis comprar o espaço da Barbearia Moderna, nem sequer tomá-lo de trespasse ou de arrendamento: pressentia-se que vinham aí tempos difíceis para o comércio de Medronhais. O sr. Octávio viu-se obrigado então a vender todos os despojos do seu estabelecimento, ao melhor preço. E, para grande surpresa minha, que sempre conhecera o avô como homem remediado e avesso a gastos inúteis, ele arrematou a cadeira da Barbearia Moderna, onde tantos domingos se sentara à disposição da navalha do sr. Octávio. Arrematou a cadeira e levou-a para casa, instalando-a no quintal das traseiras, debaixo de uma parreira para ter sombra no verão e coberta por um plástico no inverno, ao abrigo da chuva e das geadas. E aí se sentava aos domingos, como dantes, mas já sem navalha a deslizar-lhe pela cara, nem cheiro a água-de-colónia, nem vapor no ar ou mulher nua na parede em frente: sentava-se e assim ficava, em silêncio, toda a manhã de cada domingo. E, mais tarde ainda, quando a avó ficou entrevada subitamente, uma moléstia que lhe desceu pelas pernas abaixo sem razão aparente, quando ficou confinada à casa e à vista através da janela, o avô montou, com grande destreza e amor, umas rodas de madeira sob a cadeira e nela a sentava, empurrando-a quintal fora, pelas ruas onde infinitas vezes ela caminhara pelo seu próprio pé. Nessas ruas, então quase desertas, da aldeia que vira ambos crescer e definhar, o velho empurrava a mulher numa velha cadeira de barbeiro, de pele vermelha e gasta, de aço cromado, com memórias de homens e manchas de brilhantina incrustadas no assento definitivamente reclinado onde ela agora se encostava. E, de vez em quando, ele parava para lhe dizer:

— Lembras-te? Aqui era a casa da Maria Ermelinda. Está assim desde que se foram embora, em 68.

— Não, em 71: foi quando ele veio da guerra e voltou maluco.

— Como é que tu sabes?

— Lembro-me.

— E como é que te lembras?

— Porque falava muito com ela, nessa altura. Lembro-me bem como ela estava assustada com o marido: dizia que tinha voltado de Angola meio transtornado, que ouvia explosões de noite e dizia-lhe que tinha de dormir com uma preta, que tinha de sair daqui porque não havia pretas em Medronhais.

— O quê? Nunca me contaste nada disso!

— E tinha de contar? Para quê? Era a vida dela, coitadinha! Esperou três anos para que o seu homem voltasse e quem voltou foi outro...

— Mesmo assim, devias ter-me contado.

— E porquê, velho casmurro?

— Porque uma mulher deve contar tudo ao seu homem.

— Não: uma mulher deve contar tudo o que a consciência lhe manda contar. Mas o resto não precisa de contar e o que sabe dos outros, às vezes, é melhor guardar para si.

Estas coisas eu sei porque conversei-as muitas vezes com a minha avó Filomena. Aliás, eu cresci com ela, vivi com ela a minha infância e adolescência, enquanto ela vivia, sob o meu olhar, o seu único e maravilhoso romance de amor com o meu avô Tomaz. Como já não se vivem mais, como já ninguém sabe mais viver. Se hoje, a alguma mulher — ou homem, vá — fosse proposto um amor assim, feito de um amontoado de dias sempre iguais, de hábitos, rituais, incompreensíveis manias estabelecidas, feito de tantos e tantos silêncios, de olhares mudos, mãos que às vezes se tocavam disfarçadamente sobre a mesa quando ninguém mais estava a ver, feito de tantos e tantos trabalhos esforçados, canseiras, cansaços, desilusões e embaraços, quem, que mulher, que homem, chamaria a isso amor? Quem de nós, hoje, quereria viver um romance assim, fechados numa aldeia fechada para o mundo, entre ovelhas, porcos, galinhas, invernos gélidos e verões de um calor impiedoso, toda uma vida sem tréguas nem disfarce, nem sequer um aparelho de televisão que trouxesse a essa vida uma dose mínima de ilusão e mentira? Quem de nós conseguiria amar sem ilusão, amar sem televisão?

Mas eles amaram-se. Assim mesmo, sem saída nem regresso. Sem nunca partir, para nunca terem de regressar. Eu sei que parece absurdo, que é inexplicável: mas foram felizes. Tão felizes que me dói ainda pensar que ela morreu e, com ela, morreu esse amor que ambos viveram como ninguém mais. Depois deles, não conheci ninguém mais que se amasse assim, ninguém mais que tivesse conseguido tornar tão simples o que sabemos ser tão complicado. Ah, se eu soubesse o segredo deles, o da minha avó Filomena e do meu avô Tomaz, também eu poderia ter sido feliz! Mas também sei que vivemos apenas o que nos acontece, não o que sonhámos. Somos resultado das circunstâncias: onde estamos, quando estamos, com quem estamos. E, hoje, temos demasiadas circunstâncias para que tudo se torne simples ou evidente por si mesmo. Muitas vezes podemos escolher e a escolha é-nos quase sempre fatal.

Talvez eles não tenham podido escolher. Talvez as suas circunstâncias fossem aquelas e apenas aquelas e não houvesse mais escolha. Talvez. Mas, mesmo assim, é preciso saber reconhecê-las e vivê-las. É preciso saber reconhecer a possibilidade de ser feliz quando ela surge: esse foi o seu mérito e por isso foram tão felizes.

A minha avó Filomena, de facto, foi para mim mais mãe do que avó. Foi, porque assim teve de ser, a mãe que perdi tão novo que nem sequer me lembro da cara dela, da voz dela, de um beijo, de um colo dela. Quem me deu tudo isso foi a minha avó Filomena. Foi ela quem me deu banho, quem me carregou ao colo, quem me fez festas na cabeça, quem me acordava e vestia de manhã para eu ir para a escola, quem me trazia canja de galinha e chá de limão à cama quando eu adoecia, derrubado pelo frio desumano dos invernos na serra, quem me encostava ao seu peito e me embalava em frente ao calor da borralha do lume até adormecer, vendo cavaleiros e inimigos derrotados nas chamas já moribundas da lareira. Hoje, sabendo o que sei, tenho pena de não ter tido uma mãe mais nova que me embalasse assim, que me tivesse encostado a cabeça a um peito ainda firme de mulher na força da vida e me tivesse feito festas na cara com uma mão ainda sem rugas nem veias azuis salientes.

Hoje sei que todos os filhos precisam que a primeira mulher das suas vidas seja uma mãe a que permaneçam ligados física, sexualmente até, antes que uma professora Fátima ou uma colega de escola mais adiantada nesses segredos os venha desviar para o recto caminho. Mas, em tudo o que podia, não nisso, a minha avó Filomena desempenhou as funções da mãe que tão cedo perdi. Dela, da minha verdadeira mãe, nada ficou que não uns dois ou três vestidos curtos guardados num armário (entre os quais o vestido de casamento), meia dúzia de objectos sem valor nem sentido, e duas, apenas duas, fotografias que eu contemplei sem fim uma adolescência inteira e com as quais falava em segredo e beijava, quando julgava que ninguém me estava a ver. A primeira é uma fotografia dela e do meu pai no dia do casamento, sentados à mesa do almoço de casamento. Foi tirada ao ar livre e debaixo de uma parreira, o que quer dizer que eles se casaram no verão. Há várias outras pessoas que estão em segundo plano na fotografia, ou mesmo em plano próximo, rodeando-os, mas é para eles os dois que o olhar de quem vê a fotografia logo converge, como se fossem um íman: primeiro, porque são incrivelmente novos, tão novos que nem parecem ter idade legal para casar; depois, porque estão tão felizes olhando a câmara do Fonseca — o fotógrafo oficial, único e eterno de todos os casamentos, baptizados e festas de

Medronhais durante quarenta anos — que nem parecem viver neste mundo.

Anos a fio, e ainda hoje, doeu-me olhar para aquela felicidade tão imensa e tão absurda e pensar que também essa felicidade tinha morrido — quando ela morreu, quando ele morreu, ou talvez antes. E, por isso mesmo, a segunda fotografia que restou da minha mãe é ainda mais cruel e sempre me custou olhá-la sem um estremecimento. Nela, a minha mãe está sentada sozinha numa cadeira à entrada da casa e olha em frente, sem ser, todavia, directamente para a câmara do Fonseca. Não se percebe por que razão a fotografia foi feita, por que razão ali estava o Fonseca a fotografá-la, por que razão a minha avó guardou esta fotografia no quarto dela até morrer e eu a ter passado a guardar comigo. É a única fotografia que tenho com a minha mãe: ela está com uma mão pousada sobre a barriga e percebe-se que a barriga está de cinco ou seis meses de gravidez — estava à minha espera, eu estava dentro dela, mexendo-me dentro dela, os dois juntos como tão poucas vezes estivemos depois. E o que sempre me intrigou, o que sempre me causou um indizível sofrimento ao vê-la, o que sempre, suponho, levou a minha avó a guardar a fotografia no seu quarto, longe dos olhares constantes meus ou de outros, é a profunda, a infinita tristeza que emana do seu olhar perdido em frente, que não encontra o do fotógrafo, antes se perde para além dele, ultrapassa o enquadramento e vai até onde ninguém mais pode ver ou adivinhar. Onde só ela sabia, no exacto instante em que a Kodak do Fonseca julgou encontrá-la e apenas a perdeu.

Guardo, pois, da minha avó Filomena uma memória e uma gratidão que não têm preço. Ela substituiu-se à nora, que tão cedo morreu, e ao filho, que tão depressa se ausentou, e tomou conta de mim, educou-me e fez-me crescer, como quem salva um animal abandonado e sem defesas. Foi avó e mãe, mulher duas vezes, deitou-me quando adormecia de noite em frente ao lume, acordou-me quando dormia, de manhã, sem outro aconchego. Sobrevivi, literalmente, graças a ela. Mais tarde — e só mais tarde, como era hábito, passou-me também aos cuidados e atenções do meu avô, mas quando eu já tinha espigado, já mostrara que tinha vindo para viver, e já podia ir para o campo, para os animais ou para a barbearia, para o mundo dos homens, onde não havia colo nem festas na cabeça, mas silêncios e gestos mudos, uma dureza, uma secura de sentimentos, que era a maneira de os homens gostarem uns dos outros sem o dizerem.

Capítulo 6

CREPÚSCULO

26 de maio de 1975

Chegaram aí umas raparigas da Alemanha Oriental, miúdas para vinte e poucos anos, que o Américo Nunes nos disse que vinham para ajudar à nossa Revolução, trabalhando voluntariamente nas UCP. O Américo explicou que a Revolução portuguesa entusiasmava o mundo, os povos progressistas, e que havia grandes esperanças que nós pudéssemos vir a ser a Cuba da Europa. Há dias, vimos até uma reportagem na televisão com o tal general Otelo, de que o povo gosta muito, e dizia isso mesmo, até dizia que ele próprio, se a reacção o provocasse, talvez se tornasse no Fidel Castro da Europa. Portanto, sentimos a chegada das alemãs como uma grande responsabilidade e recebemo-las o melhor que sabíamos. Faz um bocado de diferença nenhuma delas falar português e nenhum de nós, claro, falar alemão. Mas vamo-

-nos entendendo por gestos e, aos poucos, elas já vão falando algumas coisas da nossa língua e à noite sentam-se com a gente a ver as notícias na televisão e assistem às nossas sessões de esclarecimento político com toda a atenção. Puseram a mais velha das duas, a Greta, a trabalhar comigo na horta e vou-lhe ensinando tudo aos poucos. Ela mostra uma grande vontade de aprender e trabalhar. Parece estar sempre contente e quando há dias rebentou a primeira das alfaces que eu tinha plantado e lha mostrei, ainda pequenina e rente ao chão, ela ficou tão feliz que me saltou ao pescoço e me deu dois beijos! E a rapariga é bonita, caramba! É muito branquinha, com uns olhos azuis que nem o céu, com a cara rosada do sol e do trabalho no campo. Aliás, confesso até que às vezes me sinto atrapalhado quando a vejo debruçada sobre a terra, apenas vestida com uma camisa aberta nos dois botões de cima e dá para ver que não traz soutien e que o peito espreita por dentro da camisa como se quisesse saltar cá para fora. Quando está muito calor, trabalha também de calções e descalça e eu vejo umas pernas muito bem feitas e os pés sujos de terra. Tudo isso me faz alguma confusão. Mas não me posso deixar distrair, pois sou responsável pela horta e quero que aquilo seja um mimo, que dê hortaliças para a mesa de todos e seja um modelo daquilo que os trabalhadores podem fazer trabalhando na terra que é sua.

11 de junho

Ontem trabalhámos na mesma, apesar de ser feriado. Na verdade, a terra não tem feriado e a Revolução também não. Foi feriado do Dia de Portugal e o primeiro-ministro falou na televisão. Ele representa a facção dos revolucionários contra a dos inimigos da Revolução: a direita, a Igreja e os socialistas. Ele disse que para salvarmos a Revolução temos de ganhar a batalha da produção. Falou nas Unidades Colectivas, como a nossa, nos operários que ocuparam as fábricas que os patrões abandonaram e mantêm-nas a produzir, nos funcionários públicos que não sabem o que são horários para largar o trabalho. Disse que tínhamos o nosso destino nas mãos.
Eu estava a ouvir o discurso sentado numa das filas de trás do refeitório. Ao meu lado estava a Greta e do outro lado dela estava um jovem camarada de Beja, o João Luís, que às vezes nos visita com o Américo e que fala inglês. Como a Greta também fala inglês, ele ia-lhe traduzindo o discurso do nosso primeiro-ministro e ela sorria, acenando com a cabeça e concordando. Estava vestida com um macacão de ganga azul, muito gasto, e com uma blusa azul-escura por baixo dele e, quando eu espreitava de lado, discretamente, podia ver-lhe outra vez o peito, grande e tentador, que se descobria sem nada mais entre o tronco e a camisa. De vez em quando, ela agarrava-me no

braço, ou pousava a mão na minha perna ou na minha mão, e, embora tudo parecesse feito sem malícia alguma, eu estremecia a cada contacto da mão dela e aquilo excitava-me. Porém, era o João Luís que conseguia atrair todas as atenções dela, murmurando-lhe o discurso do primeiro-ministro ao ouvido. Quando o discurso acabou, todos se levantaram e começaram a falar animadamente em voz alta. Sentia-me um pouco desconfortável, sem saber explicar porquê, e resolvi ir apanhar ar lá fora. Quando me dirigia para a saída, a Greta agarrou-me por um braço e disse-me qualquer coisa, que tentava ser português, e que não entendi: vi os olhos azuis dela fixando-me, interrogativos, e fiz um sinal com a cabeça de que ia sair. Ela deixou-me ir, sem nada dizer.

Estava uma noite muito bonita e calma, com um luar de quarto crescente desenhando sombras debaixo das árvores e luz nos intervalos delas. Francisco foi sentar-se no seu lugar preferido, onde muitas vezes se sentava à noite, para pensar na vida: num banco corrido de madeira que ficava por baixo do alpendre da arrecadação das alfaias e da palha, onde só a sombra batia, de dia ou de noite. Acendeu um cigarro e pôs-se a pensar em Greta. Sabia que a presença dela, todos os dias ao seu lado, quase o dia todo, o andava a desassossegar. Há muito tempo que não via mulher, há muito, muito tempo. Sabia bem que ela era convidada da UCP, que tinha vindo da terra dela para os ajudar, para mostrar que não estavam sozinhos nessa luta por uma vida melhor, por um país socialista. Sim, e então? E, então, era mesmo assim, cada dia e cada noite que passavam, dava-se conta de que pensava cada vez mais e mais nela. Sentiu até um arrepio ao pensar que nessa mesma manhã, na horta, quando ela parou por instantes e se pôs de pé, esticando os braços ao alto e deixando cair o chapéu de palha que sempre usava, e quando depois bebeu um grande gole da bilha de água, com a cabeça inclinada para trás e deixando que a água lhe escorresse pela cara, pelo pescoço e pelo interior da camisa, ele esteve quase, quase mesmo, a fazer-lhe um gesto de súplica para que abrisse a camisa e o deixasse ver o que ela escondia. Que horror, que escândalo seria! Imaginava o Américo a chamá-lo ao escritório da UCP, a olhá-lo com ar de nojo e a dizer-lhe: "Camarada Francisco, você desonrou esta UCP! Você esqueceu-se de tudo o que aqui andamos a fazer e a erguer pelo nosso esforço, para servir a Revolução e o nosso país, e deixou-se levar pelos instintos mais animalescos perante uma camarada estrangeira que aqui está em solidariedade connosco! Você portou-se tal e qual como os antigos patrões se portavam com as criadas de servir! Não vejo diferença alguma entre o seu comportamento e o dos contra-revolucionários, latifundiários e fascistas que aqui estavam antes. E, assim sendo, só me resta pedir-lhe que embale as suas coisas e se vá. Não há lugar para si aqui, camarada! Ou melhor: ex-camarada".

Suspirou fundo: tinha estado à beira da desgraça. A um sopro da humilhação absoluta, de ter de voltar a Medronhais sem saber que desculpa daria para estar de regresso tão depressa: falhara a UCP, falhara a sua crença na Revolução, dera-se o caso de ele não ter aguentado o trabalho?

Tão próximo, tão próximo da desgraça... Apagou o cigarro no chão, quase com raiva de si mesmo. Mas, ao mesmo tempo que o fazia, ouviu um barulho atrás de si e logo depois escutou a voz dela, nas suas costas:

— Es ist schön, hier...

Virou-se, espantado.

— O quê, o que dizes?

Ela atravessou à sua frente e veio sentar-se a seu lado no banco. Olhou em frente e repetiu:

— Es ist schön, hier.

— Éziteschô, irra?

Ela riu-se. Fez um gesto em direcção ao bolso da camisa dele e disse:

— Gib mir bitte eine Zigarette.

Tirou o maço e estendeu-lhe um cigarro. Depois, tirou o isqueiro a gás do bolso de trás das calças e acendeu-lhe o cigarro, enquanto a mão dela segurava a sua, aproximando a chama do Zippo. Viu-lhe os olhos azuis que brilhavam no escuro, os dedos esguios da mão contra a sua, um sorriso na boca enquanto aspirava a primeira baforada e deixava o fumo sair pelo seu nariz comprido e direito. Teve de guardar o isqueiro com a outra mão, pois ela continuava a segurar-lhe a mão direita e agora tinha-a pousado no banco, debaixo da sua. E assim ficaram em silêncio, ele não sabendo o que dizer ou o que fazer com a mão direita que ela cobria e acariciava com a sua.

Ela disse mais umas duas ou três coisas em alemão, de que ele nada entendeu e a que não respondeu. Depois, acabou o cigarro, apagou-o com a ponta dos botins alentejanos que usava e, de repente, disse-lhe:

— Franzisco...

— Sim?

Ela não acrescentou mais nada: virou-se para ele e, carinhosamente, colocou-lhe as mãos na cara, experimentando a aspereza da barba de dois dias que trazia, puxou-o para si e mergulhou a boca na boca dele. Ele sentiu aquela boca quente e húmida e uma língua que tinha vida própria e que entrou por ele adentro sem cerimónia, sem pudor algum, como uma cobra movendo-se em terra sua. Depois, ela colocou-lhe uma mão sobre as calças e sorriu, sentindo-o inchar. Esticou-se toda contra ele, o seu tão ansiado peito colado ao dele, roçando-se de um lado para o outro, para que ele a sentisse bem. Francisco fez um esforço para não explodir, tentou encontrar ar fora daquela boca e daquela língua que não parava de procurar a sua, os seus dentes, o céu da boca: nunca tinha tido mulher assim. A custo, afastou-a e levantou-se, ficando a contemplá-la: continuava sentada no banco, a camisa já quase toda aberta e deixando ver o que ele tanto tinha desejado ver, a boca aberta como a havia deixado, os olhos azuis brilhando no escuro, como faróis de perdição. Fez-lhe um gesto com a cabeça: "Vamos para dentro?".

Foram para dentro do armazém e, à luz do Zippo, encontraram no chão um molho de palha que os abrigasse. Pelas janelas e pela porta semiaberta entravam uns feixes de luar suficientes para que ele a visse quando ela se despiu, para que pudesse contemplar bem aquele corpo inacreditável que se lhe oferecia e a que ele, incapaz de se conter mais, logo acorreu, cobrindo-o de beijos e lambendo-o de cima a baixo, como nunca antes fizera em mulher alguma. E, depois, foi a vez de ela inverter as coisas, derrubá-lo contra a palha e despir-lhe as botas e as calças, arrancar-lhe a camisa quase de raiva e desfrutar a seu prazer de um homem com o qual não conseguia trocar uma única palavra em língua que se entendessem. E foi ela ainda que o montou, que o forçou adentro dela, possuiu como coisa sua, dizendo coisas que ele não entendia, naquela língua que não parecia feita para o amor, apenas para aquilo. E quando ele se acabou, exausto e manchado, ela rodou sobre o ventre e ficou nua contra o luar, deitada ao lado dele e nada mais tendo dito.

25 de junho

Tenho este peso na consciência de ter deixado para trás os meus pais, os meus amigos e a minha aldeia. E o meu filho Filipe, a quem, realmente, nunca fui muito afeiçoado — vá-se lá saber porquê! Deixei-os ali a todos, na ombreira da porta de casa, ainda parece que os estou a ver dizendo adeus, enquanto a camionete se afastava devagar e eu ia vendo a minha vida passada ficando para trás. Foi uma coisa que me deu, um sufoco, um ar que eu já não conseguia respirar mais, como se ali, em Medronhais, não houvesse espaço para mim nem para os meus sonhos. Hoje, quando recebo as cartas de casa, parece-me que vêm de outro mundo — um mundo que eu não esqueci mas a que não quero voltar, nunca mais. Tudo o que dizem soa-me como se fossem coisas de outra vida, a que eu já não pertenço. Claro que me comove ler os conselhos da minha mãe, preocupada comigo como se eu ainda fosse uma criança e todos aqui fossem lobos que me querem devorar. Comove-me mais ainda escutar a voz do meu pai (através de alguém a quem ele pediu que lhe escrevesse a carta), dando-me conta do novo campo de favas que semeou, dos seis borregos que nasceram desde o Natal, da chuva que veio quando não devia e não veio quando devia. Se fechar os olhos, consigo imaginá-lo a dizer estas coisas a muito custo, debitando uma frase de cada vez, por entre minutos sem fim de silêncio. Imagino o que lhe não terá custado falar para alguém encarregue de escrever as poucas palavras que diz. E fico como que paralisado ao ver os desenhos do meu filho — a casa, a aldeia, a escola —, os desenhos onde ele se coloca a si próprio, de pé, com a legenda: "Eu à tua espera. Do Filipe para o pai". Terá agora uns oito anos. Uns olhos, entre o castanho e o verde, que não vêm de ninguém que se conheça na nossa família. E uma maneira de ficar calado, a observar as coisas durante muito tempo que, isso, pode ser que lhe venha de mim, ou então de tanto acompanhar o avô, de tanto o ouvir falar muito com os animais e pouco com as pessoas. Sinto-me mal quando recebo as cartas e os desenhos do Filipe: vim-me embora e deixei-o para trás, a um filho sem mãe. Fugi de Medronhais, mas deixei-o lá para viver a mesma vida que não quis para mim. Pode ser que um dia o vá buscar, pode ser que um dia o traga para cá, o apresente à Greta, e que ele passe a dormir com nós os dois na secção dos casados! Quem sabe um dia terei outra família aqui dentro!

Mas, para já, as coisas dá-me ideia que ficaram mais complicadas para mim desde que se soube (e logo se soube!) que a Greta e eu andávamos de romance. Parece-me que todos os homens, tanto os solteiros como os casados, não viram isso com bons olhos. Como se eu me tivesse apropriado de alguma coisa colectiva, tal como as alfaias ou o único tractor da UCP. Quando passo em frente da malta reunida à porta do refeitório ou noutras alturas, é raro não ouvir algumas piadas, que parecem mais de inveja ou ciúme do que de amizade e compreensão:

— Ó Francisco, agora que tens as noites mais aconchegadas, vê lá se não te esqueces do trabalho!

— Ó camarada, ainda te lembras do que andas cá a fazer? Isto não é o Algarve e a caça às camonas, pá! Aqui, somos um por todos e todos por um!

Mas, pior ainda, eram os recados dirigidos a ela:

— Ó camarada, diz lá à alemãzinha que se quer vir para cá distrair os homens, enganou-se na Revolução.

11 de agosto

Está um calor este verão como eu não me lembro de alguma vez ter visto. O trabalho no campo é de tal maneira violento que temos de pegar às sete da manhã, parar ao meio-dia e só retomar depois das seis da tarde até o sol se pôr. A pobre da Greta, que não deve estar habituada a isto, passa o dia a encharcar-se com água em cada bica ou ribeiro ainda com um fio de água que encontra. Mete-se toda debaixo da fonte do pátio grande e sai de lá com a cara e os cabelos a escorrer água e a camisa colada ao corpo, deixando ver o peito à transparência: os homens ficam todos excitados com esta visão, trocam entre si olhares e comentários entre dentes que até me deixam assustado. Mas ela não parece notar coisa alguma — e, aliás, o calor é tanto que daí a dez minutos já a camisa secou.

A televisão traz-nos todos os dias imagens de um Portugal a arder, lá para cima, para a Beira e o norte. E o incêndio alastra à política, com uma tensão tamanha que muitos comentam estar iminente uma guerra civil entre os revolucionários e os "democratas". Estes últimos incluem, além de toda a direita, é claro, os socialistas e um grupo de militares que alinha com eles. E agora inclui também os "retornados", como chamamos aos portugueses de África, uma multidão de setecentos mil colonos que regressam à pressa de Angola,

Moçambique, Guiné, S. Tomé, Cabo Verde, numa ponte aérea que alguém disse ser a maior a que a Europa já assistiu desde a Segunda Guerra Mundial, e que, à falta de alternativa, ficam alojados em hotéis e pensões espalhados pelo país inteiro, requisitados pelo governo, para que não ficassem simplesmente abandonados no aeroporto à chegada. O Américo disse-nos para termos cuidado com esta gente, pois que é garantido que "eles vão todos engrossar as fileiras da reacção", mas a mim custa-me um bocado pensar no destino daquela gente que, mal ou bem, viveu convencida de que África era a sua pátria (e a maior parte deles nasceu lá e nunca, sequer, tinha vindo à Metrópole), e que de repente se vira sem pátria, sem casa, sem trabalho, sem vida e sem futuro. Lá, passaram a estar a mais; aqui, dizem-lhes que não são bem-vindos.

Neste ambiente de ódios à solta, o Partido esforça-se por manter o controle da situação, apoiando o governo e o primeiro-ministro, que são nossos, e contando com a ajuda das principais unidades e chefes militares contra as tentativas de sedução dos socialistas e dos esquerdistas — que, como explica o Américo, conseguem ser tão ou mais perigosos que a direita reaccionária. Felizmente que, além dos militares, temos vários outros apoios importantes, como a da central sindical única, que é do Partido, e a comunicação social do Estado, que é quase toda e está inteiramente alinhada com o governo revolucionário. Há dias, por exemplo, o Diário de Notícias, *o jornal que todos os dias lemos, afastou vinte e três jornalistas, porque, como escreveu o seu subdirector, "uma informação revolucionária não se faz com jornalistas contra-revolucionários. E, por isso, os que o eram, foram afastados". A derrota das forças progressistas para a Assembleia Constituinte, onde a direita e os socialistas conseguiram uma maioria de quase setenta e cinco por cento, foi um duro golpe para a Revolução, mas não fez o Partido baixar os braços — até porque os militares do MFA tiveram o cuidado de estabelecer previamente os limites para além dos quais a Constituinte não está autorizada a ir. E não será um grupo de deputados contra-revolucionários a fazer tudo andar para trás: como escreveu também esse tipo do* Diário de Notícias, *"não perderemos por via eleitoral as conquistas da Revolução". Eu acredito que sim, mas também sinto, acho que todos sentimos, que nada está ainda garantido.*

25 de novembro de 1975

O que há muito se esperava, aconteceu. Mas aconteceu da pior maneira: os esquerdistas — muitos deles filhos de ricos e apoiantes do antigo regime que agora resolveram brincar às Revoluções — precipitaram um levantamento militar em algumas unidades que controlavam e que foi derrotado num par de horas. Estávamos todos em frente à televisão a tentar perceber as notícias que chegavam de Lisboa, quando vimos um desses oficiais esquerdistas, de cabelo à Che Guevara, desaparecer do ar à papo-seco. E logo percebemos que o golpe tinha sido derrotado e que a contra-revolução militar estava bem preparada para ele e reagira num instante. Num instante se acabou a bravata desses militares de extrema-esquerda, que falavam muito mas, na hora da verdade, meteram a viola ao saco. Só não percebemos se o Partido se deixara arrastar pelo golpe e iria pagar as consequências disso. Durante umas horas, correu todo o tipo de boatos, desde a entrada dos dirigentes e quadros do Partido na clandestinidade até a fuga dos dirigentes máximos num avião para Moscovo. Mas, já de noite, apareceu o Américo, para fazer o ponto da situação e sossegar-nos um pouco:

— Camaradas! A extrema-esquerda, quase de certeza infiltrada pela CIA, precipitou hoje um golpe, sem o nosso apoio e sem o nosso conhecimento, que liquidou a Revolução em marcha. Caiu o governo revolucionário e todas as unidades militares estão agora nas mãos dos militares contra-revolucionários. Mas o partido vai manter-se nas suas posições de princípio e nas suas trincheiras de sempre e, desde que todos saibamos resistir, não conseguirão desalojar-nos das nossas

conquistas. A Reforma Agrária é para continuar e as UCP ninguém se atreverá a vir destruí-las. Perdemos uma batalha, não perdemos a guerra. A luta continua, camaradas!

17 *de janeiro de* 1976

As notícias que nos chegam todos os dias de Lisboa são perturbantes e trazem-nos angustiados. O triunfo da contra-revolução no golpe do 25 de novembro faz-nos temer que tudo isto possa ir por água abaixo. Caiu o governo revolucionário, foi afastada a maioria dos que estavam do nosso lado, os oficiais revolucionários foram destituídos e até se fala que as empresas nacionalizadas podem começar a ser devolvidas aos antigos donos. Aqui, nas terras ocupadas pela Reforma Agrária, esse medo também existe — embora, como disse o camarada Américo Nunes na sessão política da noite passada, não seja provável que eles tenham coragem de mandar a tropa tirar-nos de cá. E, se vierem, vai haver sangue, porque nós resistiremos. Mesmo que consigam fazer reocupar algumas herdades à força, não acreditamos que os antigos patrões tenham coragem de voltar para cá. E quem aceitaria trabalhar para eles?
Para já, a nossa preocupação imediata é a situação financeira da nossa UCP. A tirada da corti-

ça deu-nos uma boa folga de caixa — mas agora vão ser nove anos sem cortiça. E o verão foi terrível de calor, as colheitas de cereais foram um desastre, as azeitonas mirraram nas árvores antes que as pudéssemos apanhar e tivemos de comprar forragens para o gado porque o pasto não teve água para crescer. O Américo decretou que, se necessário, iremos vender gado para arranjar dinheiro para as sementeiras do outono, mas todos nos perguntamos o que iremos fazer depois, se elas correrem mal e nos virmos sem cortiça, sem azeite, sem gado e sem colheitas capazes. Muitas UCP estão na mesma situação da nossa e o único remédio à vista é o recurso ao Crédito Agrícola de Emergência, que o anterior governo aprovou, para nos ajudar exactamente em situações destas. Felizmente que a banca foi nacionalizada e posta ao serviço da produção!

Mas há camaradas que, às vezes, parece que não percebem as dificuldades que atravessamos. Há dias, na reunião semanal de trabalho, apareceu um abaixo-assinado com vinte e tal nomes a reclamar aumentos salariais de dez por cento para mulheres e aprendizes e vinte por cento para os homens. O Américo tentou explicar que não era possível aumentar salários agora, mas caíram-lhe vários em cima e a discussão azedou, com o Hernâni a fazer-lhe frente:

— Camarada Américo, por favor, não venha com essa conversa de que não há dinheiro para

aumentar os salários! Isso foi o que nós ouvimos dos patrões toda a vida!

— Pois, camarada Hernâni, mas agora os patrões somos nós...

— Por isso mesmo — volveu o Hernâni. — Se os patrões somos nós, o dinheiro é nosso e nós é que temos de decidir se há ou não dinheiro para aumentos.

"Apoiado!", "É isso mesmo!", "O dinheiro é nosso!", gritaram várias vozes na sala. O Américo levantou as mãos para impor ordem. Estava a começar a ficar irritado.

— O dinheiro é nosso, e então? É para deitar fora?

— Não! É para dar de comer às nossas mulheres e filhos! — gritou o Isménio, a quem nunca tínhamos ouvido gritar.

"Apoiado!", "É assim mesmo!" O Américo olhava-os, não parecendo acreditar no que estava a ouvir.

— Vocês estarão bêbados ou são inconscientes? Se aumentamos os ordenados agora, onde é que vamos buscar o dinheiro para fazer as sementeiras e tudo o resto? E se não as fizermos, com que dinheiro pagamos os ordenados daqui a meses?

— Pede-se ao Crédito Agrícola — interveio o Camilo Léguas, calmamente.

— Pede-se ao Crédito Agrícola? E tu achas que é só pedir? Achas que eles não exigem garantias, que não exigem ver a nossa contabilidade e saber a situação em que estamos?

— Ó camarada, desculpa lá — volveu o Camilo Léguas. — Mas os bancos não são do povo, agora? Para que servem ser do povo?
O Américo hesitou na resposta e o Hernâni aproveitou para se interpor:
— Pois é, mas parece que há muita gente que ainda não entendeu bem que as coisas mudaram com a Reforma Agrária: o banco está aí para nos ajudar e ninguém está aqui para continuar a ser explorado!
Desta vez, fez-se silêncio. O Américo parecia mesmo espantado:
— Explorado? Explorado por quem?
O Hernâni ficou calado.
— Explorado por quem, ó Hernâni? Diz-me lá...
— Por quem, não interessa, camarada... Se não recebemos o que merecemos, estamos a ser explorados. Era assim que nos diziam, não era? A mim, tanto me faz ser explorado por um patrão como por uma direcção! O que eu não quero é continuar a ser explorado!
Então, instalou-se a confusão. Todos falavam ao mesmo tempo, alguns gritavam coisas que era melhor nem ouvir e, de repente, aquela gente toda, que fazia parte da mesma UCP, da nossa tão estimada Estrela da Alvorada, estava dividida como nunca tínhamos pensado ser possível. O Américo voltou a erguer as mãos para se fazer ouvir:
— Camarada Hernâni, e todos vocês que assinaram este papel: eu vou reportar superiormente e ao Partido as vossas reivindicações e a vossa

atitude. Não sei se há aqui quem tenha imaginado que basta querer dinheiro para ele aparecer, se há quem ache que se podem aumentar salários com sol ou com chuva, com produção ou sem ela: mas, se há quem pense isso, estão enganados. A Revolução não é isso. Quem vive assim são os capitalistas: nós vivemos do nosso trabalho.

— Ah, mas quem falava assim eram os capitalistas e os patrões: nunca havia dinheiro para aumentos. Afinal, vai-se a ver que as coisas não mudaram, só mudaram o nome às coisas! — rematou ainda o Hernâni, gritando no meio dos que tentavam acalmá-lo.

A reunião acabou assim. O Hernâni passou perto de mim, rodeado pelo seu grupo e ameaçando alto ir-se queixar ao Sindicato Agrícola de Beja. "Queixar-se ao Sindicato?", pensei para comigo. "Queixar-se de quem ao Sindicato?"

12 de março de 1976

Faz agora um ano que nos parecia que nada poderia impedir o nosso triunfo e os nossos sonhos de se tornarem realidade. O golpe fascista do 11 de Março fora derrotado e o governo revolucionário, logo no dia seguinte, nacionalizou a banca e as seguradoras e muitas outras empresas que sabotavam a Revolução. As ocupações de terras haviam-se espalhado pelo Alentejo inteiro e, pela primeira vez nas nossas vidas, nós, os trabalhadores rurais, trabalhávamos com a alegria e o orgulho de sabermos que a terra era nossa e que o país inteiro tinha os olhos postos em nós e contava connosco para alimentar a sua gente e fazer de Portugal um país independente. Tudo o que produzíssemos com o nosso trabalho e o nosso esforço seria nosso e dos portugueses. E quem não queria alinhar connosco, que fugisse então para Espanha ou para o Brasil!

Mas as coisas mudaram muito, num ano apenas. Hoje mandam os socialistas e a direita, disfarçada de social-democracia, e só falam é de corrigir "os excessos da Revolução". Muitos de nós começam a desanimar com as dificuldades financeiras e o desalento político. Gostaríamos, talvez, de fazer do Alentejo uma coisa à parte, como se todo o resto de Portugal não existisse, mas esse é um sonho impossível. Ninguém sabe como é que tudo isto vai acabar, mas vamos seguindo e trabalhando. Diz-se que há já herdades onde os antigos donos querem voltar e andam a negociar com os trabalhadores, mas não se sabe se é verdade ou se são boatos para nos desmobilizar ainda mais.

Há dias, aproveitando uma hora morta, tive uma longa conversa com o tio Emiliano, que é um homem que eu muito estimo e em quem respeito a sabedoria da idade e os seus sensatos silêncios.

O tio Emiliano, aliás, é alguém especial aqui, dentro da UCP: era um dos trabalhadores da herdade quando da ocupação e, como todos os que cá estavam, foi integrado na UCP, ficando com o mesmo salário que já tinha antes. É o mais velho de nós todos e o único que não tem quaisquer tarefas de campo distribuídas. E por uma razão: porque ele nunca foi trabalhador rural. Nasceu na herdade, onde os pais já trabalhavam, deixaram-no fazer estudos até ao segundo ano do liceu, e depois passou a trabalhar na casa dos patrões, em tarefas domésticas, até se tornar o encarregado da casa — ou o mordomo, como ele diz. Dirigia a cozinha e a copa, tratava do vinho, abastecia a casa e servia à mesa. E parece que gostava. O Sobralinho, quando se tornou chefe do grupo de trabalho, resolveu mantê-lo nas mesmas funções, mas agora ao serviço de todos e não mais dos patrões: continua a ser responsável pela cozinha e pela copa, já não serve à mesa, mas organiza a cantina, responde pela loiça e pelos talheres. E continua responsável pela casa grande, que agora está fechada e de que só ele guarda a chave e mantém, abrindo portas e janelas para a arejar, limpando o pó aos móveis e até areando as pratas, que nunca foram levadas. É uma coisa estranha desta Revolução: só as terras foram entregues aos trabalhadores; as casas das herdades mantiveram-se propriedade dos antigos donos, que nunca mais lá foram — são casas-fantasmas, onde os donos não vão e os trabalhadores não entram.

Entre muitos de nós, o tio Emiliano sempre foi motivo de olhares e conversas de esguelha. É suspeito de ter sido, e ainda ser na sua ausência, amigo dos patrões, com quem cresceu e de quem viu crescer duas gerações. Suspeita-se que ainda mantenha contacto com eles e que saiba muitas coisas que não conta. Suspeita-se que, no fundo, esteja a manter a casa impecável para o dia do regresso dos patrões e que, se esse dia acontecer, será o primeiro a recebê-los à porta — e mostrará, orgulhoso, a casa limpa, os móveis impecáveis, a mesa posta, as camas feitas, as pratas brilhando e as lareiras acesas, em sinal de boas-vindas. Suspeita-se de muitas coisas, mas o tio Emiliano tem um antídoto contra todas as suspeitas: dez anos antes da Revolução, ele já era membro clandestino do Partido. Era um dos raros membros do Partido no concelho e conta-se que era elemento valioso justamente porque ninguém desconfiava dele e, na qualidade de mordomo dos Souto Negro — uma família intimamente ligada ao regime anterior —, tinha acesso a conversas e informações que passava ao Partido e eram importantes para os dirigentes irem sabendo o que se passava dentro do regime. Ficou, pois, esta dúvida de saber se ele traiu servindo ou se serviu traindo.

Como quer que seja, eu gosto dele e, nestes tempos confusos, dá-me gosto e alguma paz conversar com ele. Comecei por lhe perguntar o que achava destas discussões que agora aconteciam entre nós com tanta frequência.

— Sabes, filho, é o velho ditado: casa sem pão, todos ralham e ninguém tem razão.

— Mas estamos sem pão, tio Emiliano?

— Estamos sem dinheiro, filho. Isso é evidente. E ninguém sabe o que fazer.

— Tivemos um Verão horrível, de seca, com falta de água na altura das sementeiras, sem pastagem para o gado... mas se esta primavera for boa, se vier aí chuva agora, as coisas endireitam-se, não acha, tio?

— Eu gostava de pensar que sim, Francisco. Mas há um problema que nem a chuva resolve...

— Qual é, tio Emiliano?

— Olha, dantes, esta propriedade tinha vinte e seis trabalhadores no campo; agora tem cinquenta e cinco. E não dá para os alimentar a todos. Esse é o primeiro problema, o principal.

— Mas dantes havia o lucro dos patrões, e agora não há: esse lucro serve para dar trabalho e pagar a mais gente.

— Não, estás enganado: o lucro que os Souto Negro tiravam daqui era muito pouco. A única coisa certa era a cortiça, de nove em nove anos e, mesmo assim, ninguém podia adivinhar se os preços seriam bons, quando se fazia a extracção.

— Mas, mesmo com os salários de miséria que pagavam, não tinham grandes lucros?

O tio Emiliano sorriu, mas sem olhar para mim: olhava em frente.

— Os salários de miséria... pois, os salários de miséria! Olha, muitos, aqui na aldeia, bem gostavam de poder trabalhar por esses salários de miséria! Claro que éramos mal pagos, claro que eles eram ricos e nós éramos pobres — como ainda somos. Eles eram os donos e nós éramos os serviçais.

— Quer dizer que não fizeram fortuna, aqui?

— Não, nem me parece que fosse isso que queriam.

— Então, o que queriam?

— Ganhar para as despesas e viver bem. Isso faziam: caçadas e convidados todos os fins-de-semana, champagne francês, charutos cubanos, whisky velho, bons vinhos e as farras do patrão e dos amigos com as meninas que traziam de Lisboa.

— Traziam meninas de Lisboa?

— Putas, Francisco. Putas.

— E o senhor, tio Emiliano, estava cá a servi-los?

— Pois, quem havia de estar? Era a minha função: servir o patrão. Quando vinha com a família — com a mulher, que sempre foi impecável comigo, e com os filhos, com o Nuno, com quem tantas vezes andei ao colo — eu servia-os, como a uma família. Quando me telefonava de Lisboa e me dizia, com uma voz especial, que nesse fim-de-semana vinha com um grupo de amigos, eu já sabia para o que era. Mandava fazer o jantar para todos, acendia as lareiras, preparava o bar e dispensava o resto do pessoal. E cá ficava à espera.

— E depois?

— Depois, eles chegavam, quatro ou cinco, em dois carros. Bebiam e jantavam entre eles e só depois do jantar chegavam as meninas, numa carrinha. Todas numa carrinha, Francisco, como se fossem gado!

— E você?

— Eu? Eu, nada. Ficava a servi-los até me mandarem embora. Normalmente, o patrão ou um dos amigos dava-me uma nota de quinhentos escudos para ter a certeza de que eu não tinha visto nada. E, no dia seguinte, assim que eles, ou só elas, partiam, cá estava eu, para levantar a porcaria e apagar as marcas de tudo.

Ficámos calados por um bocado. O tio Emiliano continuava a olhar em frente, como se lá ao longe visse alguma coisa que eu não enxergava.

— E que pensava disso o senhor, tio Emiliano?

Agora, ele olhou-me mesmo de frente:

— Nunca me pagaram para pensar, filho. Pagaram-me para servir e eu servi. E pagaram-me sempre — o mesmo que hoje recebo da UCP. Não era mau: havia quem vivesse bem pior.

— Mas esse patrão, o que pensava dele?

— Não pensava, já te disse. Mas, se queres mesmo que pense, digo-te que, dentro do sistema que existia, não era mau patrão: não pagava mal, não tratava mal os empregados. E esta herdade era das mais bem exploradas do Alentejo, tu sabes: por isso é que foi das primeiras a ser ocupada.

As que estavam ao abandono ou maltratadas, ninguém as quis, só quando já não restavam mais das bem aproveitadas.

— Então, porque tinha assim tão poucos lucros, como vossemecê diz? Era só por causa das meninas e dos charutos?

— Não, antes fosse. Ele não era parvo, e se não ganhou mais dinheiro com a herdade, foi porque não quis. Foi dos primeiros a aprender a guardar a água e a regar gota a gota a vinha e o olival, dos primeiros a meter máquinas no campo, aqui no Alentejo. Só que, por cada máquina que comprava, eram três trabalhadores que ficavam sem nada para fazer.

— E então?

— Então, a verdade é esta, Francisco: o Souto Negro não queria despedir trabalhadores. Não porque fosse socialista ou especialmente generoso, mas por uma questão de orgulho: a maior parte eram trabalhadores e famílias que já cá estavam no tempo do pai dele, era gente cujos parentes o vinham cumprimentar quando ele ia à missa na aldeia com a mulher, aos domingos. Despedir, para ele, era uma desonra, era perder o estatuto de que a família aqui gozava há muito tempo.

— Quer dizer que o problema da herdade era o excesso de pessoal?

— Era e é, Francisco. Se quisermos que esta herdade seja rentável, não podemos pagar cinquenta e cinco ordenados. Esse é o nosso problema

principal. O outro é o de capital: se quisermos que esta herdade seja rentável, precisamos de capital para comprar maquinaria, dispensamos trinta ou mais trabalhadores e passamos logo a ganhar dinheiro. Esse é o nosso drama: queremos todos viver da terra — "a terra a quem a trabalha" — mas a terra não dá trabalho para tantos. Sabes, eu dantes ouvia conversas, como oiço agora, e, de vez em quando, leio algumas coisas que me interessam e que me fazem pensar. As agriculturas ricas, que produzem para os próprios países e ainda exportam para o mundo inteiro, são as dos americanos, dos franceses, dos holandeses. E o que vês tu? Vês que eles empregam na terra três ou quatro vezes menos gente do que nós.

Olhei-o, angustiado:

— O que o tio Emiliano me está a dizer é que nós não temos futuro!

— É: o Alentejo que nós conhecemos não tem futuro. Não é uma questão política, não é uma questão de escolhermos entre o antigamente ou a Revolução: são coisas mais além do que isso. Espera mais uns anos e vais ver como eu tenho razão.

2 de maio de 1976

A Greta foi-se embora. Regressou a casa, a Dresden, na Alemanha. Esperou pela festa do 1º de Maio, e partiu. Diz que volta no Verão, mas eu não acredito. Se bem que saiba como ela gosta do verão aqui, de ir até lá abaixo, ao rio, despir-se toda e entrar na água nua, provocando-me; se bem que saiba como gosta de se enrolar em mim à noite e dizer-me coisas que não entendo enquanto se monta em cima de mim e eu a seguro pelas ancas; se bem que saiba como ela gosta da nossa "Revolução dos Cravos" (como aprendeu a dizer em português), eu suspeito que ela não volta: nem no verão nem nunca mais. Julgo que o percebi na maneira como ela se despediu, no seu olhar azul perdido em volta da herdade, olhando como quem olha para se despedir para sempre. E não volta porque já nada tem aqui para fazer: a Revolução acabou e a mim nunca me amou. Usou-me, tanto quanto eu me aproveitei dela, sem pensar em nada mais. É demasiado nova para ficar aqui, sem sentido.

Também acho que nunca a amei: como se pode amar alguém com quem não conseguimos falar? Mas foi quase um ano maravilhoso ao lado dela: encheu o meu vazio, fez-me companhia, aqueceu a minha cama, e foi sempre amiga e, estranhamente, fiel.

Agora, que ela foi, guardei um punhado de fotografias suas aqui — sozinha, comigo ou com os outros. Guardei também um cordão de prata que me deu, que ela usava sempre ao pescoço e em que tantas vezes mexi, quando, deitado ao seu lado, observava, maravilhado, o seu fantástico corpo nu e descia a mão, do pescoço para baixo, ao longo do seu peito empinado para o tecto, do seu ventre liso, das suas pernas que mais pareciam cobras inquietas. Ah, mas como dói pensar que ontem ainda ela estava aqui e eu podia dispor dela e desse corpo, e hoje não está, amanhã também não estará e nunca mais estará! E, agora que ela foi e que nada mais do que isto dela resta, dei-me conta de que estou outra vez sozinho e outra vez sem saber onde me leva a minha vida. Não aderi ao Partido (não pedi nem me convidaram), não consegui ainda perceber se a Revolução tem ou não um sentido e um futuro que valha a pena sacrificar-lhe tudo, e não achei que os camaradas sejam diferentes da gente da minha aldeia, que sejam melhores ou mais puros ou mais leais.

Talvez fosse tempo de voltar para a minha aldeia, mas também não me vejo outra vez lá, tratando da horta ou dos porcos com o meu pai, vendo a mesma gente todos os dias e todos os dias olhando-os e vendo neles nada mais do que a repetição dos anos, sempre iguais, sempre sem uma razão. Não, não consigo voltar a Medronhais. Mesmo que tudo tenha falhado aqui, mesmo que os sonhos não tenham sido nada mais do que ilusões, mesmo assim, depois da Revolução, depois das noites sem fim de conversas e discussões, depois das noites com a Greta, voltar a Medronhais seria enterrar-me vivo. Talvez o tio Emiliano tenha razão, talvez o Alentejo não tenha mais futuro, talvez eu devesse fugir daqui, emigrar — quem sabe, para a Alemanha? E talvez devesse ir buscar o Filipe, o meu filho, e levá-lo comigo, lá para onde eu fosse. Mas já sei: não vou fazer nada disso. Vou ficar aqui, à espera, até que alguém passe de novo e me leve, atrás de uma qualquer ilusão. Tenho trinta e quatro anos e não sei o que fazer da vida.

Capítulo 7

MEIO-DIA

O meu pai viria a morrer em outubro desse ano, 1976. Morreu na Herdade dos Falcões — ou UCP Estrela da Alvorada — de uma forma completamente inesperada e estúpida, quando estava ainda na força da vida e de perfeita saúde. Nesse dia, ao que nos contaram depois, o meu pai saiu para fazer uns trabalhos de campo ao volante do tractor da herdade. Ao subir um barranco com o tractor, este adernou e ele já não conseguiu segurá-lo, na terra escorregadia das primeiras chuvas do outono. O tractor virou-se de pernas para o ar e o meu pai ficou lá debaixo dele, esmagado pelo peso daquelas três toneladas de aço. Foi preciso mandar vir dois outros tractores e demoraram umas duas horas até conseguir tirá-lo. Em todo esse tempo, garantem-nos que não se ouviu um gemido vindo de baixo do monstro, nenhum sinal de que ele tenha estado ainda vivo enquanto esperava auxílio: aliviou-nos acreditar que assim foi, que morreu sem um queixume, sem tempo para se despedir da vida. O que ninguém nos conseguiu explicar é por que razão ele, que nem carta de condução tinha e a quem não cabia aquele trabalho, subira para o volante de um tractor. Talvez para mostrar-se disponível para substituir alguém, talvez lho tenham ordenado e ele tenha acatado a ordem ou o pedido.

Era cerca do meio-dia e meia quando telefonaram da herdade para o Café Central da aldeia, a dar a notícia. O meu avô estava lá, bebendo a sua aguardente de depois do almoço e jogando dominó com o Virginiano. O Manel da Toca atendeu o telefone, ouviu em silêncio e respondeu "espere aí, está aqui o pai: vou chamá-lo". Depois, contou que o meu avô se levantou, muito lentamente, e caminhou para o telefone como se já adivinhasse tudo. Atendeu, ouviu e limitou-se a perguntar: "Quando?". Depois desligou e disse em voz alta:

— Eu sabia que mo levavam para sempre.

Saiu pela porta do café, atravessou a praça e caminhou ao longo da rua Direita até à porta do número 1. E entrou para dizer à mãe que o seu filho tinha morrido. O seu único filho.

Quando o meu pai morreu eu tinha oito anos e, de lembranças dele, de memórias felizes ou outras, muito menos do que isso. Nove anos depois, de uma forma completamente diferente, ele viria a morrer-me outra vez — e, essa sim, julgo que foi definitiva. Durante os dois anos que ele viveu na UCP viera a casa apenas duas vezes — e de tal modo que não sei se poderia dizer-se que ele considerava aquela a sua casa, a sua terra. Mas também fora sempre assim que eu o recordava: estando sem verdadeiramente estar, vivendo ali, em Medronhais, como se estivesse ausente ou apenas de passagem para qualquer outra vida. Não me admira nada que os oficiais revolucionários que por ali passaram o tenham arrebatado com um simples discurso feito no café e levado para a sua Revolução. Procurava qualquer coisa que não sabia o que era e, por isso mesmo, levantaria voo ao primeiro sopro de aragem.

Nunca senti que pudesse ser eu a prendê-lo ali — como ele nunca me prendeu a si, como suponho que um pai prende um filho. E, todavia, quando ele se foi, era o único elo de ligação à minha mãe, de quem não me conseguia lembrar de nada: do seu colo, do cheiro, dos olhos, do toque das suas mãos. Mas ele fora o seu marido, o homem com quem ela me fizera e com quem, decerto, partilhara noites de vigília, partilhara momentos de brincadeira, partilhara projectos para mim. Só ele poderia substituir a ausência dela, só ele me poderia dizer como ela era, o que gostava de mim, o que queria para mim. Só ele, o meu pai, poderia ainda preencher o vazio que ela deixara no coração de um filho que dela apenas sabia o que contavam duas fotografias — e não mais do que duas.

Até à notícia fulminante da sua morte, sofri muitas vezes com o seu afastamento, com a distância que ele punha entre nós, como se fosse normal uma criança sem mãe não viver pendurada no pai, protegida pelo pai, adorada pelo pai. Mais tarde, porém, quando ele foi viver para a Revolução e quando de lá me enviou esparsas cartas e alguns absurdos presentes pelo Natal ou pelos meus anos, julguei perceber que a sua distância era apenas o reflexo e a medida do sofrimento dele pela morte da que fora sua mulher. Imaginei que, quando me olhava, via em mim o olhar dela, ouvia na minha voz a voz dela, nas perguntas que eu fazia reconhecia a maneira de pensar dela, e tudo isso lhe trazia de volta quem, por necessidade de sobrevivência, ele decidira deixar morta para sempre. Porque hoje eu sei que só morrem verdadeiramente aqueles que, depois de mortos, nós conseguimos matar também. E nada é pior do que um morto-vivo, habitando lado a lado com os que não morreram e tiveram a coragem de tentar viver para além da morte dos que amavam.

E, se ele morreu subitamente, também Medronhais morria. À nossa vista e lentamente. Primeiro, partiram os mais novos, aqueles que, como o meu pai, tinham descoberto que havia mundo para lá das estreitas ruas de Medronhais. Depois, partiram os pais deles, chamados pelos filhos: iam todos viver para os arrabaldes das grandes cidades, Setúbal ou Lisboa, onde se enfiavam em apartamentos acanhados, prolongados desesperadamente em marquises de vidro e alumínio suspensas sobre ruas de que nem sabiam o nome ou que às vezes nem o tinham: rua Projectada à praça das Forças Armadas. Enquanto os filhos trabalhavam na cidade, enquanto sacrificavam horas vazias nos transportes para lá chegar, os pais ficavam em casa, ocupavam-se dos netos, desciam ao café, arrulhavam com os vizinhos, descobriam o fantástico mundo novo das novelas televisivas brasileiras. E assim se achavam no centro do mundo.

Depois, partiram os velhos que tinham ficado, já tão velhos que ninguém se ocupava deles e ninguém cuidara de levar consigo: morreram sozinhos, de cancro, do coração, de solidão. A tia Etelvina, viúva há uns dez anos e cujos dois filhos tinham emigrado para a Alemanha, morreu na cozinha de casa, prostrada no chão, com uma faca numa mão e um molho de couves na outra, e foi só pela vizinha, que estranhou as janelas ainda fechadas ao meio-dia, que ao dia seguinte deram por ela. O Borges, o louco da aldeia, o tal que achava que a televisão era instrumento do demónio ou do Anticristo, e que morava num casebre de pedras empilhadas e cobertura de zinco à saída da aldeia, só pelo cheiro que chegava à rua foi encontrado morto, nu e deitado na cama, com uma revista pornográfica na mão — já as fraquezas do corpo o teriam abandonado há uns oito dias.

De uma só vez, perdemos toda a família Morais — pai, mãe e filha —, mais o Gastão, um rapaz enorme, de trinta anos de idade, empregado na Junta de Freguesia. Aconteceu quando o Júlio Morais, feirante em Estremoz e arredores, deu em cismar que, nas suas ausências, a mulher se deitava com o Gastão. Cismou, pensou, pareceu-lhe ouvir, meditou e, desgraçadamente, concluiu. Uma manhã, carregou a velha espingarda caçadeira de canos paralelos, com chumbo de zagalote, adequado para as raposas. Entrou no quarto do casal e, sem um estremecimento, matou a mulher, que ainda dormia: um tiro na nuca. Depois, entrou no quarto da filha, de cinco anos de idade, e matou-a com um tiro no peito, deixando-a ainda de olhos abertos, esbugalhados. Saiu então para a rua e entrou pela Junta adentro, encontrando o indefeso Gastão ocupado em verificar pela enésima vez os cadernos eleitorais de Medronhais. O outro só teve tempo de exclamar “mas que porra?”, e logo sucumbiu aos dois novos cartuchos com que o Júlio Morais recarregara a sua velha

Serrasqueta. Sempre de arma em punho, saiu da Junta de Freguesia, atravessou a rua e a praça, onde já vários conterrâneos tinham acorrido às portadas, avisados pelo barulho dos tiros — os homens observando em silêncio, as mulheres benzendo-se —, montou no seu Renault 4 e desapareceu, resfolegando serra abaixo, tal qual uma fera afastando-se do cenário da matança. Dois dias depois, a Guarda localizou-o e cercou-o num velho monte há muito abandonado, de onde se podia contemplar o Guadiana sem mesmo vir cá fora. Quando os guardas começaram a caminhar para a casa, chamando-o para que se entregasse, o Júlio Morais disparou enfim sobre si próprio e morreu debruçado sobre o parapeito da janela, pela última vez vendo o único rio que jamais vira.

Desgraça quase tão grande foi o desaparecimento — melhor dizendo, a fuga — da Gualdina, a flor da freguesia, a magnólia ambulante de Medronhais, a coisinha mais sensual que a terra vira desde a partida da professora Fátima. Na altura, a Gualdina andaria aí pelos seus dezessete anos, mais cinco do que eu, e toda ela rebentava de excessos dentro das roupas que usava sempre justas. Não havia ali uma linha recta que se recomendasse: era tudo curvas e requebros, ogivas e arcos abatidos. Caminhava pela rua Direita como se ondulasse, como se o simples esforço de trespassar o ar com o peito levantado para os céus lhe requeresse um exercício de contorção em que, por força da anatomia, se tivera de tornar especialista. Quando ela passava, o ar ficava mais espesso da respiração ofegante dos homens e o vidro da montra da barbearia do sr. Octávio humedecia por dentro, quando todas as cabeças se viravam lá para fora e, no silêncio pesado da barbearia, apenas se escutava a imprecação do Albino das Facas, murmurando entre dentes: "Boeing!". Era fatal que alguém, um dia, sem se conseguir conter mais, haveria de violar a Gualdina, a gosto ou à força, e tudo aquilo acabaria em tragédia. Eu próprio sonhei várias vezes com isso — sonhos húmidos e nocturnos, que contrastavam com a secura que ela me deixava na boca de cada vez que nos cruzávamos e eu apenas dizia:

— Bom dia, Gualdina.

— Bom dia, miúdo.

— Estás muito bonita, hoje...

E ela parava e sorria, dando de ombros:

— Hoje? Ó puto, cresce depressa!

Quem me dera! Mas crescer mais depressa, eu não podia: mas podia colher da Gualdina tudo o que conseguia, por enquanto, e sem ela saber. Ou será que saberia? A Gualdina tinha um irmão, meu colega de escola e de idade: o Gualter (o pai, pelos vistos, gostava dos nomes começados por Gua — talvez em homenagem ao Guadiana, o "Grande Rio do Sul", conforme nos ensinavam na escola). E se a Gualdina era uma flor do tipo carnudo, linda e exuberante, o irmão era um caule sem graça — pequenino, feio, de mãos papudas e óculos de lentes grossas, permanentemente embaciadas, e que ele limpava a um lenço sujo tirado do bolso das calças, num cuidado inútil que apenas servia para substituir a humidade pela sujidade. O Gualter tinha aquela cor amarelada dos bichos que vivem debaixo da terra, uns gestos nervosos e uma cara devastada por borbulhas — enfim, tudo denunciando demasiada actividade sexual solitária. Acrescentava não ser particularmente inteligente, uma característica que a Gualdina, para azar seu, também herdara dos genes visigóticos. Não me foi assim muito difícil começar a puxar-lhe pela língua, num impiedoso interrogatório que preparara minuciosamente de antemão, até que ele confessasse o que eu já suspeitava: que a sua intensa actividade sexual solitária tinha uma fonte visual de inspiração, na pessoa da própria irmã. E quem o não faria no lugar dele, no privilegiado lugar dele?

A jovem ninfeta protuberante e perturbante tinha um fascínio pela água e pelo banho — coisa rara em Medronhais, então, e de que o irmão, por exemplo, não sofria de modo algum. Todos os dias, ao final da tarde, a Gualdina trancava-se na casa de banho de casa e enfiava-se na água da banheira — fria no verão ou aquecida por ela própria à lareira, no inverno, pois que a água canalizada e os esquentadores só chegariam a Medronhais trazidos pela Revolução, como tudo o resto, uns anos mais tarde. Trancava a porta e ali ficava uma boa meia hora, qual crocodilo aquietado, entregando à volúpia da água o seu corpo inteiro por saciar. Protegia-a de olhares impudicos a segurança de saber que a janela da casa de banho estava a uns dois metros e meio de altura do chão lá de fora e o descuido de não imaginar, ou não se importar de imaginar, que alguém pudesse montar um banco e espreitar em cima dele. Era isso que o Gualter fazia todos os dias, fins de tarde sem falha, e ali mesmo, em cima do banco, se aliviava, desinquietando os pardais que dormiam nos ramos da figueira enorme e torcida do quintal. Descoberto o seu segredo, impus-

-me como sócio, mas estabeleci novas regras: não haveria porcarias enquanto observávamos e apenas admirávamos aquela obra de arte aquática, aquela Vitória-Régia flutuando na sua banheira de zinco, nua e gloriosa como Eva no Jardim do Paraíso, na noite silenciosa de Medronhais. Era demasiado belo para ser conspurcado. E dei comigo até a ter raiva de ter de compartilhar aquele espectáculo com o imbecil sem controle do Gualter — um porco capaz de espiar a própria irmã no banho e de me vender a vista, a troco de dez escudos a sessão ou a troco das redacções que lhe fazia na aula de português, pois que o anormal era capaz de ver, mas não de descrever.

Hoje, olhando em perspectiva, realizo que foram essas as primeiras vezes que paguei por mulher. Sei bem que há quem diga que, de uma forma ou de outra, os homens acabam sempre por pagar para ter mulher: nunca pensei bem no assunto, mas aquilo que posso dizer, de experiência vivida, é que umas vezes vale a pena, outras não. E a Gualdina valia bem a pena, valia bem os dez escudos que eu pagava ao imbecil borbulhento do Gualter! Se digo que não sei bem se ela sabia ou não o que se passava do lado de fora da casa de banho é porque, muitas vezes, recordando e reconstituindo o que eram essas incríveis sessões de devassa crepuscular, me parece quase impossível que tudo aquilo fosse inocente e desprevenido, da parte dela: a maneira como se estirava toda, arqueando o peito e as pernas, a maneira como rebolava de repente virando o traseiro em direcção à janela, como se sentava de lado e depois de frente, expondo a todos os ângulos aquele inacreditável peito, a crueldade lenta com que passava por todo o corpo o sabão azul e branco, em cada curva, em cada reentrância, em cada músculo, esfregando como se fosse noite de núpcias, tudo isso ou era demasiado estudado ou era mesmo um dom. Um dom fatal: para mim, para o idiota do Gualter, para a serenidade nocturna de Medronhais. Eu quis morrer assim, várias vezes. Morrer de desejo, de violência surda, de explosão nuclear, ali mesmo, no cimo do banco de apanhar figos do pai do Gualter e escondido entre os ramos da figueira. Mas estava escrito que eu sobreviveria, porque o mundo estava cheio de Gualdinas à minha espera, embora eu não o soubesse então.

Mas a Gualdina não esperou. Não esperou que eu crescesse nem esperou que Medronhais morresse ou que alguém sem mérito a violasse: fugiu antes disso. Ela e a sua inseparável amiga, Rosa Maria, tão feia quanto a outra era bonita, apanharam um dia a "carreira" no fundo da Estrada Nacional 122, para irem a Mértola comprar agulhas, linhas e dedais, e nunca mais voltaram. Comentou-se na aldeia que as duas liam demasiadas revistas esquisitas que tinham surgido com a Revolução, revistas que falavam da telenovela brasileira, dos amores da Sônia Braga e de um casting que andavam a fazer em Lisboa, à procura de miúdas novas e desinibidas para entrarem na primeira novela televisiva portuguesa, pois as que havia no mercado — umas actrizes feministas, a que a Revolução, diziam elas, abrira "uma janela de oportunidade" — pareciam a alguns gastas, de peito descaído (que tanto gostavam de mostrar e ninguém gostava de ver), de olhos macerados por anos de maquilhagem barata e palcos de teatro de revista, o mais triste e retrógrado dos teatros, e que agora, por generosidade revolucionária, a crítica ressuscitara como uma antecâmara da resistência à extinta ditadura. Mas, entre a infalível novela brasileira das oito e meia e o *Garganta Funda*, com que a Linda Lovelace esgotava sessões contínuas no Éden e no Tivoli, o povo não parecia disposto a dar uma oportunidade, revolucionária que fosse, às actrizes que, em vão, queimavam soutiens no parque Eduardo VII, em Lisboa, para atrair as atenções. E foi nessa "janela de oportunidade" (que lhe parecia bem mais promissora do que a janela debaixo da figueira de Medronhais) que a Gualdina apostou, fazendo-se ao caminho em direcção à grande cidade, onde ansiavam por miúdas novas, giras e desinibidas como ela. Só não se percebeu porque arrastou atrás de si a Rosa Maria, de que nunca mais houve notícia que subisse a serra.

Já da Gualdina, o povo começou a ter notícias, uns dois anos passados. De facto, foi vista, mas apenas fugidiamente, numa novela: beijava um rapaz numa festa e dizia apenas uma frase: "Está muito calor aqui dentro, vamos lá para fora". Francamente, nada que fizesse justiça aos seus dotes: eu, por exemplo, podia bem testemunhar que, numa cena de banheira, não haveria muitas tão capazes, tão dotadas de talento, como a flor de Medronhais. Mais tarde (já não éramos assim tantos em Medronhais), começou a correr de boca em boca o ajuste de contas: a Gualdina, falhado o teatro, o cinema e a televisão, seria agora uma "rapariga de alterne", numa casa nocturna chamada Ninho de Vespas. Sentava-se à mesa com os clientes que apareciam, obrigando-os a beber whisky Chivas Regal-20 Anos de uma garrafa que o empregado trazia para a mesa, com vários risquinhos transversais assinalando as doses bebidas, enquanto para si própria encomendava o que chamavam de "champagne" — que custava ao cliente duas vezes mais do que um terrível Chivas-20 Anos. E, em surdina, apenas murmurado por quem dizia saber, qual seta envenenada atravessando a rua principal de Medronhais, acrescentava--se que, pelo resto do serviço, ela cobraria então na casa dos quinze contos.

O seu desaparecimento de Medronhais, sem um adeus que fosse, doeu-me como traição: outra vez. Mas, no meu íntimo, desejei-lhe fama e glória — não a insídia que das suas desventuras sobrou para a ociosidade da aldeia que deixara para trás. Desejei que a Gualdina fosse célebre e invejada, que fosse escandalosamente bonita e falada, e que eu pudesse dizer, mesmo que traindo-a: "Vi-a nua várias vezes". Mas isso não aconteceu. Depois de nua na banheira, na sua casa de Medronhais, só voltei a vê-la uns doze anos mais tarde, nas páginas dos classificados do *Correio da Manhã*. Estava à procura de um carro em segunda mão, quando saltei para a página seguinte, a das mulheres em segunda, terceira, quarta mão ou "primeira vez". Era um anúncio com fotografia e a cara pareceu-me logo familiar, ao ponto de agarrar na lente para a ampliar: era ela, não havia dúvida. Agora, chamava-se Vera Lúcia e garantia "vinte e dois aninhos, busto quarenta e seis natural, corpo de modelo, oral até ao fim, atrás adoro" — e, por tudo isso, pedia "vinte rosas", não sei se pouco ou muito. Longo tempo fiquei imóvel diante do anúncio, não sabendo o que pensar, o que fazer. Parte de mim dizia-me para seguir adiante, parte dizia-me para voltar atrás — para, enfim, entrar na banheira perdida lá longe. Durante toda a semana guardei o recorte do jornal com o anúncio dela: fazia "jantares, viagens, hotéis e domicílios, mulheres e casais, submissão e apetrechos". Acabei por me decidir e pelo mais caro: jantar e noite, cinquenta contos — metade do meu ordenado numa só noite. Em nome de Medronhais da Serra.

Apanhei-a de carro na esquina combinada. Ela estava vestida de "puta chique": uma minissaia, não demasiadamente ostensiva, e um casaco aberto sobre uma blusa branca desabotoada até mostrar parte generosa do seu peito "quarenta e seis natural". Não dava para apresentar à família, mas também não escandalizava num restaurante normal: fazia os homens olhá-la de alto a baixo e isso já amortizava um pouco as cinquenta "rosas". Eu ia preparado para o caso de ela me reconhecer, mas a ingrata não me reconheceu. Limitou-se, ao fim de meia hora, a olhar para mim com um ar mais interessado e a dizer:

— Ia jurar que já te vi em algum lado... Costumas ir ao Queens?

— Não.

— E ao Silva's. Será daí?

— Não. Ao Silva's, não.

— Hum... De onde és tu?

— De Lisboa, mesmo. E tu?

— Eu? Ah, eu sou do Algarve.

— Pois, parece-me bem que nunca nos encontrámos antes. Infelizmente para mim...

— Mas é estranho: ia jurar que já te vi em algum lado...

— Vês gente a mais, será?

— Talvez.

Levei-a a jantar a um restaurante sobre a praia de Carcavelos, ideal para a ocasião, frequentado por casais tipo chefe-secretária ou construtor civil cheio de dinheiro vivo e amante ou, se o rei fazia anos, esposa reconhecida, gorda e enfastiada. Ficámos numa mesa na varanda, aspirando o cheiro a óleo queimado e espuma que vinha do encontro das águas entre o Tejo e o Atlântico. Olhei as rochas, iluminadas pelo néon do restaurante, e encomendei uns mexilhões à espanhola, seguidos por um Fondue Bourguignonne, um prato feito para namorar, enquanto se cruzam os pauzinhos de espeto e se passam as travessas de frutos e batatas fritas. Descansada por afinal não me reconhecer, a Gualdina fez todas as despesas da conversa, contando como estava na iminência de aceitar um papel num filme de um jovem realizador português em quem o Instituto do Cinema ia apostar e subsidiar, ao mesmo tempo que, com muito esforço, prosseguia as aulas nocturnas no curso de gestão de uma universidade qualquer, com um nome quinhentista, que não fixei: Vasco da Gama ou Bartolomeu Dias ou d. João II. Isto, acrescentou ela, volteando o cabelo e a cabeça num gesto que me pareceu irresistível, se, em dezembro, não tivesse de fazer as malas e partir para os Estados Unidos, para Los Angeles, participar num filme que o seu agente estava à beira de garantir: "Nada de especial, sabes. É pouco mais do que uma figuração, mas é um começo, uma porta de entrada. O meu agente diz que eles gostaram muito do meu book".

— O teu quê?

— O meu book. É assim uma espécie de curriculum, com fotografias.

— Ah... E mandaste fotografias tuas nua?

— Tu achas? Isto é cinema, pá!

A partir do café, começou a ficar impaciente, olhando para o relógio repetidamente. Quando entrámos no carro, disse-me:

— Então, vamos a tua casa?

— Vamos.

Inclinou-se para mim, fazendo-me uma festa no cabelo e roçando o peito no meu.

— Que bom! Apetece-me tanto estar contigo! Gostei de ti, sabes? Vamos lá, então: uma horinha, tá? É o habitual: jantar, mais uma horinha em casa, depois. Toda só para ti.

Cheguei a casa e arranjei um whisky para mim e uma coca-cola para ela, que "nunca bebia em serviço". Acendi velas, pus música a tocar — "A Whiter Shade of Pale", dos Procol Harum — e ela começou a despir-se à minha frente. Quando estava completamente nua foi quando reparei que os anos não tinham sido clementes com a sua juventude, que o anunciado peito natural quarenta e seis já não era o que eu conhecia da banheira da casa de Medronhais, as pernas ganharam umas discretas varizes azuladas que antes não tinham, a barriga pendia um pouco onde fora lisa e, enfim, já não era igual a confiança com que se deixava observar. Ou eram os anos ou o preço pago: os dez escudos de então valiam bem mais do que os cinquenta mil escudos de agora. Mas continuava bem capaz de fazer os homens virar a cabeça ao vê-la passar e ainda mais do que isso.

O destino, esse cabrão que não conhece pai nem mãe, fez com que a Gualdina tivesse sido a primeira mulher que vi nua e a primeira mulher por quem paguei: e agora ali estava, outra vez, pagando para a ver nua. Esperara doze anos por aquela ocasião: o miúdo crescera, finalmente, e tinha chegado a hora de colher a sua vingança. Mas, no momento de estender a mão para tocar aquele corpo que tantas vezes espiara, com que tantas vezes sonhara e ansiara, senti-me tolhido por um pudor absurdo. Peguei nas notas, contei-as à frente dela e meti-lhas na carteira de falsa pele de crocodilo. Depois, e enquanto ela avançava para mim, insinuando toda uma hora de posse e de resgate, travei-a docemente, colocando-lhe as mãos nos ombros, e disse-lhe:

— Vou-te só pedir uma coisa, se não te importares: que ponhas a água a correr na banheira e te deites lá dentro enquanto te fico a ver.

E foi essa a última vez que soube da Gualdina. Oxalá Los Angeles tenha sido um sucesso.

Capítulo 8

VÉSPERAS

Eu só tive um filho. Foi tudo o que Deus me deu: um filho. Mais duas vezes fiquei grávida e duas vezes a Natureza se arrependeu do que tinha começado e levou-me esses filhos, muito antes de terem um rosto e um nome, muito antes de eu ter sequer começado a imaginá-los e senti-los dentro de mim. Só tive, pois, o Francisco. Enquanto criança de leite, criei-o como coisa rara e preciosa, criei-o como se criam rosas no deserto, como o Tomaz, meu marido, cria os borregos acabados de nascer em pleno campo, com os olhos fechados, as pernas trôpegas, a placenta ainda ao lado.

O Francisco cresceu sem dar grandes arrelias nem consumições: resistiu aos sarampos, às varicelas e às geadas de inverno de Medronhais. Fez-se forte e resistente, de tanto acompanhar o pai no campo, de tantas vigílias nocturnas quando o gado estava para parir, de tantas manhãs geladas, quando precisava de se levantar ainda de noite, para regar a horta e o pomar, para que não ficasse tudo queimado e seco. Nunca se queixou, nunca protestou por ser arrancado da cama pelo pai, ainda madrugada, nunca criou problemas na escola. Não era bom aluno nem deixava de o ser: cumpria, sem entusiasmo nem resistência. Às vezes, chegava a pensar que talvez gostasse que ele fosse uma criança mais rebelde, um filho mais inconformado com a sua sorte. E a sua sorte não era grande: nascer, crescer e morrer em Medronhais da Serra, onde o mundo, por assim dizer, não chegara nunca. Vi-o crescer com um sentimento estranho, de quase inutilidade enquanto mãe, pois que aquele filho, o meu único filho, jamais pedia ajuda, colo, conforto, como se não tivesse fraqueza alguma. Calado como o pai, avaro nas palavras, silencioso nos sentimentos, fechado sobre si e seguindo a direito, os dias e os anos, qual navio solitário num oceano deserto de outras luzes.

E assim o vi passar da infância para a adolescência e desta para a juventude, sem que nunca lhe tivesse surpreendido um momento de desabafo, uma tristeza entranhada ou uma alegria comovente. Em vão, mil vezes em vão, dei um passo em direcção a ele, estendi uma mão, iniciei uma conversa sobre qualquer coisa que não fosse a escola, o gado ou a horta, e mil vezes bati em retirada, como uma intrusa. E acabei por aceitar que era assim mesmo o meu filho Francisco. Que os filhos nunca são, nem têm de ser, aquilo que os pais imaginaram que eles seriam, mas aquilo que eles escolheram ser, conforme vão aprendendo a ver a vida com os próprios olhos.

O Francisco nasceu em plena Segunda Grande Guerra — e, como vim a saber depois pelo dr. Chagas, no dia em que os japoneses atacaram uma ilha no meio do mar e a América entrou na guerra. Ora, hoje eu sou uma mulher velha, mas já fui nova. E, quando eu conto estas histórias, há muitos que não me acreditam, mas a memória dos velhos não mente sobre o passado distante, apenas se engana e confunde sobre o que é próximo. E eu lembro-me, não sonhei nem inventei, que nesses primeiros anos de vida do Francisco, muito antes de haver electricidade na aldeia, havia noites em que nós ouvíamos o zumbido dos aviões dos Aliados passando lá no alto, sobre o céu do Alentejo, e o povo juntava-se na praça, rezando pelo destino daqueles homens tão próximos do céu.

— Coitadinhos, queira Deus que ainda estejam vivos de manhã!

O dr. Chagas, que era o único homem sabido da aldeia, com simpatias anti-regime e pró-Aliados, explicava-nos que os aviões vinham de Marrocos e da França Livre para atacar a França ocupada pelos nazis alemães e que seriam provavelmente os Lancaster, bombardeiros de altitude, com uma tripulação de seis homens que voavam a noite toda: descolavam de Marrocos para bombardear a França e regressavam à base ao amanhecer. O dr. Chagas tinha um fascínio por aviões e coleccionava todas as fotografias de revistas e jornais que conseguia arranjar, em especial dos aviões dos Aliados, cujos nomes nos tinha obrigado quase a dizer de cor: o Hurricane e o Spitfire, mas também o caça americano Curtiss P-40 — embora reconhecesse, preocupado, a eficácia dos caças alemães Messerschmitt 109-E e Focke-Wulf, ou do avião de ataque ao solo Stuka, sem esquecer o japonês Zero. Pela direcção dos aviões no céu do Alentejo e pelo conhecimento que tinha da aviação de que os Aliados dispunham no norte de África, ele conseguia identificar o tipo dos aviões e quantos motores tinham. Mais tarde, já bem depois da Segunda Guerra Mundial, o dr. Chagas tornar-se-ia o primeiro, e julgo que o único, natural de Medronhais da Serra a voar num avião, quando foi à América visitar os seus parentes emigrados. E nós, que só tínhamos visto aviões nas fotografias das revistas que o dr. Chagas nos mostrava, ficávamos a olhar o céu e as luzes que rompiam as nuvens, imaginando aqueles pobres rapazes fechados em latas voadoras, com as suas vidas suspensas a três mil metros de altitude.

— Coitadinhos, tão novos ainda e vão morrer sem saber porquê!

— Pela liberdade! — suspirava o dr. Chagas.

— Ah, pela liberdade! — ironizava o Octávio, o barbeiro, cujas simpatias pelo regime do Estado Novo o faziam desconfiar instintivamente dos Aliados. — Graças a Salazar, nós não temos de morrer pela liberdade: estamos livres deste flagelo da guerra!

As mulheres assentiam com a cabeça, todas sabíamos que poucas nações tinham a nossa sorte, poupados àquela guerra horrível. Mas o dr. Chagas lançava ao Octávio um olhar entre a raiva e a comiseração. Era um milagre que nunca, no desenlace das suas crónicas discussões sobre política na barbearia do Octávio, este tivesse a tentação de deixar a navalha escorregar para a carótida do outro — que a ela se entregava, todavia, sem medo aparente e com a mesma volúpia dos outros fregueses. Porque, enquanto o tinha ali, exposto à verdade cortante do aço da navalha, sem poder murmurar um grunhido que fosse, o Octávio barbeiro aproveitava para despejar sobre o indefeso dr. Chagas todas as irrefutáveis verdades da propaganda da Ditadura. Quieto e silencioso, o velho Mário Chagas tentava abstrair-se e apenas gozar aquele prazer no fio da navalha. Depois, assim que o serviço estava terminado, e sem mesmo deixar que o Octávio lhe passasse a escova pelo casaco e o pó de talco na cara, levantava-se, sacudindo o barbeiro, com um gesto de desdém: "Excelente navalha, mas pobre cabeça a sua!".

No céu, ouvia-se o som dos potentes motores Rolls-Royce de um Lancaster voando mais baixo que a formação e o Octávio não resistia em insistir:

— Vá, digam-me lá que não temos de agradecer ao Salazar: imaginem que este agora despejava as bombas em cima das nossas cabeças? Estamos ou não estamos livres disso?

— Estamos livres disso e de tudo o resto: não existimos — rematava o dr. Chagas, com um profundo suspiro.

O povo ficava a olhar o céu até que os aviões deixassem de passar, que o seu ronco de morte deixasse de se escutar lá em cima, e cada qual regressava então a sua casa na escuridão, tropeçando nas pedras desalinhadas do xisto da calçada, até se recolher à cama, com um sentimento de conforto e refúgio que tomou os aviadores lá no alto! "Que Deus proteja o dr. Salazar, que nos protege a nós todos!"

Até fazer quatro anos de idade, os únicos brinquedos que interessavam ao Francisco eram os aviões que ele próprio construía com bocados de madeira, cordel e cola comprados no Bazar do Júlio e pedaços de serapilheira das sacas de milho, servindo de asas. Depois, os Aliados ganharam a guerra, os aviões deixaram de passar no céu de Medronhais e o Francisco entrou na escola para fazer a Instrução Primária.

E foi a partir daí que ele começou a escapar-me. Fechado em si próprio e silencioso quase todo o tempo, respondia por monossílabos quando lhe perguntava se estava tudo bem com ele. Nem mesmo quando caía doente se queixava e era eu que, desconfiando do seu olhar inflamado ou da cara vermelha, lhe punha a mão na testa e descobria que ardia em febre. Desde muito pequeno que se mostrou bem mais interessado nos trabalhos do campo, na poda das árvores, na limpeza das terras e no tratamento dos animais do que nos trabalhos da escola — e isso afastou-o ainda mais de mim e aproximou-o do pai, com o qual partilhava, não apenas as tarefas, mas também o prazer do silêncio. Mas era um rapaz inteligente e, embora fosse apenas um aluno médio na escola, pela qual manifestava pouco interesse, lia muito e ia constantemente pedir livros emprestados à pequena biblioteca pública da aldeia, que o dr. Chagas instalara e onde praticamente só existiam os livros que ele para lá enviava. Às vezes, perguntava-lhe que livro andava a ler e ele, indiferente, mostrava-me a capa do livro e retomava a leitura. Intrigada com alguns títulos de livros estrangeiros, tomava nota deles num papel para depois inquirir o dr. Chagas, não fosse tratar-se de livros impróprios para a sua idade. E, quando encontrava o dr. Chagas, perguntava-lhe:

— Doutor, o meu filho foi buscar lá à biblioteca um

livro que anda a ler e que se chama, deixe cá ver... — e mostrava-lhe o papel onde tinha assente o título.

— Ah, o *David Copperfield*! Ele anda a ler isso?

— Anda sim, doutor. É bom para ele?

— Se é bom para ele? Claro que é! É um grande livro.

— E este, doutor? — e estendia-lhe novo papelinho.

— *Moby-Dick*! Este é um clássico da literatura!

— É, doutor? Perguntei-lhe qual era a história e ele não me quis contar, disse-me que não me interessaria...

— É a história de um homem que comanda um navio de pesca à baleia e que fica louco para conseguir apanhar uma baleia-branca gigantesca, ao ponto de perder o navio e todos os seus homens menos um.

Fiquei espantada: o meu filho andava a ler a história de uma baleia e de um pescador louco? Ele que nunca, sequer, tinha visto o mar!

Sempre tive muita pena que o dr. Chagas não tivesse vivido em Medronhais até poder assistir ao fim da Ditadura: ele merecia isso e todos nós, creio, gostaríamos de ter ouvido as suas opiniões sobre essa Revolução atrás da qual o Francisco se fora embora. Um dia, numa discussão com o Albino das Facas em pleno Café Central, o velho democrata começou a discutir com o comunista da aldeia os méritos das sociedades livres, como ele dizia, contra a ditadura do proletariado, que o Albino pregava. E, empolgado com a discussão, lançou-se num violento ataque a "esse assassino bolchevista do Napoleão Bonaparte". O Albino ainda tentou argumentar, mas o dr. Chagas nem o escutava, possesso que estava a bradar contra os campos de concentração da Sibéria e a traição que o "assassino do

Bonaparte" cometera contra a resistência polaca antinazi, no final da guerra.

— Sabe o que ele fez? — berrava o dr. Chagas. — Quando o Exército Vermelho chegou à margem do Vístula, em frente a Varsóvia, mandou um recado à Resistência nacionalista para que se revoltassem contra os nazis e os russos entrariam na cidade para os ajudar. E os desgraçados dos polacos acreditaram nesse canalha do Bonaparte e revoltaram-se. E sabe o que aconteceu? Foram exterminados pelos alemães, enquanto o Exército Vermelho recebia ordens de Napoleão para ficar quieto e só depois entrarem na cidade! E foi assim que os comunistas tomaram conta de Varsóvia, graças à pulhice desse seu querido Napoleão Bonaparte!

Fez-se um silêncio no café, enquanto o Albino perguntava, assustado:

— Quem, doutor?

— Quem o quê?

— Quem é que o doutor diz que atraiçoou os polacos?

— Esse bandido do Estaline.

— Ah! Mas o doutor disse o Napoleão Bonaparte...

— Eu disse o Napoleão Bonaparte?

— Várias vezes, doutor...

O dr. Chagas calou-se também e, no silêncio geral, caminhou devagar até à porta, enquanto todos os olhares dos que lá estavam faziam por olhar para sítio nenhum. Foi assim que começámos a perceber que o dr. Chagas estava a perder o juízo. Primeiro, trocava os nomes aos personagens históricos, depois os dos parentes e, por fim, os dos amigos; a seguir confundia as datas, os locais, os acontecimentos. Enquanto o seu cérebro se ia apagando aos poucos, era acometido por ataques de fúria, de revolta contra o seu próprio definhamento. Tornou-se um homem diferente, zangado e agressivo, sobretudo quando, em momentos de lucidez cada vez mais raros, tomava consciência da humilhação a que se expunha. O dr. Freitas diagnosticou-lhe uma coisa de que nunca tínhamos ouvido falar, mas cujos sintomas o povo conhecia desde sempre: a doença de Alzheimer. A mulher chamou os filhos e levaram-no de volta para Lisboa e para sempre, e, pouco depois, ouvimos contar que o tinham internado num lar onde passava os dias sentado à janela, com um livro ao colo, que nunca mudava de página.

O Francisco estudou até à quarta classe, na escola de Medronhais. A partir daí teria de ir para o liceu em Beja e nós tínhamos posto dinheiro de parte para isso, tínhamos poupado e vendido uma courela que eu herdara da minha mãe. Mas ele não quis estudar mais, nem sair da aldeia. Deixámos ficar o dinheiro no banco, a acumular juros, nos bons e nos maus tempos, e, vinte e cinco anos depois, esse dinheiro iria ajudar a pagar os estudos do Filipe, em Beja e em Évora. Não sei se por acaso ou por determinação divina, a renúncia do pai acabaria por aproveitar ao filho. Mas suponho que é assim que as coisas deviam passar-se.

Continuou a trabalhar no campo com o pai, de sol a sol, continuou a ler os livros da biblioteca do dr. Chagas, até que já não restassem mais, e então montava na motorizada e ia a Alcoutim às sextas-feiras, para devolver e levantar novos livros da biblioteca itinerante da Fundação Gulbenkian, que ali estacionava todas as tardes de sexta para saciar a pouca fome de literatura à pouca gente que a tinha. Continuou também metido consigo, olhando mais do que escutando, lendo mais do que falando. Tinha apenas dois ou três amigos com quem se distraía, e, até aos vinte anos, só lhe conhecemos dois namoros passageiros, com uma antiga colega da escola e outra de uma aldeia vizinha, ainda nossa prima afastada. Mas, enquanto crescia, ia-se tornando um belo rapaz, alto e ligeiro de movimentos, com o cabelo negro e uns grandes olhos quietos onde se adivinhava alguma inexplicável tristeza.

Tirando os livros, a única distracção do Francisco era o futebol, que jogava aos domingos com os outros rapazes, num baldio aplanado à mão à saída da aldeia, com duas toscas balizas de madeira, sem rede, construídas de troncos de azinheira, e as marcações do campo desenhadas a cal na própria manhã dos jogos. Estranhamente e sem razão entendível, dera-lhe para ser adepto do F. C. Porto — e não apenas adepto, mas devoto. Coleccionava todos os cromos que encontrava de jogadores do Porto e, aos domingos à tarde, sentava-se religiosamente em frente ao nosso rádio a pilhas para escutar os relatos dos jogos do Porto, que pareciam chegar de um lugar tão longínquo e absurdo como a própria cidade do Porto, que ele nem sabia bem onde ficava e como seria. Mas estremecia de amor quando ouvia a familiar voz do locutor Nuno Brás anunciando: "Estimado ouvinte, estamos em directo do Estádio das Antas para levar até si o relato do jogo F. C. Porto-Sporting da Covilhã". Até que a televisão chegasse a Medronhais, já ele passara os trinta anos, nunca viu jogar o seu F. C. Porto e, aliás, nunca viu um jogo de futebol a sério. Sozinho contra uma aldeia inteira, arrostava e sofria por aquela absurda paixão em tardes de discussão sem fim e na esperança, nunca cumprida nesses anos, de ver o seu F. C. Porto enfim campeão. E já a televisão e a Revolução tinham chegado a Medronhais quando, pela primeira vez, ele cumpriu o seu sonho de toda uma infância e juventude: ver jogar o Porto, na televisão do Café Central. E foi para ele uma imensa desilusão: entre as linhas desmaiadas de cor do ecrã do aparelho do Manel da Toca e as sucessivas interrupções da transmissão por uma invasão de imagens esbatidas e um ruído de catástrofe iminente, constatou que o relvado não era verde, o "esférico" não tinha cor e, pior do que tudo, o fascinante azul e branco do equipamento do F. C. Porto não passava de umas manchas cinzento-escuras intercaladas com umas cinzento-claras ou de azul absurdamente violento. E o Porto perdeu o jogo.

Tudo isso mudou quando os Vaz Pereira, ao contrário do que já então começava a acontecer, se mudaram de Lisboa para Medronhais da Serra. Tendo herdado de uma tia sem descendentes directos os centro e trinta hectares húmidos da Várzea Fresca, junto à ribeira, no fundo do vale, o Joaquim Vaz Pereira abandonou o seu tranquilo lugar de segundo-escriturário numa repartição de Finanças da capital, a que aparentemente a sorte o destinara para sempre, e resolveu vir fazer "agricultura moderna" debaixo dos socalcos da aldeia. Consigo trouxe uma mulher enfadada (e, daí em diante, eternamente doente de frio ou de calor ou de melancolia) e dois filhos: um rapaz ainda quase criança e a menina dos seus olhos, Maria da

Graça, que tinha dezesseis anos quando o meu Francisco fez dezenove, e que, ao contrário dele, desejaria ter continuado os estudos liceais. Penso que os dois se apaixonaram assim que se viram, embora o meu Francisco tenha demorado tempo a confessar, a si próprio primeiro, e a ela depois, que aquele era fogo que ardia, vendo-se. Aliás, era difícil ou impossível arrastar uma paixão ou um namoro na aldeia sem que todos dessem por ele. Não havia muitos lugares para onde irem, onde se encontrarem, a sós ou acompanhados, sem que toda a aldeia visse e comentasse. Assim, os dois começaram a "falar-se", que era como nós chamávamos ao acto de namorar.

A Graça não era rapariga de ficar quieta, apenas namorando à espera do casamento. Tendo quase terminado os estudos liceais em Lisboa e não lhe puxando a vocação para os trabalhos de campo em que o pai se redescobrira para grande incómodo da restante família, iniciou um curso de enfermagem por correspondência, que, ao fim de um ano, lhe conferiu o diploma de enfermeira de primeiro grau. Por sorte ou porque já o previra, o facto é que pouco depois abriu em Medronhais um posto médico e de enfermagem, assistido por um médico que vinha dar consultas às tardes de quinta-feira, e que, no resto da semana, devia ser mantido aberto e em funcionamento por uma enfermeira. É claro que foi ela quem ganhou o lugar. Passámos a vê-la atravessar a aldeia de bata branca e touca com uma cruz vermelha na cabeça, abrindo o posto todas as manhãs, organizando tudo o que lhe dizia respeito, como a manutenção do stock de medicamentos e material de enfermagem, o manuseamento de receitas feitas em laboratório e menos elaboradas, e o atendimento dos casos de ferimentos ligeiros ou primeiros socorros a quem se magoava ou padecia de males a que o dr. Freitas haveria de atender na próxima quinta-feira. E, às quintas-feiras, ela ajudava o dr. Freitas nas consultas, tomava nota dos remédios que ele receitava e ela devia encomendar e dos tratamentos que devia acompanhar na ausência do médico. Em breve, era das pessoas mais importantes e queridas de Medronhais, aos dezoito anos de idade. E o Francisco, salvo caso de força maior no trabalho do campo, com algum animal doente ou assim, nunca falhava à porta do posto médico às cinco da tarde, quando ela saía do serviço, fechava o posto à chave, e ele a acompanhava até casa, atravessando a aldeia com um orgulho que não conseguia nem queria disfarçar, ao lado daquela menina de bata branca e cruz vermelha na cabeça, que todos cumprimentavam com prazer e com respeito.

Além do mais, a Graça era linda. Ia de menina para mulher com uma elegância e uma segurança que por ali era raro ver e que muito denunciavam a sua educação na grande cidade. Fazia-se alta e leve, de pernas e pele morenas, olhos muito escuros, cabelo preto sedoso e preso no alto da cabeça, como então se usava. Tinha um riso fácil e espontâneo, que começava nos olhos e descia até à boca e se quebrava na maneira como rodava uns ombros altos e direitos que nela eram tão expressivos como os próprios olhos e a cara. E tinha uma voz cristalina, segura e sorridente, que deixava todos como que encadeados da sua fala. Talvez não fosse a mais bonita rapariga de Medronhais, mas era seguramente a mais interessante e a mais culta. Nenhuma mãe ali podia desejar melhor sorte a um filho.

Eu e o Tomaz recebemos a Graça, como futura nora, de braços abertos. É claro que, enquanto mulher, fui eu que logo fiquei mais próxima dela e a conheci melhor. E eu gostei muito da Graça, assim que a conheci! Tive algum medo, devo confessar, que ela estivesse a um nível superior a que o Francisco não conseguiria chegar, mesmo esforçando-se para tal. A Graça parecia-me mais inteligente, mais culta, muito mais vivida, como era natural que fosse, tendo crescido em Lisboa, enquanto ele crescera naquela pasmaceira alentejana. É verdade que o Francisco sempre fora também um rapaz mais interessado e de mais leituras do que os outros da sua idade, em Medronhais. Mas, apesar disso, ele pertencia ali, aquele era o seu mundo, onde se sentia seguro e tão feliz quanto se podia ser. Enquanto que a Graça, nunca poderíamos saber com certeza se era feliz ali, mesmo com ele, ou se gostaria de partir à primeira oportunidade. Eu sentia isso e tinha medo por ele, mas também sabia muito bem, e quanto mais a ia conhecendo, que nada havia a fazer: um rapaz como o Francisco só podia amar apaixonadamente aquela rapariga.

Haveríamos de ficar ainda mais próximas, eu e ela, quando, passado um ano de namoro, o Francisco foi chamado para a tropa, aos vinte anos. Primeiro, foi chamado para fazer a recruta em Beja, na Unidade de Infantaria 14. Foi para a especialidade de atirador e, sem surpresa para ninguém, foi o segundo classificado do curso, aproveitando a experiência de caçador furtivo — o desporto favorito dos homens e dos jovens de Medronhais. Em Beja, esteve seis meses a fazer a recruta, e vinha a casa todos os fins--de-semana, com a roupa para eu lavar e as saudades da Graça para ela apaziguar. Mas depois foi chamado para a guerra que tinha acabado de rebentar em Moçambique, e foi então que eu e a Graça nos passámos a apoiar uma na outra.

Ainda hoje não sei bem onde fica Moçambique. Sei que aquele único filho meu, que nunca tinha ido além de Beja, partiu um dia de Medronhais, todo ufano no seu uniforme com as divisas de cabo e uma mochila com um farnel de enchidos e bolos que eu lhe cozinhara, fotografias da namorada e a medalha com a Santa Teresa que lhe ofereci. Abraçou o pai, sem uma palavra de ambos, e deixou os campos, a aldeia, os animais que o conheciam só pelo cheiro, e deixou-me a mim e à Graça pregadas ao chão, de sorriso molhado pelas lágrimas e um tamanho aperto no peito que ainda hoje o sinto como se ele aqui estivesse a despedir-se outra vez. E de Beja levaram-no para Lisboa, de onde me escreveu a última carta antes de embarcar, dizendo que nem tivera tempo de conhecer a cidade. E embarcaram-no então no *Príncipe Perfeito* para vinte e um dias de mar — ele, que nunca vira mais água do que a do Guadiana — até o desembarcarem numa terra chamada Beira e onde, por fim, o chão não oscilava, o estômago não se virava do avesso e o horizonte não era apenas de água sem fim. E daí, dois dias após, levaram-no para o mato, num comboio de Berliets que carregavam consigo a juventude da Pátria, numa pista de buracos e lama, que os sapadores sondavam cautelosamente à medida que avançavam: cinco dias até chegarem ao aquartelamento onde iriam viver os dois próximos anos.

Mãe — escreveu ele na primeira carta que recebi —, *começámos a levar porrada ao terceiro dia que aqui chegámos e ainda mal nos tínhamos instalado. Viemos render uma Companhia que aqui passou cinco meses a instalar o aquartelamento e sofreu quinze baixas — a maior parte por doença. Assim que nos viram chegar, a primeira coisa que nos disseram foi: "Bem-vindos ao Inferno!". Há três dias que somos atacados de noite com fogo vindo do mato e ao qual ripostamos sem grande sentido. Ainda não saímos daquilo a que os oficiais chamam o "perímetro de segurança" e, embora o fogo inimigo seja bastante ineficaz, cumpre a sua função de nos manter recolhidos e assustados. Gostaria de dar uma volta pelo mato, para ver o que é África — que, pelo pouco que consegui ver, parece-me estranhamente parecida com o Alentejo, na paisagem. Às vezes, ouvimos os bichos, que alguns dizem ser elefantes e outros dizem ser leões ou leopardos, e há uns pretos que aparecem aqui durante o dia para vender milho e mandioca e que alguns dizem também serem terroristas que vêm espiar para passar informações ao inimigo. Como disse o capitão Morais, "não confiem em nada nem em ninguém. Desconfiem dos ruídos mas também do silêncio, dos animais e das pessoas. Se querem sair daqui vivos, nunca baixem a guarda!". E é isto a África, mãe. É isto a guerra. Ou parece que é. Ainda não sinto medo, porque ainda não percebi bem onde estou e o que se vai passar. Só sei que estou muito longe de si, do pai e da Graça. Quanto eu não dava para poder estar agora em Medronhais, nem que fosse só esta noite!*

Em ano e meio de mato, o Francisco nunca veio a casa. Havia uma compensação para quem não gozasse férias durante a comissão: esta era encurtada entre três a seis meses. A Companhia dele não as teve e isso veio, aliás, ao encontro dos seus desejos, que preferia sofrer todo o mal de uma só vez. Assim, pudemos tê-lo de volta ao fim de dezoito meses, inteiro, sem uma beliscadura, apenas mordido para sempre por essa doença oculta da malária, que, volta e meia, o pegava sem aviso e prostrava na cama destroçado de febre, delírios, sons de tiros e memórias escondidas de África. Teve muito mais sorte do que outros dois rapazes da sua criação, de Medronhais e de uma aldeia aqui próxima, cuja lembrança nos veio devolvida em caixões de pinho e uma medalha no lugar deles — um, morto em Angola, o outro na Guiné.

O Francisco voltou de África possuído por uma vontade quase animal de não perder mais um dia que fosse da sua juventude. E encontrou a Graça igualmente ansiosa por vingar aqueles dois anos de amor perdidos. O Joaquim Vaz Pereira, que estimava o meu rapaz tanto quanto eu estimava a filha dele, também não foi de demoras no consentimento nem de avarezas na ajuda: montou-lhes casa na Várzea Fresca, fez do Francisco o feitor e deu-lhes um casamento de dois dias, duas vacas e cinco porcos assados no espeto, e alguns duzentos litros de vinho, para toda a aldeia, mais as redondezas e os parentes de Lisboa.

Mas, pouco depois, a vida começou a andar-lhes para trás. O dr. Freitas, do posto médico — que fora o padrinho de casamento da Graça —, morreu passado um mês, quando, regressando de Medronhais a Mértola, já de noite e, ao que se contou, depois de ter bebido umas cinco aguardentes 1920 na Toca do Manel e ter recusado todas as sugestões e pedidos para que não se fizesse ao caminho, enfaixou o Renault 4 no tronco impiedoso de um sobreiro com várias gerações de vida. Durante três meses, a Graça deu conta do posto sozinha, até à chegada do substituto do dr. Freitas, o jovem bem-falante e bem-parecido dr. Luís Morais. Mais seis meses volvidos, e foi o Joaquim Vaz Pereira, o pai da Graça, que caiu fulminado onde estava: sentado à lareira, a olhar o lume, tendo apenas tido tempo de estender um braço para trás, como se pedisse ajuda. A viúva, cuja repulsa pela vida ali era de todos conhecida, não esperou senão que a primavera passasse e regressou de vez a Lisboa, levando consigo o filho mais novo e deixando a Graça entregue apenas ao meu filho e este a cuidar da Várzea Fresca, como coisa sua e enquanto ela a não vendeu. Um ano depois Graça ficou grávida e iria viver uma gravidez difícil, que muitas vezes a fechava em casa e no quarto, às escuras, e a tornou taciturna e calada (ela, que era tão faladora e sorridente!), e que todos atribuímos aos sucessivos choques por que passara: a morte do velho médico que ela venerava, a morte do pai que a adorava e apoiava em tudo, a deserção da mãe, levando consigo o irmão.

E, no dia de Natal de 1967, nasceu o nosso querido Filipe, filho único do meu filho único Francisco. Nasceu ainda na Várzea Fresca, sem médico e com a assistência da parteira chamada a Alcoutim, de mim e da própria Maria da Graça — que, enquanto conseguiu ter forças e alento, não parou de nos dar instruções. Foi, desde o primeiro dia, a alegria da sua mãe, o seu desvelo, o seu dia e a sua noite, a sua razão de viver. Porque a Graça nunca mais voltara a ser a mesma, tolhida por uma tristeza e uns silêncios que ninguém, senão eu, e só mais tarde, conseguiria entender. Mas nem eu conseguia gozar completamente aquele neto, que ela não largava nunca, a quem carregava ao colo para todo o lado, de quem fizera o seu único confidente, falando com ele sem cessar, enquanto caminhava pela aldeia ou enquanto vagueava pela casa ou pelos campos. A Graça deixara o posto médico quando ficara grávida, e depois deixou a Várzea Fresca, quando a mãe, a partir de Lisboa, decidira vendê-la. Ela e o Francisco vieram viver para nossa casa e, sem que eu ou o Tomaz tivéssemos feito qualquer pergunta ou manifestado qualquer estranheza, o Francisco amanhou uma antiga arrecadação de lenha, reparou o telhado, caiou as paredes, consertou a janela e fez disso o seu quarto: ela e ele dormiam em quartos separados. Ela, agarrada ao filho; ele, agarrado a nada.

E assim se passaram quase quatro anos, até a Graça adoecer. O dr. Luís Morais há muito que abandonara o lugar de médico visitante do posto de Medronhais e ninguém o substituíra. Em vão, tentámos que ela fosse a Beja, a Évora, consultar um médico. Dizia sempre que não, que aquilo não era nada e que haveria de passar. Mas todos os dias ela definhava à nossa vista, os olhos perdiam o brilho, o corpo estremecia de magreza e, por vezes, cambaleava ao caminhar. Tossia muito e escondia o sangue que vomitava, lavando as roupas às escondidas quando julgava que eu não a estava a ver. Um dia, não aguentando mais vê-la assim, chamei o Tomaz e fomos falar com o nosso filho.

— Francisco, queira a Graça ou não, tu tens de levá-la a um médico. Ela não está bem.

— Mãe, já tentei, mas ela não quer ir.

— Tentaste, filho? — perguntou o Tomaz, meu marido.

— Tentei: ela não quer.

— Mas ela não tem de querer, não está sequer em estado de decidir. Tu é que tens de decidir por ela — disse eu.

— Mãe, ela é que percebe de medicina. Se ela me diz que está tudo bem e vai passar, que mais posso eu fazer? Levá-la à força?

— Sim, filho. Levá-la à força, se necessário. É a mãe do teu filho — insistiu o Tomaz, até para meu espanto.

Ele olhou o pai, sem nada dizer. Pareceu que ia falar, mas afinal arrependeu-se e ficou calado.

O Francisco nunca a levou ao médico. Eu e o Tomaz não tínhamos como fazê-lo e ninguém se queria meter no assunto sem consentimento da própria ou do marido. A mãe da Graça não respondeu a tempo à carta que lhe enviei. E a própria Graça piorou de repente e ficou incapaz de reagir. Quando finalmente me decidi a ir ao Café Central e chamar uma ambulância pelo telefone, ela chegou tarde demais. A Graça morreu ao meu lado, com o filho apertado nos braços e apenas conseguindo apontar com os olhos para uma gaveta da cómoda do quarto. Quando lhe fechei os olhos e segurei o Filipe ao meu colo, fui à gaveta que ela indicara com o olhar, remexi nas roupas que estavam por cima e encontrei uma carta num envelope fechado, que dizia apenas: "Francisco". Sem saber bem porquê, por algum instinto de sobrevivência que não era a minha, peguei nela e guardei-a no bolso da camisa. E só então saí para dizer ao marido e ao sogro que a Graça estava morta — aos vinte e oito anos de idade.

Essa carta guardei-a comigo até hoje. Li-a vezes sem conta, até a saber de cor, e, de cada vez, voltei a guardá-la no envelope fechado e a escondê-la onde ninguém, nem mesmo inadvertidamente, a pudesse encontrar. Entretanto, continuei em mim a mãe que o Filipe perdera tão cedo. Fui mãe por ele e mais ainda, quando o Francisco se foi embora atrás da Revolução e nunca mais voltou. Fomos mãe e pai, eu e o Tomaz, meu marido — que o destino, felizmente, não quis que me deixasse sozinha nessa tarefa. O Francisco morreu sem que eu nunca lhe tivesse mostrado a carta que a mulher deixara para ele. Não sei se fiz bem ou mal, se ele tinha o direito de a ter lido ou se o meu dever era escondê-la dele. Mas sempre soube que o essencial era proteger o Filipe e que, apesar de ter deixado a carta escrita para o marido, a vontade última da Graça era a de proteger o filho. Foi isso que eu fiz também.

Passaram-se quase catorze anos. O Filipe acaba de entrar na Universidade de Évora para fazer o curso de arquitectura paisagista. Vai chegar agora à idade adulta e, por morte da avó materna, herdará, com dezoito anos, da mãe e dos avós, o suficiente para pagar o curso e fazer-se à vida. A nossa tarefa, minha e do Tomaz, termina aqui. Mas o Filipe escolheu vir passar uns dias connosco e com os seus amigos de Medronhais. Estiveram em farra a noite toda, foram até Alcoutim, regressaram de madrugada, todos bêbados, mas felizmente vivos.

Como sempre, o Tomaz saiu com as primeiras luzes da manhã para ir ver os animais. A seguir, irá ver os campos, encanar os regos de água que se entupiram, reconstruir os muretes de protecção contra o deslizamento da terra, podar as árvores do pomar. E há-de voltar quando for meio-dia e a fome começar a apertar. É assim desde que o conheço.

É setembro e eu estou sentada no terraço da casa, à sombra da parreira, que ainda tem uvas para serem colhidas. Foi um verão longo e seco, sem água nos ribeiros, sem tréguas de calor na planície. Cansei-me de ouvir as árvores gemer e as cigarras gritar com o calor. Cansei-me das noites abrasivas, às voltas na cama sem conseguir encontrar o sono, dos dias de sol a pique, sem uma sombra debaixo da qual caminhar ao meio-dia. É por isso que eu gosto tanto de ver chegar setembro, de sentir que há já uma brisa que atravessa os dias e afasta aquela espécie de neblina que o calor forma no horizonte e onde por vezes acredito avistar fantasmas dançantes cujas formas não conheço. É por isso que gosto tanto das tardes e noites de setembro, quando me venho sentar cá fora e não está frio nem calor — apenas a certeza de que um outro ciclo vai começar.

Oiço o Filipe acordar e avançar para a casa de banho, onde toma um daqueles duches intermináveis, que ele adora. Depois oiço-o regressar ao quarto e pouco depois ir até à cozinha para comer qualquer coisa. Passado um bocado, aparece com uma chávena de café na mão e vem sentar-se ao meu lado, passando os dedos pelo cabelo molhado. Estende as pernas, olha para mim e sorri-me:

— Avó, sou adulto! E sou universitário, acabou-se o liceu de Beja! Já posso votar, já posso casar, já posso tudo!

Eu olho para ele e penso: "Sim, já é um adulto, já tem barba, já cresceu mais do que é normal. Já se governa a si próprio e decerto já tem segredos que não partilha connosco". O pai morrera-lhe há nove anos e, nesses nove anos, o Filipe fizera todo o liceu em Beja, vindo a casa apenas nas férias ou, excepcionalmente, num ou noutro fim-de-semana. Em grande parte, crescera por si próprio — crescera e transformara-se, tivera de aprender a defender-se sozinho, a escolher o caminho por si mesmo. Ao contrário de Portugal — a que onze anos de democracia ainda não tinham chegado para saber escolher o que queria —, o Filipe, crescendo com a liberdade conquistada, aprendera por si que a liberdade consiste em não depender de ninguém e a não esperar que os outros venham ajudar-nos a resolver o que nós não conseguimos. O que eu mais gostava neste meu neto era essa espécie de sabedoria prematura, essa capacidade de entender que tudo tem um preço e que, quando se recebe, tem de se devolver — mais cedo ou mais tarde, e mais vale cedo do que tarde.

Mas agora eu pensava noutra coisa mais urgente. O Filipe ia fazer dezoito anos — e esse era o prazo que eu tinha marcado a mim própria. Não havia mais justificação para continuar a adiar uma conversa tão longamente adiada. Suspirei fundo e fiz-lhe sinal para que se sentasse em frente de mim. Comecei:

— Filipe, meu filho, há uma conversa que estou para ter contigo há muito tempo, mas reflecti e cheguei à conclusão de que iria esperar que fosses crescido para ter esta conversa contigo.

— Avó — ele riu-se, como sempre se ria quando me via preocupada e queria afastar de mim as preocupações. — Não seja dramática!

— Não, meu querido, eu não sou dramática: a vida é que às vezes o é.

— Então? — Ainda sorria. — Qual é o grande assunto?

Olhei-o, sem mais hesitar:

— O grande assunto é a tua mãe.

Vi como ele se endireitava na cadeira. Imperceptivelmente, o sorriso ia-se desfazendo.

— O que há sobre a minha mãe?

— Muitas vezes, meu filho, tu me interrogavas sobre a tua mãe, como era ela, como e porque tinha morrido, se gostava de ti ou não, se gostava do teu pai, enfim, todas essas perguntas normais de um filho que perdeu a sua mãe aos quatro anos de idade e quer guardar qualquer recordação dela.

— Avó, peço desculpa se perguntei vezes de mais.

— Não, não: não perguntaste nunca vezes de mais! Eu é que respondi de menos.

— Como assim?

— Disse-te sempre parte da verdade: que era uma mulher extraordinária, linda, inteligente, diferente de tudo o que tínhamos aqui. E era. Disse-te que te adorava, que tu eras a razão da vida dela, e eras. Mas não te disse tudo...

Ele estava inclinado para a frente, quase assustado.

— O que não me disse, avó?

— Não te disse que ela morreu de desgosto e de remorso. Que quis morrer, apesar de te adorar, apesar do terror de te deixar.

— Porquê, avó? Porquê?

Olhei para ele, para a sua angústia, agora palpável: o meu Filipe, o meu querido neto. Seria possível que o fosse perder? Suspirei fundo e meti a mão ao bolso da bata, tirando essa carta maldita, tanto tempo escondida de todos. Já não estava nas minhas mãos, já não podia esconder mais, adiar mais. O Filipe é que iria decidir: não é em vão que um homem chega à idade adulta.

— Olha, Filipe: não te vou contar mais nada, até que leias isto. Isto é uma carta que a tua mãe deixou, guardada entre as coisas dela e dirigida ao teu pai. Quando ela morreu, a pobrezinha, contigo ao colo, olhou para mim, mesmo uns instantes antes de se ir, e apontou com os olhos para a gaveta da cómoda onde encontrei a carta. Não me perguntes porquê, mas eu senti que ela queria que eu a lesse antes de a entregar ao teu pai.

— E então?

— Então, primeiro, eu escondi a carta, até ter ocasião de a ler sozinha. E, depois de a ler, decidi não a entregar ao teu pai. Decidi guardá-la, pelo menos enquanto tu não crescesses, enquanto precisasses do teu pai. Mas, depois de ele morrer, pensei que só nos tinhas a nós e que precisavas de nós, pelo menos ainda um tempo. Enfim, olha, decidi que ta dava quando já te achasse grande. É hoje.

E estendi-lhe a carta, ainda guardada no mesmo e já desmaiado envelope, com a única palavra "Francisco" escrita por fora. Ele abriu-a devagar e começou a lê-la. E fui seguindo a sua silenciosa leitura, palavra por palavra, pois que assim mesmo a conhecia.

Francisco, meu marido

Acredites ou não, eu apaixonei-me por ti no instante em que te vi pela primeira vez. Olhei para ti e soube que tu serias o homem da minha vida, casasses-te comigo ou não. E soube que, fosse como fosse, nunca te deixaria.
Por sorte minha, tu também te apaixonaste. E, por sorte minha, descobri que eras exactamente como eu te tinha imaginado da primeira vez que te vi. Nada mais me parecia poder existir de tão importante como tu, nada mais me poderia faltar, que não tu. Esperei por ti, e por consumar o nosso amor, os dois anos que viveste lá tão longe, em Moçambique. E, estranhamente, nunca tive medo que não voltasses, nunca tive medo que um

aerograma do Exército com a notícia seca da tua morte chegasse um dia, de repente. Às vezes, devo confessá-lo, punha-me a imaginar que tu poderias voltar estropiado, sem pernas ou braços, doente para sempre. Mas isso não era o mais importante: voltavas e eu amar-te-ia da mesma maneira.

Mas graças a Deus, tu voltaste intacto, tão apaixonado e tão igual ao que eu te conhecia, que era como se nunca tivesses partido, como se nunca nos tivéssemos separado. E, embora eu saiba que todas as noivas dizem o mesmo, a verdade é que eu fui a mulher mais feliz do mundo no dia em que me casei contigo, no dia em que vi a tua aliança entrar no meu dedo e pensei que, de facto, homem algum conseguiria separar o que Deus uniu. Ninguém, jamais, me separaria de ti.

A morte do meu querido dr. Freitas (que escolhi para meu padrinho de casamento) abalou-me mais do que eu conseguia entender. E a morte do meu pai nunca consegui ultrapassá-la — até porque sabes bem como a minha mãe me foi sempre quase indiferente. Eu era feliz, muito feliz contigo, mas ver morrer à minha volta pessoas que tanto amava deixou-me uma sensação estranha de ter sido abandonada e de, de alguma forma, ter ficado um pouco sozinha. Nunca te falei muito disso, porque eu sabia que tu não o entendias. Não entendias a minha dor em toda a sua extensão e não entenderias que eu me pudesse sentir sozinha tendo-te a ti. E, depois, houve o problema do filho que eu não conseguia ter — ou que nós não conseguíamos ter. Era uma coisa que te punha nervoso, muitas vezes até agressivo. Lembro-me de um dia me dizeres:

— Mas porque é que tu não consegues engravidar? Não me digas que andas a tomar essas porcarias para não engravidar, lá do posto médico!

E eu só consegui responder:

— Francisco, pára com isso! Tu achas que eu não quero, mais do que tu até, ter um filho?

Lembro-me de tu me olhares e ficares em silêncio. Mas não ficaste em paz. E eu também não.

Enfim, não te conto isto para me desculpar: conto só porque foi assim que as coisas aconteceram. Não sei bem dizer como, nem porquê, nem quando, mas eu apaixonei-me por aquele dr. Luís Morais, que veio substituir o dr. Freitas nas consultas do posto — decerto que te lembras dele. Até porque (e com razão, meu Deus!) nunca gostaste que eu trabalhasse com ele.

Tive um caso com ele, que não durou mais do que dois ou três meses, o suficiente para eu ficar grávida do Filipe. O Filipe é filho do dr. Morais, não teu. Não perguntes se tenho a certeza absoluta: tenho e não adianta explicar porquê. Aliás, como tu e eu bem sabemos, assim que o Filipe começou a crescer e que as parecenças com ele, e não contigo, se foram tornando evidentes, tu começaste a desconfiar disso mesmo. Uma ou duas vezes, só à minha frente, deixaste cair uma frase ambígua, cujo sentido entendi bem e dolorosamente, mas que fingi não entender. Eu nunca mais voltei a vê-lo depois de engravidar: cortei com ele, disse-lhe que estava grávida e que não o queria ver mais. Mas não lhe disse que era ele o pai. Ele pediu a transferência de Medronhais e nunca mais nos vimos ou falámos ou soube dele. Quis continuar casada contigo, porque te amava e não queria perder-te. Quis que me voltasses a amar como dantes, mas não sabia como o fazer. Não me atrevia a contar-te a verdade e suplicar-te que me perdoasses: eu sabia que não perdoarias e preferi, então, viver na mentira, na verdade não dita, e na esperança de que um dia, quem sabe, tu gostasses tanto de mim e do Filipe que pensasses que tudo tinha sido um sonho mau. E, nestes últimos quatro anos passados desde que o Filipe nasceu, tudo aquilo que pedi à Providência, tudo aquilo que rezava à noite no quarto onde, por vontade tua, dormi sem ti estes anos, é que um dia pudesse acordar e acreditar também que tudo não tinha passado de um sonho mau. Em vão, e como tu bem sabes, tentei tudo para te seduzir outra vez, para te mostrar o quanto te amava e amo, o quanto me faltas e matas de tristeza com a tua tristeza, com a tua frieza.

Agora é tarde, porque eu sei que vou morrer. Não te sei explicar direito, mas sinto a morte já em mim, sinto que tomou conta do meu corpo e da minha vontade e que já não há volta a dar. Vou morrer em breve e por isso te escrevo. Vou morrer sem o teu amor e sem o teu perdão e suponho que seja justo assim. O que eu te fiz não tem perdão porque não teve justificação. Outras mulheres, maltratadas e mal-amadas pelos maridos, terão razões para os trair que eu nunca tive. A minha traição não tem nome, não tem desculpa. Mas acredita, ao menos, que teve castigo: estes quatro anos terríveis, em que, só de te olhar, a minha culpa me desabava aos pés. Sobrevivi pelo meu filho, pelo Filipe. E é por isso também que te escrevo. Para te pedir perdão mil vezes e para te pedir outra coisa que, neste momento, é ainda mais importante para mim do que o teu perdão.

Por favor, Francisco, não te vingues no Filipe. Mesmo sabendo que ele não é teu filho, não te esqueças de que ele julga que tu és o pai dele e te ama como tal. Todos estes anos não fiz mais do que instigar esse amor dele por ti, do que falar-lhe de quanto o pai é um homem bom e justo, do orgulho que deve ter em ti, do respeito, do amor. Eu sei que não te será fácil, mas também tenho a secreta esperança de que, depois de eu me ir embora, quando o objecto do teu ódio ou do teu castigo já cá não estiver, tu percebas que não faz mais sentido prolongares essa tua vingança, essa agonia que também te destrói, sobre uma criança inocente, que te chama e ama como pai.

Eu fiz aquilo que devia, aquilo que te devia, que foi não morrer deixando-te com uma dúvida por esclarecer. Agora que sabes, de certeza, que ele não é teu filho, sossega, Francisco, ama-o ao menos pela criança querida que ele é! Por favor, por tudo aquilo que me levou um dia a amar-te como ninguém mais, por tudo o que me leva ainda a amar-te e a jurar-te que tu és o homem mais maravilhoso que eu conheci nesta breve vida que foi a minha, suplico-te que sejas tu mesmo, como te conheço: incapaz de te vingares de mim numa criança indefesa. E, se puderes, nunca contes isto aos teus pais, que eu tanto respeito e tanto amo. Guarda contigo este segredo e, se assim o achares necessário, conta a verdade ao Filipe, quando ele tiver idade para a entender e me perdoar também.

Adeus, Francisco. Que Deus te guarde ainda uma vida em que possas ser tão feliz como mereces.

A tua mulher,
Maria da Graça.

Acabada a leitura, Filipe respirou fundo, fechou os olhos e deixou que a carta lhe caísse da mão direita para o chão. Ficou assim, calado, durante um tempo e, quando eu já pensava em retirar-me, deixando-o a sós com aquela verdade brutal, ele chamou-me:

— Avó, a minha mãe morreu há uns treze, catorze anos, não foi?

— Há treze anos.

— E, durante esses treze anos, a avó não mostrou a carta a ninguém?

— Não.

— Ninguém sabe ou soube disto, a não ser nós os dois?

— Não.

— Nem o meu pai?

— Nem o teu pai.

— Nem o avô?

— Nem ele.

— Quer dizer que o meu pai morreu sem saber que eu não era filho dele?

Continuava de olhos fechados e com o braço estendido, a mão aberta.

— Foi.

— Mas porque não lhe deu a carta, avó? Foi o que a mãe pediu antes de morrer, não foi?

— Ela não pediu, nem deixou de pedir: apenas me indicou com os olhos a gaveta onde estava a carta.

— Mas isso era para que a avó a encontrasse, não para que a guardasse para si!

Eu tinha tido muitos anos para antecipar esta conversa. Estava preparada para ela.

— Não, Filipe: depois de muito ter pensado nisso, de noites e noites às voltas com o assunto na cama, sem conseguir dormir, cheguei à conclusão que não era isso que ela queria: ela queria mesmo que eu guardasse a carta sem a mostrar ao teu pai, pelo menos, até que tu tivesses idade para já não precisares dele. E tivesses idade para compreender.

— Compreender?

Enfim, abriu os olhos. Parecia muito triste. Pelo pai, pela mãe, por ele próprio?

— Filipe, se a tua mãe quisesse mesmo que o teu pai lesse logo a carta, não me teria indicado onde ela estava, para ser eu a encontrá-la. Não teria feito nada e, se fosse ele a encontrá-la, estava entregue; se fosse eu, entregar-lha-ia. Não, eu penso que ela a escreveu porque devia isso ao teu pai: conforme escreveu, não queria morrer deixando-o com uma dúvida por resolver eternamente. Mas não queria que ele o soubesse antes do tempo adequado.

— E porquê?

— Tens a resposta na carta: não queria que ele te abandonasse, que te repudiasse, por seres filho da traição dela. Não queria que tu ficasses órfão de mãe e também de pai, aos quatro anos de idade. Ela morreu a defender-te, Filipe.

— Não serviu de muito...

— Não, de facto, não serviu: ele sempre desconfiou. Mas com a desconfiança, por pior que seja, pode-se viver; com a certeza da traição é que não.

— Mas a avó não acha também que o meu pai... — parou, de repente, perplexo, a meio da frase, antes de continuar — ... perdão, o seu filho, tinha o direito de saber a verdade antes de morrer?

— Acho, e essa sempre foi a minha intenção. Só que ele morreu de repente, sem me dar oportunidade para mais.

— E, assim, continuou a guardar este segredo só para si até ao dia de hoje?

— E sinto-me bem aliviada por finalmente deixar de o guardar só para mim.

— Mas nem mesmo quando o meu pai... isto é, o seu filho, porra... nem quando ele morreu se sentiu tentada a contar ao avô?

— Senti, claro. E antes disso, muitas vezes. Senti-me sempre tentada a contar a ele, ao Francisco, a ti, ao próprio dr. Morais, o teu verdadeiro pai. Mas resisti. E resisti e resisti, porque nunca tive uma dúvida de que era o melhor para ti e aquilo que a tua mãe tinha querido que eu fizesse.

Ele levantou-se da cadeira e começou a passear no pequeno pátio, de trás para a frente, da frente para trás, de mãos nos bolsos, uma espécie de raiva controlada na voz que me interpelou.

— É estranho, avó: ela traiu o seu único filho, desgraçou a vida de ambos, desfez, por vontade própria, um casamento que, segundo ela, era feliz e com o homem que amava e admirava, e a avó, ainda assim, parece que foi mais leal a ela do que ao meu pai. Ao seu filho.

— Como disse, pensei em ti primeiro que tudo. Pensei o que seria de ti, órfão de mãe e rejeitado pelo pai, aos quatro anos. Mas, sim, tu tens razão também, e pensei muito nisso: por algum motivo, que já nem adianta explicar, também fui leal a ela, ao que eu acredito ter sido a sua última vontade. Talvez mais leal a ela do que a ele.

— E porquê, avó? Gostava assim tanto dela?

— Gostava muito dela, é verdade...

— E perdoou-lhe?

A pergunta eu não esperava, não a tinha antecipado.

— Como é que se pode perdoar ou deixar de perdoar a quem já cá não está?

— Pode: assim como a avó perdoou.

Foi a minha vez de ficar calada: que podia eu dizer? Ele andou ao longo do terraço, ainda umas duas vezes. Depois, como se de repente tivesse sido fulminado por uma revelação, parou e disse, sem olhar para mim:

— Mas isto quer dizer... quer dizer que a avó e o avô, de facto, não são meus avós!?

Tive vontade de me levantar e agarrar a ele, como quando ele era pequeno e tinha medo das trovoadas, procurando refúgio no meu colo.

— Isso depende de ti, Filipe. Para mim, e de certeza que para o teu avô, se eu lhe contar, tu serás sempre e sempre o nosso neto, o nosso único neto. Mesmo que te vás embora para sempre, mesmo que nunca mais saibamos de ti. Os anos de felicidade em que cuidei de ti, como avó e como mãe, esses, não foram mentira!

O Filipe voltou a sentar-se, apanhou a carta do chão, dobrou-a e guardou-a no bolso das calças. Enfim, olhou para mim, com um olhar magoado como eu nunca lhe tinha visto.

— Veja a minha situação, avó: a minha mãe morreu, o homem que tinha por meu pai morreu hoje pela segunda vez; os meus avós maternos morreram, os meus avós paternos, acabo de descobrir que, afinal, não o são. O que resta, qual é a minha família?

Tentei agarrar-lhe a mão, mas ele levantou-se outra vez e respondeu à sua própria pergunta, por cima do ombro:

— O que me resta é o tal dr. Luís Morais. O meu pai biológico, que nem sequer sabe que o é.

Segunda parte

O MUNDO

Capítulo 9

NOITE

— Eva!

Fingi dormir, mas ele não acreditou. Abanou-me o ombro e insistiu:

— Eva!

Senti o peso do corpo dele ao meu lado. O calor que vinha dele, o seu cheiro, a sua respiração. Por um instante, tentei acreditar que fosse um sonho ou um pesadelo, mas sabia que não, que tinha de encarar aquilo.

— Sim...?

— Eva, não tens de ficar assim: nós podemos tentar outra vez.

Desejei que houvesse alguma luz no quarto, alguma coisa que lhe tornasse credível o que estava a dizer para mim, em silêncio: "Não, está tudo errado: nós; podemos tentar; outra vez. Não haverá mais nós, não podemos tentar mais e não haverá outra vez. Ouves-me?".

Não, ele não podia ouvir. Ninguém poderia. Só eu podia escutar o que dizia só para mim. Só eu sabia porquê, só eu compreendia. Ele tentou puxar-me para si, de encontro ao seu corpo, e eu tentei não ser brusca, afastá-lo com delicadeza. Rodei e ergui-me sobre o corpo dele e pousei-lhe um beijo na boca, ao de leve. Era muito: para mim, era muito.

— Zé Luís, o problema não é teu. É meu, dos meus fantasmas, que eu não consigo ultrapassar. Isto não tem que ver com sentimentos nem com atracção sexual. Tu és um homem bem sexy, um bonito rapaz, que qualquer das minhas amigas gostaria de ter, nem que fosse para uma noite só. Mas também és mais do que isso e mereces mais do que isso.

— Mas que fantasmas são esses, Eva? Conta-me: talvez eu consiga ajudar-te!

— Não, Zé Luís, acredita em mim! Por favor, acredita em mim: só eu posso resolver isto. E, se um dia tiver resolvido e ainda estiveres interessado em saber, nesse dia conto-te e tu compreenderás.

— E tudo acaba assim, sem mais nem menos e porque tu tens um problema para resolver?

— Peço-te perdão mil vezes. Acredita que não fiz nada gratuitamente e sem pensar em ti: julguei que era capaz de ter uma relação normal contigo, mas não sou. Ainda não sou capaz. E só te posso dizer isto: se algum dia for capaz de ter uma relação normal com alguém, gostaria que fosse contigo.

— Muito obrigado! — disse ele, acendendo a luz e começando a vestir-se. Quando ficou pronto, parou à ombreira da porta, olhou-me durante uns instantes e foi-se embora sem nada mais dizer.

Fiquei deitada na cama a olhar o tecto do quarto,

como se ali pudesse encontrar algum sentido, alguma resposta para o que me ia na cabeça. Esta fora a terceira tentativa falhada de ir para a cama com um homem e a mais séria de todas. O Zé Luís fora meu colega da faculdade, dois anos acima de mim, e agora, já licenciado, votado a uma brilhante carreira como advogado — que sempre fora o seu sonho. Era alto, giro, inteligente, com um sentido de humor que me seduzia e uma ternura para comigo que me levara a arriscar, outra vez. E, antes mesmo de avaliar o que tinha acabado de perder, de analisar os meus sentimentos feridos, o que mais me angustiava era tê-lo magoado — e tê-lo humilhado, pois que os homens se humilham demais com estas coisas.

Vesti o pijama, fui até à casa de banho e engoli dois Lexotans, para que o escuro e o nada me dessem tréguas. Sentia-me tão cansada, tão vazia, tão impotente! Eu, que tanto lutara para sobreviver, mas que, pelos vistos, não o conseguira ainda! Rezei mentalmente para que os Lexotans fizessem efeito depressa, mas, antes que isso acontecesse, voltou tudo de novo, como se uma força sobrenatural me não deixasse esquecer jamais. O meu filme de terror, os meus fantasmas todos à solta, reais e presentes e não imaginados e longínquos: o Alexandre, o beijo na boca, o bar, o álcool na minha cabeça, ele ao volante em direcção ao escuro e ao nevoeiro, as pedras enormes, quietas há milénios, testemunhas silenciosas de tudo o que se seguiu, ele, Alexandre, de membro erecto convidando-me e eu de joelhos aos pés dele, e depois do outro e do outro ainda, um líquido espesso e amargo, uma sensação de morte em vida, de noite sem regresso, de equívoco, de tragédia, vomitando a minha miséria, a cabeça a andar-me à roda de encontro às pedras, tropeçando, caindo, gritos chamando por mim, estevas chicoteando-me a cara, terra e esperma misturados na boca, e cambaleando enfim ao encontro da luz, mas era uma luz que roncava e matava, que me apanhou pela cintura, metal contra ossos, e tudo se quebrou, a minha cara contra um vidro, o sangue jorrando-me pelos olhos e cegando-me, o frio do metal rasgando a minha perna. Adormecendo contra a terra, em terra de ninguém. E sem ninguém a meu lado.

Depois, o nada, o escuro. Um longo nada, um interminável túnel escuro, sem saída, sem luz alguma. Até que, mil anos depois, umas luzinhas quase imperceptíveis começaram a brilhar, intermitentes, dentro dos meus olhos. Sons, vozes que falavam baixinho, talvez o meu nome. Outros mil anos depois, umas figuras esbatidas, brancas, suaves, o meu pai, a minha mãe, lágrimas pousadas na minha mão, palavras murmuradas tão baixo que eu quase conseguia ouvi-las. Acordei no final de um dia, reconheci a luz do fim da tarde que entrava por uma janela. Escutei, fascinada, o som dos aparelhos a que a minha vida estava ligada. Rodei a cabeça devagar e vi um écran com gráficos e outro com números que se alteravam constantemente, se eu respirasse ou se me mexesse, se abrisse os olhos ou se desse sinal de voltar à vida. Percebi onde estava, o que significava tudo aquilo, mas sentia-me muito cansada e voltei a adormecer.

Alguns dias mais tarde, já me encostava para trás nas almofadas, dois homens vieram ter comigo e sentaram-se ao lado da cama.

— Quem eram eles, conhecia algum?

— Não.

— Lembra-se de algum deles? Consegue descrevê-los?

— Eram estudantes, vinte e poucos anos. Um tinha ar de mau, outro era bonito, o outro indiferente, talvez.

— Algum nome?

— Não me lembro... sim, havia um Alexandre.

— Alexandre? E qual dos três era ele — o mau, o bonito ou o indiferente?

— Agora são todos indiferentes.

Os dois homens olharam para mim e depois um para o outro. Tomavam notas.

— E o carro? Lembra-se que carro era?

— Não.

— Marca, modelo?

Abanei a cabeça, dizendo que não.

— Cor?

— Escuro.

— Escuro?

— Sim, é tudo o que recordo. Era de noite, não vi bem.

O que estava mais próximo de mim suspirou, tirando mais notas.

— Acha que eles a atropelaram de propósito?

Parei para reflectir. A cabeça começou a zumbir-me e olhei para ele, perdida:

— Não sei. Talvez sim.

— Ou foi você que se deixou atropelar ou que se atirou para cima do carro?

Comecei a chorar.

— Não sei, não sei!

O médico que estava ao fundo a assistir, interveio então:

— Chega. Por hoje, chega!

Meses depois, soube que o caso tinha sido arquivado — na linguagem deles, "ficando a aguardar produção de melhor prova". Melhor assim: era preciso seguir em frente.

Mas não foi fácil seguir em frente. Traumatismo craniano com perda total de conhecimento e coma profundo durante cinco dias. Fractura do septo nasal, do maxilar inferior com perda de três dentes, cortes profundos na cara e no pescoço, fractura da tíbia e perónio esquerdos com diversas feridas superficiais e profundas, esmagamento sensível da D7 e D8, com perda parcial da mobilidade nos membros inferiores. Duas cirurgias plásticas de reconstituição na cara, nariz e pescoço; duas cirurgias correctivas das fracturas na perna esquerda, com encurtamento definitivo de dois centímetros em relação à perna direita; cinco anos de semi-internamento no Centro de Reabilitação de Alcoitão, até abandonar a cadeira de rodas, depois as muletas e, enfim, aguentar-me sem elas e caminhar pelo meu próprio pé. Cinco anos a três, quatro horas por dia, gemendo de dor, forçando, levantando pesos, flectindo as pernas, caminhando entre as barras, tropeçando, caindo e levantando-me, chorando, desacreditando e voltando a acreditar, forçar e romper e voltar atrás, desesperar, suplicar, render-me. E, no fim, caminhar.

Devo-o à fisioterapeuta que me acompanhou nesses

cinco anos e que nunca me abandonou e nunca me deixou desistir. Era uma mulher nova, trinta e poucos anos, bonita, casada e com dois filhos. Tinha uma outra vida, a sua, e podia ter levado aquilo apenas como trabalho de rotina, igual a tantos outros. Mas ela fez da minha, parte da sua vida, sofreu quando eu sofria, gritou comigo quando eu baixava os braços e desistia, chorou quando me viu chorar — de desespero ou de felicidade por cada ínfimo progresso, cada centímetro a mais que eu alcançava, cada passo a mais que eu dava.

— Vai, miúda, vai! Não desistas agora! Tu és tão nova e tens umas pernas tão bonitas, não vais querer vê-las sentadas numa cadeira de rodas para sempre!

— Não consigo! Não consigo mais!

Disse isto umas cem vezes, ao longo daqueles terríveis anos. E, de cada vez, ela agarrou-me a cabeça com as duas mãos, encostou a minha cara à sua e disse:

— Consegues, sim! Porra, tens de conseguir ou eu nunca mais me desculpo!

E consegui por ela. Por nós as duas.

E consegui-o também pelos meus pais. Pelos meus pais que agarraram o destroço físico da sua única filha de dezesseis anos de idade, abandonaram tudo o resto e gastaram os anos seguintes a ajudar-me a reconstruir-me e a voltar a ser uma pessoa normal. Nunca me perguntaram mais do que o necessário e nunca soube se a polícia os tinha posto ao corrente de todos os pormenores sórdidos do que acontecera, o álcool no meu sangue, o sémen na minha roupa. Se sabiam, nunca o disseram e nunca isso fez qualquer diferença na forma como, desde o primeiro minuto que abri os olhos, regressada do coma, eles pegaram em mim e tomaram conta de mim, como se eu tivesse acabado de lhes nascer outra vez. O meu pai vendeu a sua parte no negócio das estações de serviço ao seu sócio, a minha mãe pediu a reforma antecipada como professora primária, fecharam a casa onde vivíamos no Algarve e alugaram outra em Alcoitão — onde, durante os cinco anos seguintes, até eu largar a cadeira de rodas, viveram apenas em função de mim. Passei a ser a única aluna da minha mãe e, com a ajuda dela, concluí os dois anos que me faltavam do liceu e entrei na Faculdade de Direito de Lisboa, perseguindo um sonho que qualquer coisa naquela noite trágica tornara ainda mais premente e desejado.

Durante cinco anos, dia após dia, a minha mãe acordava-me de manhã, dava-me banho, vestia-me e chamava o meu pai para me ir pegar ao colo e levar até à mesa do pequeno-almoço. Depois, ele sentava-me na cadeira de rodas, empurrava-a até ao carro, voltava a pegar-me ao colo, sentava-me no banco de trás e levava-me até ao Liceu de Cascais e, mais tarde, até à faculdade em Lisboa, voltava a tirar-me do carro e a sentar-me na cadeira e levava-me até à sala de aula. E, quando acabavam as aulas, lá estava ele à minha espera, para fazer todo o percurso inverso até casa e, a seguir, até à terapia de reabilitação. Cinco anos, dia após dia.

Ali, eles não tinham família, nem amigos ou conhecidos. Eram estranhos numa aldeia estranha, passando os dias todos à espera: à espera que acabassem as aulas ou o meu tratamento, à espera que eu conseguisse um dia caminhar por mim própria e lhes voltasse a dar a vida que lhes roubara. Víamos televisão juntos, jogávamos à canasta, aos domingos o meu pai passeava-nos de carro por Sintra, Mafra, íamos ver o mar, tão diferente do nosso tranquilo mar do Algarve. Três pessoas, três vidas suspensas, fechadas num mundo de avanços e recuos, de alegrias passageiras ou tristezas demasiado fundas, todos pagando o preço, que só a mim caberia, de uma noite, apenas uma noite, de insanidade. Só havia tréguas nas férias de Natal ou nos longos dois meses de férias de verão, quando regressávamos ao Algarve e eles voltavam a abrir a nossa casa, o meu pai feliz por reencontrar a luz do Algarve, feita de espuma de maresia suspensa no ar e misturada com o ocre da terra e das falésias, uns finais de tarde lentos, sentado no terraço de casa com os amigos, comendo caracóis com orégãos, ou de noite, escutando o som das ondas rebentando suavemente na areia da praia, sentindo o vento de sueste a entrar com todos os seus sinais e bebendo a sua aguardente de medronho, enquanto tentava mais uma vez contar as incontáveis estrelas do céu. E, sentada ao seu lado, às vezes de cabeça encostada no seu ombro, eu tentava também decifrar as constelações, Cassiopeia, Oríon, Centauro, e jurava que nunca mais me poderia esquecer de como ele me carregava ao colo, altivo e orgulhoso, para levar a sua filha ao banho na praia e, segura nos seus braços, eu mergulhava naquela água cristalina e flutuava como se nada me pesasse, pois ele tinha-me ensinado um dia que tudo a água pode lavar para sempre.

Estava na idade das primeiras paixões sérias, de quando as raparigas da minha idade perdiam as noites nas discotecas de verão, fumavam charros, bebiam copos e acordavam em camas estranhas, ou então perdidamente se apaixonavam e iam ver nascer o dia sobre as falésias da praia, o sol crescendo na linha do horizonte, ainda a lua se despedia da noite, e elas suspiravam por uma frase bonita do namorado que pudessem guardar consigo enquanto o verão durasse. Mas eu sabia muito bem que ninguém se apaixonaria por uma rapariga, mesmo de cara bonita, cabelo escuro e sedoso e longas pernas — paralisadas. Ninguém me levaria de cadeira de rodas a uma discoteca ou para uma falésia à beira-mar ver nascer o dia. Os rapazes passavam por mim a caminho da praia, vendo o meu pai empurrar-me na cadeira de rodas, e eu lia no olhar deles o que pensavam: "Pobre dela, que desperdício!". Por vezes, nessas noites do Algarve, quando o levante abafava as noites de um calor espesso que não me deixava adormecer e o luar entrava pela janela aberta e vinha pousar no chão do quarto como se fosse um mensageiro da felicidade, eu punha-me a cismar que, na manhã seguinte, quando cruzasse um desses rapazes de corpo fino e bronzeado, de cabelos revoltos e olhos molhados de mar, chamá-lo-ia ao pé de mim e murmurar-lhe-ia ao ouvido: "Ouve, eu não posso pôr-me em pé, mas posso fazer tudo o resto...". Mas, no fundo de mim mesma, eu sabia que, se o meu desejo era concreto, se o sentia inquieto e à flor da pele, mesmo se por vezes me deixava húmida de tão intenso que era, o terror de o concretizar colava-me ainda mais à cadeira de rodas, como se, afinal, ela fosse, não uma prisão, mas um refúgio.

Os meus sentimentos esgotavam-se no amor aos meus pais, na felicidade de os ver enfim mais distraídos e alegres, naqueles luminosos meses de férias de verão. E um dia, depois de umas férias dessas, tive um pressentimento de que qualquer coisa estava a mudar no meu corpo, nas minhas pernas: havia uma tensão a crescer, um formigueiro, uma força nova, mas como que amarrada, que me impulsionava para cima, para a frente. No dia seguinte, a fisioterapeuta sentiu isso também, não disse nada, mas eu percebi pelo olhar dela e pelo tipo de exercícios incomuns que me obrigou a fazer que estava a pensar o mesmo que eu, mas que, tal como eu, não se atrevia ainda a falar. E passou outro dia assim, sem nada dizermos, sem nada nos atrevermos a tentar. Ao terceiro dia daquela tensão, física e mental, eu sentia os músculos, outrora mortos, a retesarem-se, o sangue a correr pelas artérias das pernas, os nervos tão tensos que pareciam ir rebentar. Então, ela olhou-me e disse-me, com uma voz muito calma, mas decidida:

— Vai, levanta-te!

Lancei-lhe um olhar assustado, um olhar que trazia consigo a memória de cinco anos de sofrimento e descrença, do terror de alimentar esperanças que depois desabassem, sem remissão. Mas ela abanou a cabeça e insistiu:

— Levanta-te!

Levantei-me, dei três passos em frente, tacteando o chão com tanto cuidado como se caminhasse sobre água. Sentei-me para descansar e voltei a levantar-me e a dar outros três passos. E a seguir cinco e depois fui de um lado ao outro da sala. Telefonei aos meus pais, que vieram a correr e choraram comigo. Veio mais gente do Centro para ver, outras fisioterapeutas, outros doentes, gente que tinha mais esperanças ainda do que eu houvera tido e gente sem esperança alguma, que apenas ali continuava porque não sabia que outra coisa fazer. Como se eu fosse uma criancinha a pronunciar as primeiras palavras, todos quiseram ver-me a pôr-me em pé e a caminhar pelo meu passo.

Nesse dia interminável, eu voltei a nascer outra vez e acreditei, enfim, que a minha culpa estava expiada. Tudo o resto, a seguir, foi muito rápido: num mês estava a caminhar quase normalmente, se bem que, devido à diferença de dois centímetros entre uma perna e outra, tivesse de coxear um pouco e para sempre. Mas até isso fui aprendendo a corrigir e disfarçar, com a altura dos saltos dos sapatos e com o meu orgulho recuperado. Convenci os meus pais a regressarem ao Algarve e fiquei sozinha na casa de Alcoitão: precisávamos de aprender mutuamente a viver separados. Depois das férias de verão seguintes, depois de ter readquirido até à exaustão o prazer de ir ao banho sem ajuda, de nadar até onde e quando me apetecia, regressei a Lisboa, sozinha e feliz, para os exames finais do curso.

E aqui estou agora, então. O Zé Luís acaba de se ir embora e os Lexotans ainda não me vergaram. Deitada na cama, à espera que o sono chegue, fico a pensar que, se tudo correr bem, como espero, dentro de semanas estarei formada em direito e pronta para concorrer a uma vaga no Ministério Público e ao curso do Centro de Estudos Judiciários, onde se formam os magistrados. Tento ser honesta comigo mesma e não ficar com dúvida alguma de que o que me move a escolher a acusação pública é um desejo de justiça e não um desejo de vingança. A dra. Eva vai cuidar de que, no que depender dela, ninguém veja ser-lhe negada a justiça a que tem direito. Os criminosos serão perseguidos, os bons serão deixados em paz e as vítimas serão recompensadas. Devo isso à minha história de vida. A tudo o que me trouxe até aqui, a tudo o que ultrapassei. E mesmo àquilo que ainda não ultrapassei.

Capítulo 10

NEBLINA

Pela quinta ou sexta vez, Filipe leu com toda a atenção a informação jurídica dos Serviços, que vinha junto ao dossier do Projecto de Urbanização da Herdade da Fontebela — o Processo Camarário nº 36-F/97. E, pela quinta ou sexta vez, não conseguiu perceber qual a conclusão: o projecto apresentado pela empresa Blue Ocean SA para a construção de um aldeamento turístico — cinquenta e seis vivendas, um aparthotel e um hotel de cinco estrelas, mais um golfe de dezoito buracos e um centro comercial — era ou não legalmente admissível face à lei aplicável? À primeira vista, como rezava a própria informação, não era, pois que dos 325 hectares da Herdade da Fontebela, um terço situava-se em Zona de Reserva Agrícola Nacional (RAN) e outro terço em Zona de Reserva Ecológica Nacional (REN) — ambas vedadas à construção, a não ser em casos excepcionais, que a lei enumerava e onde, aparentemente, não cabiam as pretensões da Blue Ocean. Mas as pretensões desta vinham acompanhadas de um douto "parecer" jurídico, assinado por um conhecido mestre de direito administrativo e ex-político de grande relevo, onde se concluía categoricamente que aquela era justamente uma das situações a que se aplicava a excepção legal. Gozava o mestre de uma reputada autoridade na matéria (muito embora também fosse voz corrente que, conforme os interesses do cliente e em casos absolutamente idênticos, tanto podia opinar num sentido como no oposto). E essa reputação tinha, visivelmente, condicionado a informação dos Serviços. Em suma, diziam estes que nem sim nem não, antes pelo contrário: tudo dependia da interpretação que se fizesse da lei — e essa deixavam "à consideração de Vexa". Ora, na doutrina camarária em vigor, nem sim nem não equivalia a um sim. Restava, para concluir o processo, o resultado do estudo de impacte ambiental, que, curiosamente, a lei deixava a cargo do próprio promotor — o qual contratava para isso os serviços de uma empresa especializada, com os resultados previsíveis. Desde que trabalhava nos Serviços Técnicos daquela câmara municipal de um concelho do litoral alentejano, já lá iam cinco anos, nunca Filipe tinha encontrado um estudo de impacte ambiental que concluísse em absoluto contra as pretensões do requerente: quando as coisas eram um bocado ostensivas demais, o que se fazia era recomendar algumas alterações de pormenor ou de menos importância, em vista do deferimento final. Aliás, como já tinha percebido, a estratégia vencedora era mesmo essa: o projecto inicial era apresentado com tamanhas enormidades que só podia ser liminàrmente recusado. Mas, ordenado o estudo de impacte ambiental, este mandava corrigir o mais ostensivo, e assim a câmara podia dizer que tinha imposto várias alterações, que o promotor tinha sido obrigado a aceitar, contrariado: todos satisfeitos, sem rabos-de-palha à vista. Mas havia também, e por último, o parecer dos Serviços Técnicos, e era aqui que Filipe entrava em cena — ele, ou qualquer outro dos arquitectos da câmara. E, neste caso, o processo calhara a ele.

Filipe fechou o dossier, suspirou fundo, levantou-se e foi até à janela aberta do seu gabinete, que lhe permitia ver o mar ao fundo, para além do casario branco da vila. Acendeu um cigarro e ficou a contemplar a vista, a escutar os sons familiares de um dia normal — as conversas das vizinhas devassando as estreitas ruas e becos, o pregão das peixeiras que tinham acabado de sair da lota da manhã para vender o peixe porta a porta, concorrendo com o mercado municipal, o ruído de uma motorizada arrancando rua abaixo e, ao longe, o fragor de um mar de levante, rebentando as suas ondas na areia da praia e espalhando uma névoa de humidade salgada que subia pela vila, esbatia a luz da manhã e colava manchas de salitre na cal das paredes. Adorava viver ali, adorava o seu trabalho, adorava esta vila junto a um mar que descobrira tão tarde na vida. Ele, que nascera e crescera no campo, descobrira-se outro homem, descobrira uma alegria desconhecida junto ao mar. Tudo lhe parecia agora menos agreste, mais leve, mais difuso, mais líquido.

Recém-formado em arquitectura paisagista na Universidade de Évora, saltara de lugar em lugar até vir ali parar. Estagiara num atelier de arquitectos em Évora e depois trabalhara numa empresa que fazia jardins, em Lisboa; tentara estabelecer-se por conta própria em Beja, chegando a projectar alguns jardins, públicos e particulares, e actuara como consultor nos concelhos vizinhos; e, finalmente, concorrera a uma vaga nos Serviços Técnicos da câmara municipal de Odemar e aqui estava, há quase cinco anos. Alugara um estúdio — apenas um quarto, uma sala, cozinha e casa de banho, mas com um pequeno pátio com vista para o mar e uma grande figueira, onde, no verão, se sentava a ler ou a comer à sombra da árvore e tomava banhos de mangueira, no regresso da praia. Tinha um ordenado que lhe dava o suficiente para as despesas e os juros das aplicações da herança da mãe que lhe davam para as extravagâncias — que não eram tantas assim. E tinha uma amiga especial, professora primária em Grândola, com quem passava alguns fins-de-semana ou alguns dias das férias dela, pela Páscoa, Natal, Carnaval ou verão, ora em Grândola, ora em Odemar. E, embora o assunto fosse desconversado entre eles, não tinha quaisquer planos para se casar, montar casa a dois, tornar estabelecido o que era apenas ocasional. Nem sequer para lhe prometer fidelidade ou esperar o mesmo dela. Assim como estava, a vida parecia-lhe perfeita.

Acabou o cigarro no justo momento em que o telefone interno sobre a sua mesa começou a tocar. Era a secretária do departamento:

— Filipe, o presidente quer ver-te.

— Quando?

— Agora mesmo.

— O.k., diz-lhe que estou indo.

Teve de atravessar quase todo o edifício da câmara, uma larga construção quadrada, de dois pisos, à roda de um pátio central com arcadas, que em tempos fora um convento de monges arrábidos: não mais do que quinze de cada vez, um desperdício de espaço para servir a Deus, num tempo em que havia homens, criaturas feitas à Sua imagem e semelhança, que dormiam ao relento ou em abrigos feitos de lama e palha. Sempre lhe fora difícil reconhecer sinais da justiça divina no mundo dos homens. Mas também nunca se rebelara contra as regras do jogo, nunca se imaginara cruzado pela justiça entre os homens — na política, por exemplo. Pensou no presidente da câmara, a cuja chamada agora acorria: tinha-o visto em campanha eleitoral, tinha admirado a sua infinita paciência para com os eleitores, a arte de nunca dizer que não a ninguém, sem por entanto se comprometer. "Vou ver, vou ver, vou estudar o assunto", "não me esqueço de si" — eram as suas frases predilectas, quando apertado. Também o vira a trabalhar, a despachar os assuntos, a ver obras no terreno e a impacientar-se com os atrasos, a vestir o seu fato domingueiro para ir a Lisboa falar com o ministro ou o seu fato de "homem bom da província" para ir a Leiria ou Aveiro participar no Congresso do Partido. E não havia nada que Filipe lhe pudesse criticar, nada que pudesse levá-lo a concluir que o bem comum era a última das preocupações do autarca. Pelo contrário: fazia o que podia, o melhor que sabia, com os meios disponíveis. Quando chegava a altura das eleições, o povo reconduzia-o, infalivelmente, porque, como rezavam os seus cartazes de campanha afixados no branco imaculado das paredes, "Odemar conhece-me!".

Fizera primeiro dois mandatos pelos comunistas, mas, quando o Partido lhe falou em renovação, entrou em dissidência, e, sem grande sofrimento, deixou-se seduzir pelos socialistas e assim conquistou o seu terceiro mandato. O povo gostava dele e Filipe nada tinha a opor.

Entrou no amplo gabinete do presidente, onde este despachava com a secretária, em mangas de camisa e com uma berrante gravata em tons roxos e amarelos, numa mesa enquadrada pelas bandeiras do concelho e de Portugal e um retrato oficial do Presidente da República. O outro olhou-o surpreso, como se já se tivesse esquecido que o convocara.

— Ah, Filipe, entre, sente-se aqui — e apontou para uma poltrona num conjunto de sofás que preenchia um canto da sala. — Pode ir, Dora, por agora chega.

Esperou que ela saísse e veio sentar-se também numa poltrona em frente de Filipe.

— Filipe, mandei chamá-lo por causa do processo da Herdade da Fontebela. O que se passa com isso?

— Nada, estou a estudar o processo.

— Mas já está a estudar o processo há, há...

— Há quinze dias, senhor presidente.

— Pois...

O presidente deteve-se para ir buscar um charuto. Era um hábito seu fumar um charuto logo pela manhã. Foi até à mesa e escolheu um da caixa humidificadora, em mogno legítimo. Rolou-o junto ao ouvido para escutar se estava seco, dispensou o cortador e, com um golpe medido, mordeu-o entre os dentes e arrancou-lhe a ponta, ficando depois a observar o corte, com ar satisfeito. Em seguida, agarrou numa caixa de fósforos grandes e voltou a sentar-se em frente de Filipe. Acendeu um fósforo e na sua chama começou a rodar a extremidade do charuto, enquanto ia soltando baforadas pela outra ponta. Quando ficou uniformemente aceso, com um intenso brilho de fogo na extremidade, sacudiu o fósforo aceso com a mão até o apagar, pousou-o no cinzeiro e puxou, com deleite, a primeira baforada do Hoyo de Monterrey, recostando-se para trás na poltrona, contemplando Filipe através da nuvem de fumo.

— Bom, vejamos: não é costume o meu amigo demorar esse tempo a analisar um processo. E, como sabe, aqui fazemos questão de despachar tudo rapidamente: sim ou sopas, não há cá vetos de gaveta.

— Eu sei.

— E então? Há algum problema?

— Pode ser que sim, senhor presidente.

— O quê?

— O terreno entra largamente dentro da zona da RAN e da REN...

— Pois, eu sei, também me pareceu que sim. Mas, a RAN, sabe como é: já não há cá agricultores. Aliás, foi um agricultor que lhes vendeu o terreno. E, quanto à REN, temos um campo de golfe, que também é uma zona verde, e com lagos e ajardinamento à volta. Reparou nisso, claro?

— Reparei. E fui lá ver duas vezes: levei a planta do levantamento topográfico e a planta da zona de implementação.

— E?

— E o campo de golfe, para além de ocupar terrenos

de aluvião e diversas áreas de vegetação autóctone, está encostado à Ribeira das Garças — que, como o senhor presidente sabe, é uma das fontes de abastecimento de água para o concelho. E não tem fontes de abastecimento de água próprias para a rega.

— Quer dizer que acha que vão buscar água à ribeira?

— Esse é o primeiro problema. Um campo de golfe de dezoito buracos gasta a mesma água diariamente que oito mil pessoas. Vamos ter um problema de abastecimento no verão.

— Não, se eu lhes puser lá um terminal de tratamento das águas residuais e eles se abastecerem daí.

— Mas isso custaria um dinheirão! O senhor presidente faria isso?

— Sim, se valer a pena. E punha-os a comparticipar. Que acha?

— Prometeram isso no Algarve, há cinco anos atrás. Têm lá uns quarenta golfes a funcionar e sabe quantos utilizam águas residuais?

— Não...

— Um.

O presidente soltou nova baforada, desta vez em direcção ao tecto. Fez uma pausa, antes de se inclinar para a frente.

— Esse, Filipe, é um problema meu, não é seu. Se eu os obrigar a comprometerem-se com isso, pode crer que os faço cumprir. Isso resolve as suas objecções?

— Não totalmente, senhor presidente.

— Então, que resta?

— Resta o problema da contaminação dos solos e da própria ribeira, a partir do golfe.

— Como assim?

— Senhor presidente: o verde de que fala, a propósito do campo de golfe, é verde demais. Não é natural: aguenta-se graças aos herbicidas e aos adubos químicos utilizados.

— E então?

Filipe respirou fundo. Seria possível que estivesse a ter aquela conversa?

— Bom, senhor presidente, o que vai acontecer, então, é que esses químicos vão-se infiltrar no solo, destruir o coberto vegetal e as plantas autóctones, que é aquilo que justifica a classificação como Reserva Ecológica. E daí vão escorrer para a Ribeira das Garças e acabar nos copos de água que as pessoas daqui bebem.

Nova baforada de fumo, nova pausa e Filipe reparou como os tons roxos e amarelos da gravata do outro lhe pareciam subitamente invencíveis.

— Oiça, meu rapaz: parece-me que você não está a ver o problema todo. Deixe-se lá desses palavrões do coberto vegetal, das espécies autóctones e tudo o mais. Alguma coisa se há-de poder fazer para remediar o que tanto o preocupa: trata-se a água, mudam-se as plantas de sítio, logo se vê! Agora, o que não tem remédio é perdermos um empreendimento destes. Não percebe isso?

— Bem, eu percebo...

Mas não conseguiu continuar: o presidente da câmara de Odemar estava agora a dois palmos da cara dele, separados apenas por uma ameaçadora nuvem Hoyo de Monterrey.

— Eu explico-lhe o problema: tenho dez por cento de desempregados no concelho e este projecto vai dar trabalho a muitos deles. Se eu o recusar, os meus colegas das câmaras aqui ao lado vão agarrá-lo com mãos ambas. Além disso, o projecto da Blue Ocean representa muitas receitas para nós — porque, como sabe, quanto mais construção se autoriza, mais receitas vêm de impostos. Ou porque é que acha que no Algarve não param de construir? E sabe o que eu vou fazer com esse dinheiro? Vou construir um novo Centro de Dia para a terceira idade e vou construir uma piscina municipal, e vou...

— Uma piscina? Mas têm uma praia fantástica!

— Você é parvo ou quê, Filipe? Acha que é por terem uma praia que não querem uma piscina? Acha que eu ganho eleições sem fazer o que os outros fazem? Você quer que aquele idiota do Partido Liberal ganhe as eleições para o ano que vem? Quer?

— Não...

— Pois, eu sei que não. Sei que você já me conhece, já me viu trabalhar, sabe que eu estou aqui para servir o povo. Mas, se vier a direita, com as suas promessas, eu quero ver a quantas urbanizações bem piores do que esta — que até é boa para o concelho — é que você vai ter de dar concordância! Espere e veja!

Calaram-se os dois. Estava tudo falado. O presidente acabou o charuto e esmagou-o no cinzeiro, tentando disfarçar a irritação. Depois, levantou-se com um sorriso e estendeu a mão a Filipe.

— Pense bem no que lhe disse. E acredite que todas as suas objecções têm solução. E elas não são nada, comparadas com as vantagens deste projecto. É preciso pensar em perspectiva. Lembre-se sempre disso: pensar em perspectiva!

Como todos os dias, Filipe foi almoçar à Adelaide, que não era nem restaurante nem tasca, antes uma espécie de casa de família que a dona alargara com quatro mesas, numa sala de janelas abertas sobre a praia. No verão, acrescentava mais duas mesas, debaixo de uma latada, cá fora, onde trabalhava o fogareiro para grelhar peixe — tarefa a cargo do tio Manuel Gaivota, assim chamado porque vivia com uma gaivota amestrada que baptizara de "Benfica" e que alimentava com os restos do almoço na Adelaide.

Todos ali constituíam uma espécie de estranha família alargada que, por vezes, raras vezes, se acrescentava de turistas de passagem, a quem a Adelaide, em momentos de bom humor, não fechava a porta na cara, dizendo que estava cheio ou que não havia mais peixe. Mas todos os dias havia peixe fresco, acabado de sair do mar, couves e batatas da horta da Adelaide, laranjas de inverno que espalhavam o seu sumo em todas as direcções se não se tivesse cuidado, e, no verão, melões extraordinários, raiados de verde por fora e amarelos, picantes, por dentro. Não havia menu nem alternativas, a não ser peixe cozido, frito ou grelhado — e o frito era mais caro porque dava mais trabalho. Mas havia sempre duas ou três variedades diferentes de peixe, conforme o mar, a época e a lota. Houve uma vez até em que o peixe do dia foi lagosta, porque um pequeno bote de dois pescadores tinha encontrado um banco delas a quatro milhas da costa e as vendeu quase ao preço de sargos.

De segunda a sexta-feira, à uma e meia em ponto, Filipe tinha a sua mesa preferida, junto à janela grande, guardada à sua espera. E, sobre a mesa, um jarro de vinho branco fresco e um cesto com pão caseiro, azeitonas talhadas e um queijo curado de ovelha. Todos os dias, de segunda a sexta, à uma e meia em ponto, ele era feliz ali, como se nada mais existisse e nada pudesse vir estragar aquela felicidade intacta.

Naquele dia, entre besugos e carapaus, escolheu os besugos — com salada de tomate e duas batatas cozidas. Enquanto esperava, acendeu um cigarro, pegou no telemóvel e ligou para Medronhais, para casa do avô Tomaz, ficando a imaginar a casa àquela hora do dia e o avô a levantar-se lá de fora, da sua cadeira de barbeiro, e a atravessar a sala escura para ir atender o telefone.

Aquela fora uma conquista sua. Quando a avó Filomena morrera — a dormir, sossegadamente e sem aviso algum — estava ele no último ano da faculdade, em Évora, e, após o enterro, quando se sentara no terraço com o avô, sem saber muito bem o que dizer, só lhe saíra isto:

— Avô, vossemecê agora tem de vir comigo para Évora. Pelo menos, um ano, até eu acabar o curso.

— Para Évora? Eu, para Évora? E o que iria lá fazer? Só atrapalhar-te...

— Ora essa, avô! Eu alugo facilmente uma casa com dois quartos e o senhor só tem de ficar sozinho enquanto eu estou nas aulas. Podemos almoçar e jantar juntos todos os dias e Évora é uma cidade grande e bonita, o avô ia gostar.

— Eu conheço Évora.

— Tem centros de dia, onde os velhotes como o senhor se entretêm, tem jardins, onde pode passear e rapidamente arranja parceiros para o dominó, que aqui já não tem...

— Ouve... — o avô inclinou-se para a frente, batendo com a bengala no chão várias vezes, como se martelasse as palavras — ... agradeço a tua oferta, mas vamos deixar isto claro de uma vez por todas e não se fala mais nisso: eu nunca vou sair daqui. Nunca!

— Avô, mas isto é um cemitério! Quantas pessoas restam em Medronhais — dez, doze?

— Não interessa. Nem que eu seja o último! Não saio daqui nunca. Ia fugir de quê — da morte? Já não tenho idade para fugir, filho! Foge tu, que és novo e tens uma vida inteira à tua espera, fora daqui.

E assim derrotado, Filipe conseguira, pelo menos, convencê-lo a instalar um telefone em casa, visto que telemóvel era coisa de que Tomaz nem queria ouvir falar e jurava que jamais se lembraria de carregar ou de aprender a usar.

— Quando me quiseres apanhar, telefona-me ao princípio ou ao fim da tarde, que é quando eu estou garantidamente por aqui, como sabes.

Depois de instalado o telefone, Filipe colara em frente dele um cartão com os únicos números de que o avô poderia precisar: o seu, o dos bombeiros, o da GNR. Em seguida, empreendera também em instalar-lhe uma televisão, com comando à distância. Ao princípio, Tomaz recusara veementemente, depois cedera só para não contrariar o neto e, finalmente, passados uns meses, chegado de visita, Filipe surpreendeu o velho apaixonado pela televisão e a par de todos os programas e intrigas das novelas ou da política de Lisboa. Contra todas as suas expectativas, conseguira que o avô não ficasse voluntariamente fora do mundo e isso deixava-o mais sossegado, ao longe. E várias vezes louvava a sua própria lucidez por nunca lhe ter contado o segredo que agora, depois da morte da avó Filomena, era ele o único a guardar. De que serviria, aliás, ter-lhe contado que não era seu neto e ele não era seu avô? De que serviria, se o sentia como avô e ele era tudo o que tinha daquilo a que as pessoas normais chamam família?

Passara-se um par de anos, entretanto. Filipe acabara a universidade e começara a trabalhar. Passava sempre o Natal com o avô, levava bacalhau e matavam um peru da capoeira, gordo e alimentado a bolota, e dividiam a ceia de Natal com o casal Rodrigues, cuja mulher fora grande amiga da avó Filomena. Também ia a casa na Páscoa, comer o borrego e levar amêndoas, voltava em alguns fins-de-semana e, pelo menos, uns dez dias das férias grandes, no verão — em que aproveitava para ler, pôr o trabalho em dia e ver televisão com o avô. Mas, na verdade, cada vez lhe custava mais: Medronhais parecia uma aldeia atingida por alguma obscura catástrofe e mesmo a ele, que lá nascera e crescera, era difícil acreditar que alguma vez ali existira vida — tal como a vida existia noutros lugares. De cada vez que voltava, alguém mais tinha morrido ou partido. As ervas cresciam livremente entre as pedras das calçadas, trepadeiras selvagens entravam pelas casas adentro, arrombando portas e janelas, os candeeiros da iluminação pública, que tão tarde chegara à aldeia, fundiam-se aos poucos e ninguém substituía as lâmpadas, e as paredes, que outrora eram caiadas de branco imaculado, agora eram sujas, esverdeadas pelos limos e pela humidade. Gatos selvagens, sem dono nem destino, vagueavam livremente e duas noites a fio uma vara de javalis percorrera a rua principal, foçando e grunhindo, como se aquela fosse já terra de ninguém.

Os poucos que restavam foram desaparecendo, um a um ou aos pares, como um bando de perdizes perseguido por uma linha de caçadores no mato: primeiro, cai uma; adiante, outra; depois, duas de uma vez; mais outra de seguida e as sobreviventes dispersam-se e desaparecem. No fim, restaram apenas dois homens: Tomaz e Albino — o Albino das Facas, o eterno comunista de Medronhais, mais velho do que a própria Revolução Russa de 1917. Era uma ironia que alguém que tanto acreditara no "colectivo", como ele dizia com os olhos inflamados, acabasse sem colectivo algum, ninguém mais a quem anunciar amanhãs que cantam. Mais irónico do que isso só o facto de ele e Tomaz jamais terem sido amigos ou sequer simpatizarem um com o outro. Toda a vida tinham vivido ali de costas voltadas, e agora achavam-se um frente ao outro e nada mais — apenas um fio de vida a uni-los e todo o vazio à volta. À espera que a morte os separasse de vez, cumprimentando-se friamente quando se encontravam por acaso na rua principal deserta, olhando-se em desafio, cada um deles pensando o mesmo: "Vais tu primeiro ou vou eu?".

Foi o Albino, primeiro. Quando ele morreu, por coincidência, Filipe estava a passar o fim-de-semana com o avô. Foi ele, aliás, que, saindo à rua de manhã para ir comprar jornais e tomar o café a Mértola, deu com o corpo do Albino torcido no chão, à porta da antiga barbearia do Octávio, dir-se-ia que à beira de entrar para ir arengar com os clientes, como nos bons, gloriosos tempos da Revolução e da barbearia. Desta vez, porém, não passara da porta: quedara-se, sem grandeza alguma (que só nos filmes a morte tem), como um saco vazio, sem mais préstimo nem sentido. Tal como rezam as notícias de polícia dos jornais, foi Filipe (pois quem mais?) que tomou conta da ocorrência: telefonou à Guarda e à família, encomendou os serviços de uma agência funerária por incumbência do filho do defunto, e trouxe de Mértola, por iniciativa sua, uma bandeira do Partido Comunista, onde embrulhou o caixão sem arrebiques de bronze, no qual o Albino das Facas para sempre se uniu à terra, na manhã seguinte. Eram cinco no enterro do Albino: Filipe e o avô, o filho, a filha e a nora do falecido. E dois cangalheiros, de fato escuro desbotado pelos anos, pela sujidade acumulada e pelas mortes contempladas, fumando e conversando, em plano recuado. Nesse dia, cuja data Filipe assentou mentalmente para sempre, só Tomaz da Burra, o seu avô, passou a habitar Medronhais da Serra. Ligado ao mundo apenas por um aparelho de televisão e pelos espaçados telefonemas e visitas daquele que julgava seu neto.

Dias depois da sua conversa com o presidente da câmara, Filipe recebeu uma chamada no telemóvel, de número desconhecido: era o João Diogo, seu antigo colega de curso na Universidade de Évora. Passadas as banalidades e os "que é feito de ti?", o outro foi ao assunto:

— Olha, Filipe, não sei se sabes, mas estou a trabalhar para uma empresa que tem um projecto que está agora nas tuas mãos...

— Que empresa, João Diogo?

— A Blue Ocean.

— Tu trabalhas para a Blue Ocean? E o que fazes lá?

— Bem, não sou propriamente arquitecto paisagista, mas uma espécie de conselheiro na matéria e interlocutor com os clientes ou com as câmaras onde trabalhamos. Estás a ver?

— Sim... mais ou menos. E, então, em que posso ser-te útil?

— Pois, podes mesmo e é muito simples: queria que te encontrasses comigo e com o meu patrão, o dono da Blue Ocean, para juntos discutirmos os aspectos que já sei que te levantam dúvidas no nosso projecto e, eventualmente, tentarmos pormo-nos todos de acordo. Que me dizes?

Filipe ficou mesmo sem saber o que dizer. E, temendo o seu silêncio, o outro voltou à carga:

— Olha, isto não é nada de formal nem de dramático. Se não quiseres encontrar-te connosco, não se fala mais nisso! Mas achei que, para tomares uma decisão justa e adequada, deverias ouvir-nos primeiro...

Fechara a armadilha: Filipe não tinha como escapar.

— Claro que sim, não vou recusar ouvir-vos. Queres marcar uma hora aqui?

— Não, já te disse, isto não é nada de formal. Acho

que aí não é uma boa ideia, ainda podiam correr rumores sobre ti, que não queremos de maneira alguma.

"Esperto", pensou Filipe, "tem isto tudo preparado."

— Então, o que sugeres?

— Sugiro que vamos almoçar os três, numa descontraída — apenas, estás a ver? —, para estabelecer contacto.

E marcou o restaurante, em Sines, a uns cinquenta quilómetros de distância: um restaurante tão discreto, como disse, que Filipe nunca ouvira falar dele. Tão discreto que, três dias depois, Filipe teve de perguntar duas vezes a direcção até ir lá ter. Era, de facto, discreto, e ainda mais discreta era a sala reservada dos fundos onde tinham marcado mesa e onde já o esperavam quando ele chegou.

Nos seus tempos de faculdade, João Diogo era considerado um bonito rapaz entre as colegas, embora bastante tímido. Agora, começava a ficar careca, ganhara peso, mas perdera a timidez: avançou para Filipe sorridente e de braços abertos, como se fosse o proprietário do local. Manifestamente, pensou Filipe, enquanto procurava em vão desviar-se do abraço dele, João Diogo estava em ascensão na vida: despira o casaco do fato escuro e estava de camisa branca e gravata de seda azul-escura, as mangas arregaçadas até ao cotovelo mostrando uma longa tatuagem num antebraço e, no outro, uma série de pulseiras encostadas a um relógio Omega Speedmaster, igual ao que Filipe vira no pulso de Michael Schumacher, nos anúncios da marca.

— Anda — João Diogo puxou-o pelo braço. — Deixa-me apresentar-te o comendador Acrísio Travassos. Decerto que já ouviste falar dele?

— Claro que sim. — Filipe estendeu a mão e apertou a mão direita do comendador, em cujos dedos brilhava um anel azul de safiras e um outro anel de ouro, com um brasão de armas, decididamente misterioso.

— Eu também já ouvi falar de si...

O comendador sorriu e piscou o olho a João Diogo:

— Já ouvi falar muito...

Filipe ficou sentado em frente do comendador e teve ocasião de o observar com mais atenção, enquanto o outro o olhava descaradamente, avaliando-o, sem disfarçar o exame.

"Está a pensar qual será o meu preço", pensou Filipe.

O comendador correspondia por inteiro àquilo que Filipe esperara e que imaginava acerca dele: era um verdadeiro "pato-bravo". Essa raça de construtores civis que subira a pulso na vida, sem estudos nem ventos de feição, talhados para ascenderem paulatinamente de trolhas a assentadores, e daí a ajudantes e encarregados de obra, até que, um belo dia, uma oportunidade subitamente caída do céu abrira as portas para outros horizontes. Invariavelmente, começavam por fundar uma pequena empresa de construção, em que os outros sócios eram a mulher e os filhos e cujos primeiros contratos eram adjudicados pelo autarca local. Se, como era o caso, a sua zona de acção se situava junto à costa, eles aplicavam os primeiros lucros da actividade a comprar terrenos aos vizinhos e conterrâneos que os conheciam de pequenos. Pela calada, financiavam as campanhas eleitorais do presidente da câmara local — e, às vezes, financiavam ainda qualquer coisa mais do que as campanhas. O autarca retribuía com a adjudicação das obras municipais ou com licenças de urbanização nos terrenos que eles tinham comprado por tuta-e-meia aos seus vizinhos: era um negócio mutuamente vantajoso e infalivelmente ganhador. Alguns, como o comendador Acrísio Travassos, conseguiam crescer tão depressa que em breve ganhavam uma dimensão que já não cabia no estreito mapa da sua zona de influência natural. "Ganhavam escala", como dizem os economistas, e tornavam-se nacionais. Este era o grande e decisivo salto das suas vidas — e não apenas empresarialmente, mas também das suas vidas pessoais. Os espertos, os que tinham mesmo olho para o negócio, como o comendador Acrísio Travassos, agora sentado em frente de Filipe, tratavam de se lançar em altos voos, mas sem nunca descurarem a retaguarda: eram presidentes do clube de futebol da terra (uma despesa sem sentido), ofereciam do seu bolso o Centro de Dia para os velhotes, a piscina municipal e a ambulância para os bombeiros locais e, obviamente, nunca deixavam de financiar a reeleição do presidente da câmara em funções ou a eleição de quem se mostrasse afoito a apeá-lo. Mas, entretanto, tratavam do que mais interessava agora: a conquista dos centros de poder, onde se ganhavam os grandes contratos e se faziam os grandes negócios. O primeiro e decisivo passo era a escolha de um escritório de advogados da capital, povoado de doutores, mestres, ex e futuros ministros, com representação adequada dos principais partidos políticos, e onde se praticava — a céu aberto e a preços de assalto à mão armada — a prestigiada advocacia do tráfico de influências. Aqui, quando as coisas se complicavam, os mestres conheciam sempre alguém no governo que podia "olhar para o assunto com outros olhos", alguém que aceitasse que fosse o escritório a redigir o contrato que o governo devia assinar com o cliente do escritório, ou, quando manifestamente o contrato desejado violava a lei em vigor, alguém que aceitasse uma proposta de alteração legislativa que o governo encarregaria o escritório de estudar e que este levava a cabo, para mais fazendo-se remunerar duas vezes: pelo "estudo" encomendado pelo governo e pelo resultado prático que daí resultava para o seu cliente. A legislação portuguesa recente estava cheia de soluções resultantes de "estudos" e propostas de alteração legislativa assim efectuadas pelos mais prestigiados escritórios da capital e tantas vezes negociadas em banais almoços de negócios em que, à primeira vista e para um observador desatento, quase só se falava de vinhos ou futebol. Por isso mesmo, por essa subtil arte da tratação sem papéis e da corrupção sem rasto, toda feita de elegância e sensibilidade, é que esses advogados se faziam pagar tão caro. Mas o comendador Acrísio Travassos nunca dera por mal empregue o dinheiro que pagava aos seus advogados. Pelo contrário, uma das suas máximas, que gostava de repetir entre confrades, era a de que "há duas coisas na vida que não se pode deixar de ter, quando se quer ir longe: bons amigos e bons advogados".

Também descobrira que um bom arquitecto podia desbravar muito caminho. Ou melhor: não um bom arquitecto, necessariamente, mas um arquitecto com nome na praça. Uma e outra coisa nem sempre coincidiam e, na dúvida, mais valia um mau arquitecto com nome do que o oposto. Um projecto assinado por um dos prestigiados ateliers de arquitectos do Porto ou de Lisboa tinha o efeito infalível de colocar em sentido os presidentes de câmara a quem era apresentado e, por maioria de razão, os pobres técnicos e arquitectos dos serviços camarários, como Filipe. Quando sucedia, e sucedia muitas vezes, que esses projectos colidissem com as normas de construção em vigor ou incidissem sobre terrenos vedados à construção, o nome do arquitecto tinha o dom de fazer a lei parecer ridícula, um absurdo obstáculo à arte — mas, todavia, ainda um obstáculo. Nessas alturas, e vendo as câmaras perante um dilema, os promotores como o comendador Acrísio recorriam à terceira categoria de colaboradores indispensáveis: as agências de comunicação e imagem. Ninguém melhor do que elas, e os seus jornalistas secretamente avençados nas redacções dos jornais, para conseguir inverter os termos da equação: em breve, começavam a aparecer os artigos que explicavam como uma lei estúpida estava a colocar em risco a aprovação de um brilhante projecto do arquitecto X, que "se integrava na paisagem circundante como se sempre ali tivesse estado, tirando partido dos materiais autóctones, fundindo tradição e modernidade, dotando aquela terra estéril de um objecto novo, em íntimo diálogo com o mundo rural, assim preservado, e abrindo espaços visuais para o mar em frente". Apoiado em tão poderosos argumentos e autoridades, o presidente da câmara assinava por baixo e, passados uns meses, já os promotores podiam começar a promover a venda das villas de uma urbanização "num dos últimos espaços preservados do país", com um projecto "rigorosamente amigo do ambiente e respeitador da paisagem envolvente". E "abrindo novos espaços visuais para o mar em frente" — como se, antes de nascer aquela construção, o mar não fosse visível. Porque, em última análise, todos pensavam o mesmo que um presidente de câmara algarvio que, irritado com os obstáculos legais que o impediam de autorizar a urbanização dos terrenos circundantes de uma lagoa classificada como Rede Natura, desabafara perante os jornalistas: "Caramba, a natureza também tem de nos dar alguma coisa em troca!". Nenhum jornalista, porém, se lembrara de lhe perguntar em troca de quê.

O comendador Acrísio Travassos seguira e subira cada um destes degraus sucessivos numa carreira sempre ascendente, e fora por nunca ter desprezado as regras do jogo e os seus protagonistas imprescindíveis que agora se tornara numa referência no ramo da grande construção civil, devidamente reconhecido no último 10 de junho, Dia de Portugal, em que o Presidente da República (para cuja campanha eleitoral tinha generosamente contribuído) lhe fizera a justiça de o tornar comendador da Ordem do Mérito Industrial. E assim Acrísio conquistara o seu título de comendador — para uso em cartões-de-visita ou no trato por terceiros —, resgatando uma juventude feita de sacrifícios e privações, que lhe não dera oportunidade de o obter de outra forma, fosse pela Academia ou pelas Armas. Não era, seguramente, o título de "doutor" ou de "engenheiro" com que ele sempre sonhara, mas não deixava de ser um título de mérito, de quem subira a pulso na vida e que, como ele gostava de dizer, dava de comer a muitos doutores e engenheiros. E a verdade é que muitas vezes, nas suas reuniões com homens da política que tinham o poder de decidir o que lhe interessava, ele vira-se confrontado com doutores e engenheiros que tinham obtido os seus títulos académicos por influências pessoais ou políticas, fazendo em dois anos ou apenas num, cursos superiores de seis semestres ou de cinco anos onde jamais tinham sido vistos. E que o tratavam agora por "Senhor Comendador" — o que, para ele, valia muito mais do que um doutor parido em oito meses e que crescera a conspirar política nas juventudes partidárias, na idade em que ele assentava tijolos como servente e patinava na lama das obras ou dormia nos contentores de chapa, sob temperaturas de quase trinta graus em pleno verão. Lutara muito pelo prazer indizível de escutar um "Senhor Comendador", dito pelos seus interlocutores dos almoços ou reuniões de negócios ou pelos empregados de mesa dos cabarets de "meninas", onde por vezes se atardava a caminho de casa, celebrando mais um bom negócio concluído ou, simplesmente, descontraindo-se de um dia de trabalho que parecera não ter fim.

Mas às vezes, como agora, surgia um pequeno grão na engrenagem oleada e previsível em que se habituara a funcionar e onde tudo estava sempre ou quase sempre sob controle. Filipe era, desta vez, esse pequeno grão, interposto entre o projecto da Blue Ocean e a sua realização, entre o desenho e o betão final. Esse era o problema dos pequenos municípios: muitas vezes tudo passava pelas mãos de um só técnico, cujo parecer ficava registado no processo e tornava muito embaraçoso ao próprio presidente da câmara decidir contra ele. Podia-se, como era o caso, ter o presidente na mão ou ter a sua aprovação prévia, indispensável antes de avançar com qualquer coisa, e, no fim, esbarrar com a intransigência de um mero técnico, subordinado do presidente e que, ao contrário deste, nem sequer arriscava nada. A história registava casos de autarcas todo-poderosos que, tendo ousado contrariar o parecer do técnico, que constava sempre dos autos, tinham acabado a prestar contas na justiça. Em boa verdade, os casos eram raros, mas suficientes para assustar muito presidente de câmara. O sistema parecia-lhe absurdo, e, vendo bem, até antidemocrático: quem era eleito pelo povo para governar esbarrava na opinião oposta de um simples técnico, que não fora eleito por ninguém e não era removível por vontade popular. Todavia, o comendador Acrísio já passara por suficientes situações destas para se deixar assustar com os escolhos que surgiam no caminho ou para ter de rever outra das suas máximas, a de que "todos tinham um preço, é preciso é descobrir qual — mas sem ofender, propondo de menos, nem desperdiçar dinheiro, pagando de mais". Qual seria pois o preço de Filipe era o que o comendador pensava, contemplando-o através da mesa, avaliando-o, tentando perceber até que ponto a sua aparente honestidade era sincera ou estudada para impressionar.

Filipe, por seu lado, sempre tivera um imenso constrangimento e falta de tacto para lidar com o género humano de triunfadores da vida. Nunca entendera bem o registo certo em que se devia colocar: entre a confiança, que podia ser confundida com arrogância, e o excesso de humildade, que podia ser confundido com total disponibilidade, o campo de manobra era mais estreito do que à primeira vista podia parecer. Começara a perceber isto nos tempos em que trabalhara em Lisboa, como arquitecto paisagista contratado por uma pequena empresa da zona de Belém que se dedicava a construir e manter jardins para embaixadas e a desenhar zonas verdes para a Junta de Freguesia local. O patrão, administrador e chefe omnipresente era o oposto do comendador Acrísio, excepto quanto à categoria comum em que Filipe os catalogava: os triunfadores da vida. E um dos dotes que haviam feito dele um triunfador era o de conseguir encontrar sempre o tom certo conforme os interlocutores. Com os acima de si, era disponível sem parecer humilde; com os abaixo de si, era determinado sem ser arrogante. Tinha apenas trinta e alguns anos, alto, moreno e bem-parecido, vestia-se de fato escuro e camisa branca sem gravata, antes de tal se ter tornado moda, e chegava de manhã ao volante de um sussurrante Porsche Carrera que fazia as meninas da empresa suspirar. Justamente, a menina que era sua secretária particular e respondia ao nome de Ticha era, por demais sabido, igualmente sua amante. Ninguém sabia se por amor ou por interesse, se arredondando o seu salário ou animando as suas noites, enquanto aguardava por melhor desfecho, visto que o patrão era casado. Aparentemente, tudo indicava que Ticha estava fora do alcance de um jovem como Filipe, recém-chegado da província, que vivia num modesto T-1 de uma casa do antigo bairro social para pescadores, em Algés, ali ao lado. Mas, palavra puxa palavra, a menina Ticha deixou-se enfeitiçar pelo discurso daquele rapaz meio sem jeito, mas com um olhar tão meigo que de repente a fazia pôr-se a sonhar com outro futuro que não o de esperar o divórcio do patrão. Ao invés, nada nela fazia sonhar Filipe: a cara era desinteressante, quase feia, e mais velha do que a sua idade; os olhos não tinham expressão alguma, que não o de um alerta interesseiro; a voz era arrastada e irritantemente snob, de tia velha, e as suas conversas revelavam apenas uma cabeça oca sem remédio, onde jamais qualquer coisa de interessante poderia estacionar, nem que fosse para tentar seduzir um homem. De facto, nada nela tinha interesse algum, excepto...

... Excepto o seu inacreditável corpo, um autêntico contra-senso que a Natureza cometera ao ocupar-se de Ticha. Para começar, tinha um tom de pele moreno, quase de mulata, de quem tratava o sol por tio e o deixava chegar a cada recanto do corpo, tornando-a integralmente tostada, como se toda ela tivesse sido assada num espeto rolante. Esse tom de pele resplandecia nas suas pernas, de coxas firmes e desenhando um ângulo perfeito, a fundir-se num traseiro alto e altivo, ondulante mundo de promessas por cumprir e que, por si só, valia a vista e o devaneio. E na explosão final: um peito erguido, cheio, desafiador, que pintor algum jamais havia conseguido imitar, nem na banda desenhada do Milo Manara. Nunca cabeça oca assim assentara em tão devastador corpo.

De modo que Filipe entregara-se todo ao desfrute daquele corpo, sem responsabilidades nem constrangimentos. O arranjo mútuo era perfeito: ao final do dia, ela saía para jantar com o patrão ou, quando ele ia jantar a casa com a mulher e os filhos, ela esperava que depois, declarando-se assoberbado de trabalho, ele voltasse a sair e a fosse buscar para a levar para um bungalow reservado do Motel de Oeiras. E, por volta da uma da manhã, estava livre. Entretanto, Filipe saíra do trabalho, passara pelo senhor que todos os finais de tarde estacionava no passeio da rua dizendo adeus aos carros que passavam, impecavelmente vestido de gabardine branca e cachecol vermelho, e que o bairro todo conhecia como "o Senhor do Adeus", e dirigia-se para o clube de ténis local, onde se permitia aquele que era praticamente o seu único luxo: aulas de ténis privadas — três vezes por semana, o suficiente para descarregar tudo o que os seus vinte e verdes anos tinham para descarregar. Poupava a seguir na tasca onde todas as noites jantava, por um preço especial e contratado, o cabelo ainda a escorrer água do duche, mas todo ele pronto para descarregar o resto dos seus vinte anos no corpo perfeito de Ticha. Ia para casa, olhava a televisão, lia qualquer coisa e fatalmente adormecia antes de ela chegar. Por isso mesmo, tinha-lhe dado uma chave de casa e chegava a acontecer até que ela entrasse, tarde e de mansinho, se deitasse ao lado dele sem coragem para o acordar, e ele só desse pela sua presença na manhã seguinte, quando então era ela que dormia sem acordo. Mas a maior parte das vezes, ele esperava-a com o ouvido alerta, fazendo por dormir como os cães, um olho adormecido, outro atento. Então, ela não abria a luz do quarto, despindo-se com a claridade das luzes que chegavam da persiana que ele nunca fechava por completo, passava pela casa de banho e, por respeito a ele, tomava um duche que a lavasse do Porsche Carrera, e, nua e molhada, vinha-se enroscar a seu lado, o corpo procurando o calor dele, as mãos procurando-o de cima a baixo, sem medo nem pudor. E ele recebia-a assim: não via a sua cara feia e sem graça, não escutava a sua voz desagradável, pois que não trocavam palavra, não tinha de lhe fazer conversa, pois que não havia nada a dizer, e, na escuridão do quarto, entre os lençóis eternamente amarrotados da sua cama de solteiro e bom rapaz, colhia dela o melhor que ela tinha para dar: uma pele macia e húmida, ainda cheirando a sabão, umas pernas que não tinham fim nem decoro, um peito que as suas mãos não conseguiam largar, uma boca que o engolia e lhe sugava a língua e depois, devagar, como posseira, o lambia de alto a baixo. Caramba, se ela tinha nascido para aquilo! Havia noites em que ele, exausto ou profundamente adormecido na sua espera, não chegava a acordar por completo, mas isso não a travava: ela ocupava-se dele, como se não lhe fosse necessário que ele estivesse acordado e participante. Como se ele fosse uma estátua adormecida há milénios, onde um corpo de deusa se enrolava, fundia, gemia e, no fim, gozava, sem que ele tivesse dito uma só palavra ou feito um só gesto, dado um só sinal de que sabia e consentia — excepto, é claro, a reacção da única parte do corpo que os homens não comandam e que as mulheres acham que são elas que comandam e despertam.

Aquilo durara um ano, até ele se ter despedido da empresa. Nunca tinham sido descobertos — nem pelo Porsche Carrera nem pelo resto das suspirantes meninas da empresa, que, todavia, julgavam tudo saber. A um amigo, que lhe perguntara sobre a sua misteriosa situação afectiva, nem casado nem namorado, ele respondera com a verdade:

— Sou o amante clandestino da amante oficial de um homem casado.

Nunca se achara apaixonado por ela — apenas habituado, por assim dizer — e nunca acreditara que ela pudesse estar mesmo apaixonada por ele. Usavam-se mutuamente para preencher os respectivos espaços vazios. Mas, no dia em que o patrão a chamasse para si de verdade, ela iria: Filipe sabia-o e nunca fizera nenhum esforço sério para lhe mudar a cabeça e propor-lhe toda uma outra vida, que ele não queria. Queria apenas o seu corpo e, através dele, ter por resolvida essa parte de resolução obrigatória na vida de um homem. Vista assim a situação, ela era uma mulher grátis: dava de si e nada pedia ou podia pedir em troca. Uma coisa rara, conforme ouvia comentar entre os homens.

Todavia, invejava o patrão — não por ela ser, para todos os efeitos, mulher sua, a quem Filipe apenas roubava os finais de noite — mas por tudo o que representava a aparente facilidade da sua vida. Davam-se bem, mas Filipe cada vez conseguia menos esconder o seu desconforto. Não que quisesse a Ticha para si, inteira para si, mas custava-lhe qualquer coisa, talvez o orgulho, de não conseguir aspirar a mais do que ser uma espécie de amante suplente da mulher suplente de outro. Às vezes, apetecia-lhe ser dono de qualquer coisa apenas sua, nem que fosse o Senhor do Adeus: parar e cumprimentá-lo, falar com ele, perguntar-lhe porque passava ali todos os finais de tarde, dizendo adeus aos carros que passavam e não embarcando nunca. Quem sabe, talvez tivessem qualquer coisa em comum para partilhar. Assim, um belo dia, respondeu a um anúncio, foi aceite e despediu-se: saiu de Lisboa, cujos celebrados encantos pouco o tinham cativado, onde sempre se sentira entrincheirado, jamais enraizado, largou o emprego do patrão do Porsche Carrera e a sua comum amante, e decidiu-se a viver noites sozinho, sem sexo garantido nem o pecaminoso corpo e a suave pele de Ticha enroscados no seu sono, e disse adeus ao Senhor do Adeus, com a certeza dolorosa de que nunca mais o voltaria a ver.

E agora ali estava, no restaurante Moinho de Vento, numa pequena cidade da costa alentejana, pronto a escutar uma proposta para ser subornado. Mas, aos trinta anos, a vida ainda mal começara a doer!

Capítulo 11

SHOW TIME

O dr. Luís Morais acordou com o despertador às sete e meia da manhã, como todos os dias. Voltou-se devagar e saiu da cama, tentando não acordar a mulher, que dormia ao seu lado. Foi até à casa de banho, molhou a cara, lavou os dentes e tomou os remédios para a tensão e para o coração, estrategicamente colocados ao lado da pasta de dentes, para que não se esquecesse deles todas as manhãs. Era um homem metódico e determinado: sabia bem que se os dias não começassem por um ritual de hábitos e gestos já programados, tudo iria correr mal a seguir.

Voltou ao quarto e abriu a porta electrificada do armário-roupeiro, para recolher a roupa e os ténis de corrida. Vestiu-se sentado na cama, observando a mulher que dormia: Alexandra era a sua segunda mulher, mãe do seu terceiro filho, João Maria. Aos trinta e sete anos, Alexandra era uma mulher no apogeu da sua sexualidade. Loira, com um peito pequeno mas firme e altivo, suportando com orgulho qualquer decote que Luís sempre a incentivava a usar; uma mulher alta, que caminhava com uma passada leve, quase juvenil. Tinha uma cara sobre o estreito, com olhos castanhos aguados, e um nariz afilado e comprido, que a muitos poderia parecer imperfeito mas era o que mais acentuava a sua sensualidade. A boca não tinha nada de extraordinário, mas a sua voz, rouca e como que adormecida, tinha um efeito de sedução imediato sobre todos os homens. Luís sabia-o, sentia-o e gostava de o observar.

Ele próprio, aos cinquenta e cinco anos, estava também e ainda em grande forma. Tinha o cabelo já quase todo branco, mas tinha-o todo, sem uma clareira nem uma aberta, coisa que o enchia de satisfação quando encontrava os velhos amigos de juventude ou colegas de curso e dois em cada três já não tinham cabelo ou para lá caminhavam apressadamente. Nunca engordara nem entorpecera, graças às suas corridas matinais, que só dispensava ao fim-de-semana ou em viagem, e aos jogos de ténis nas férias e aos sábados de manhã. Cuidava-se: tratava das mãos e usava cremes contra as rugas e para hidratar a pele, evitava as noitadas e o álcool, vestia-se com cuidado e gosto — o cuidado levando-o a variar conforme as circunstâncias e os ambientes, e o gosto sempre subtil, jamais exuberante. Falava pausadamente para melhor atrair as atenções dos seus interlocutores e sorria constantemente, porque assim os cativava e porque lera algures que sorrir muito retarda o envelhecimento.

Corria sempre uns quarenta e cinco minutos, no bairro de Santos, onde vivia. No regresso, parava num quiosque e comprava sempre os mesmos jornais, dois económicos e dois generalistas. Às oito e meia estava de volta, tomava um duche, fazia a barba e vestia a roupa que deixara preparada de véspera. O motorista esperava-o lá fora e seguiam de imediato para o escritório, onde chegava pouco depois das nove horas. Só então, tomando o pequeno-almoço na própria mesa de trabalho e passando os olhos pelos jornais, ele permitia-se a primeira pausa da manhã, acompanhando no final o café com o único cigarro que fumava durante o dia. Método, hábitos, controle. Era feliz assim.

Mesmo o facto de ter uma amante era para ele um hábito, que desfrutava com método e controle. Não voltaria a repetir o mesmo erro do primeiro casamento, que terminara quando a mulher lhe descobrira a terceira amante em cinco anos e o deixara, levando consigo os seus dois filhos mais velhos. Alexandra, a sua actual mulher, era uma mulher que o satisfazia em tudo — na cama, na sala, a sós ou com gente, em família ou em multidão. Jamais lhe passaria pela cabeça divorciar-se dela ou pôr o casamento em risco. Mas isso não o impedia de ter uma amante, com a qual nada arriscava: era igualmente casada e queria apenas o mesmo que ele — sexo e discrição. Tinham-se conhecido numa reunião de negócios, cerca de um ano atrás. Voltaram a encontrar-se num cocktail, trocaram telefones e depois mensagens, seguiram para o Facebook, arriscaram um almoço de trabalho e passados uns dias estavam num quarto de hotel, ao final do dia — um risco que ele não voltaria a correr. Desde então, encontravam-se uma ou duas vezes por semana, à hora de almoço ou a meio da tarde, num escritório composto de sala, wc e cozinha, sede de uma empresa de fachada que ele utilizava para fugir aos impostos e cujas instalações usava para guardar papéis e outras coisas que não queria deixar ao alcance de outros e também para ocasiões como aquelas. Ninguém, nem a sua secretária, e menos ainda a sua mulher, sabia da existência daquela empresa e daquele suposto escritório. Ninguém, a não ser a mulher da limpeza que lá passava uma manhã por semana, que era paga directamente através do banco e que jamais o tinha visto.

Luís Morais era, pois, um homem feliz com a vida e consigo mesmo. Mulher, amante, um lugar dourado na administração da Transterra SA — essa, sim, uma verdadeira empresa com negócios a sério e lucros muito a sério. O capital da Transterra estava disseminado entre um sócio português com doze por cento das ações, dois sócios angolanos que, em conjunto, detinham quarenta e oito por cento, e ele próprio com quarenta por cento, através de uma outra empresa sediada no offshore das Ilhas Cayman e de que detinha noventa e oito por cento — a qual, por sua vez, pertencia a uma sociedade SGPS onde lhe cabiam noventa por cento e dez por cento à mulher. Finalmente, e para que o seu rasto fosse indetectável, a sua posição na Transterra era apenas a de administrador, nomeado pelos restantes accionistas em assembleia geral, com contrato de trabalho devidamente assinado e registado nos livros, no Fisco e na Segurança Social. Tudo isto porque as actividades da Transterra, se bem que em tudo legais, eram susceptíveis de levantar algumas questões incómodas na sua outra actividade como político — uma actividade por ora semiadormecida, todavia sempre latente e, no dizer de muitos, fatalmente destinada a explodir um dia.

Antes desse dia, porém, o dr. Luís Morais tratara de estabelecer para si mesmo uma sólida retaguarda profissional e financeira, alicerçada numa profícua rede de contactos e influências no mundo dos grandes negócios. A sua breve incursão pela vida política, pela qual abandonara de vez a medicina, já lá iam uns dez anos, ensinara-lhe que ninguém sobrevive financeiramente na política, a menos que se venda. E ele não queria voltar a estar em posição de poder ser comprado ou de ter de pedir dinheiro emprestado ao pai para fazer política, como sucedera nos primeiros anos dos oito em que fora presidente da câmara municipal de Riogrande.

Nesses oito anos como autarca, Luís Morais vira muito e aprendera muito. Fora a época dourada dos grandes dinheiros europeus, em que bastava apresentar um projecto e Bruxelas financiava. Faltava uma piscina municipal no concelho? Bruxelas financiava. Um centro de dia para a terceira idade? Bruxelas financiava. Um centro de saúde, com médico e enfermeira disponíveis vinte e quatro horas por dia e para atender não mais do que uma dúzia de doentes ou supostos doentes ao longo de um mês de prontidão? Bruxelas financiava. Aquecimento em todas as salas de aula de todas as escolas, pavilhão gimnodesportivo, criação de novas disciplinas escolares como a "área de projecto", onde os alunos gastavam um ano a fazer trabalhos sobre "as novas culinárias étnicas"? Bruxelas financiava. Uma auto-estrada ao pé de casa para "aproximar o interior do litoral"? Bruxelas financiava. E Bruxelas financiava também submarinos alemães de última geração, destinados a combater as fragatas soviéticas no Atlântico

Norte e tornados inúteis pela queda do Muro de Berlim, gatafunhos supostamente paleolíticos descobertos numas rochas de uma aldeia do Douro, aviões F-16 para inexistentes combates aéreos, plantações de frutos tropicais, cursos de formação profissional de cinema, bordados de linho e criação de mirtilos em estufa, abate de barcos de pesca ou inquéritos de opinião sobre as vantagens da democracia. Bruxelas financiava tudo. Os governos projectavam, construíam, mostravam, ganhavam eleições. A banca intermediava, comissionava, cobrava, prosperava. O PIB crescia, os imigrantes afluíam e não havia credores à vista: só os parvos desconfiavam de tanto "desenvolvimento". Foi a época dourada do poder local: sem grande esforço, Luís Morais fez-se eleger e reeleger presidente da câmara de Riogrande, prometendo e fazendo, voltando a prometer e voltando a fazer.

Saíra avisadamente para passar para o outro lado da equação e dedicar-se a ganhar dinheiro — o grande dinheiro. Portugal atravessava um período de exaltante e inexplicável prosperidade, alimentada por um filão de dinheiros europeus a perder de vista e disponíveis para quem apresentasse projectos, ideias ou apenas o seu simulacro. Agricultores recebiam dinheiro para se modernizarem e modernizavam-se comprando Porsches e Mercedes; recebiam dinheiro para plantar vinha e, passados dois anos, nova inflexão da política agrícola comum na Europa dava-lhes dinheiro para arrancar a vinha que tinham plantado; candidatavam-se então a plantar beterraba ou milho e a seguir davam-lhes dinheiro para não plantarem nada e deixarem as terras em set aside. Outros recebiam dinheiro para dinamizarem o comércio e tratavam de montar grandes supermercados ou centros comerciais que rapidamente matavam todo o pequeno comércio e sufocavam a produção agrícola, importando de Espanha meloas ou tomates que não sabiam a nada mas eram bem mais baratos. Outros derretiam dinheiro sem fim a montar supostos cursos de formação financiados pelos dinheiros da Europa e cujo mérito ou utilidade ninguém verificava depois: no limite, Luís Morais assistira mesmo à fundação de uma universidade privada, sediada numa vivenda de Lisboa e cujo fundador e reitor era um seu antigo colega de escola que não tinha nenhuma habilitação académica além do ensino básico. Mas o mais rentável de tudo era o ramo de negócio das obras públicas, onde o Estado tinha milhões para gastar em qualquer coisa: estradas e auto-estradas, hospitais sem médicos e escolas sem alunos, estações de tratamento de águas e esgotos em cada concelho da província — tão rápida e desastradamente construídos que logo entupiram e justificaram o que se chamou "a segunda geração de equipamentos de saneamento básico". E mais os centros culturais e de congressos, onde os únicos acontecimentos concorridos eram os da própria inauguração. Todos estavam endividados, mas felizes: o Estado, as autarquias, os cidadãos. Todos viviam em casa própria, mas que, de facto, pertencia ao banco que lhes emprestara dinheiro a trinta anos e também emprestara para as férias no Brasil, Cuba, República Dominicana, mais o carro e os brinquedos electrónicos dos filhos.

Nesses tempos de euforia cega, Luís Morais tivera a lucidez de perceber que a grande oportunidade não estava em endividar-se como todos os outros, mas em tirar partido da compulsão para o endividamento alheio. Havia um mundo de oportunidades à espera de quem ousasse e tivesse os necessários caminhos de acesso facilitados para fazer fortuna em pouco tempo. Luís Morais tinha a vontade, o talento e os contactos suficientes para tal e não desperdiçou a ocasião: em breve, estava envolvido numa teia de empresas que eram prestadoras de serviços para o Estado, às vezes até, difíceis de entender. Empresas tecnológicas, "dot com", que ele criava, fazia com que se falasse e escrevesse sobre elas e logo as lançava em bolsa, "dispersando o capital" e, de um golpe só, realizava umas cinco vezes o que tinha investido — e logo vendia, passando a outra. Se alguém se desse ao trabalho de ir verificar a que correspondia o valor em bolsa de tais empresas, chegaria à perturbante conclusão de que elas não tinham nem património, nem clientes certos, nem lucros garantidos, nem negócio propriamente dito. Mas como ninguém se dava a esse trabalho, as empresas valorizavam-se apenas porque a sua cotação subia todos os dias em bolsa. Era uma riqueza puramente virtual, um jogo viciado à partida. O segredo estava em imaginá-las e apresentá-las, não em ficar à espera de as ver prosperar; não em comprar as suas acções, mas em lançá-las em bolsa. E, nesse terreno de jogo, Luís Morais estava nas suas sete quintas: conhecia os ministros e secretários de Estado do partido, tratava por tu os jornalistas económicos que interessavam, almoçava com os "reguladores do mercado", jogava ténis com os banqueiros que "tomavam firme" cada operação em bolsa. O verdadeiro segredo do negócio era a sua agenda de telefones. E depois, havia a Europa, os alemães e os franceses, que queriam vender Porsches e Mercedes, auto-estradas e aviões a Portugal, e que não se preocupavam nada em saber em quanto ia engrossando a dívida pública do país para lhes poder pagar de volta — todos deviam dinheiro a todos, mas todos apresentavam esses créditos como património nos seus relatórios. E ele estava no ponto certo do circuito, intermediando as transacções, prestando "assessoria técnica" aos negócios — que mais não era do que reunir as partes num almoço bem servido e bem regado olhando o mar do Guincho. E, enquanto ia amassando a sua fortuna, a menor das suas preocupações era imaginar como é que tudo aquilo iria ser pago um dia. Ele, simplesmente, sendo mais inteligente do que os outros, tratava de tirar partido desse momento único de "progresso" do país. E viveu assim uns dez anos irrepetíveis. Mas, justamente porque era inteligente, compreendeu que esses anos eram mesmo irrepetíveis e não iriam durar para sempre. Antes de todos, tratou então de liquidar discretamente tudo aquilo em que estava envolvido em Portugal e virar-se para outro horizonte, mais largo, mais rico e mais promissor: Angola.

A atracção da política ficara-lhe, porém, colada à pele para sempre, como os vícios ficam normalmente. Mas, desta vez, sabia que, se decidisse voltar e meter-se de cabeça, seria para chegar ao topo, para cumprir os seus ideais e para que ninguém pudesse pôr em dúvida que a única coisa que o movia era servir Portugal. Para isso, precisava de lá chegar rico e de mãos limpas — ou, ao menos, lavadas. E de poder desligar-se quando quisesse e reencontrar a mesma vida de antes à sua espera. Ora, à vista, a

Transterra nada fazia de ilegal nem de extraordinário, no meio em que se movia: concorria a concursos de obras e empreitadas públicas em Angola e, depois de os ganhar, subcontratava-as a outras empresas, que faziam a obra e pagavam uma comissão à Transterra. Muitas outras empresas faziam o mesmo e todas, tal como a Transterra, pagavam subornos a quem decidia os concursos. O segredo da Transterra é que os seus dois sócios angolanos estavam melhor colocados do que os da concorrência, conheciam mais gente influente e tinham formas de desvendar as propostas alheias levadas a concurso e a composição do júri, antes de apresentarem a sua proposta. Oficialmente, a Transterra ganhara já concursos para construir estradas, escolas, hospitais e edifícios do governo. Na prática, quase nada fizera por si mesma, limitando-se a repassar os direitos ganhos em praça pública — a maior parte das vezes até aos vencidos dos concursos. O mais difícil estava em conseguir evitar que algum concorrente, desligado da realidade local, aparecesse a oferecer preços tão baixos que não fosse possível batê-lo: nesses casos, os dois sócios angolanos da Transterra eram determinantes para mexerem as suas influências e fazerem com que alguém conseguisse, por persuasão ou outros métodos de que ele não queria saber, explicar aos barateiros que não era assim que as coisas funcionavam. Nada de extraordinário, nada que muitas outras empresas não fizessem também, podendo. Mas tudo feito com muito mais cautelas e discrição do que o habitual.

Nos últimos dois anos, ele fora sentindo que a Transterra estava cada vez mais capaz de funcionar em ritmo de navegação à vista: o essencial do negócio — os contactos, o acesso ao crédito bancário, as carteiras de encomendas, o nome na praça — estava estabelecido e adquirido. O seu papel de administrador e negociador já não tinha a mesma importância que anteriormente. Em rigor, podia agora afastar-se, fazendo-se substituir por alguém da sua confiança, enquanto que na sombra continuaria a ser o sócio maioritário e a encaixar, sem esforço nem registo, a parte correspondente dos lucros de cada exercício. Estava, pois, na altura de considerar a alternativa que durante tanto tempo alimentara em silêncio.

Os seus dois mandatos como presidente da câmara de Riogrande, eleito pelo PL — o Partido Liberal — não apenas lhe haviam despertado e sublimado o gosto pela política, essa volúpia de fazedor de coisas, esse prazer da indiscreta gratidão alheia, como também lhe tinham aberto a agenda de contactos para todo um mundo de mandantes locais, em cujo universo de pequenos poderes somados se fundava a força do partido e a própria essência do poder, a nível nacional. Muitos pequenos potentados juntos podiam fazer um sultanato — ele sabia-o. E a essa experiência acrescentava o seu passado de alguém que se fizera fora da política, como médico primeiro, como empresário depois; que tinha excelentes relações com Angola, sempre determinantes na política externa portuguesa; que falava inglês e espanhol, era bem-parecido e bem-casado; que não começara na política por querer ser ministro ou administrador de empresa pública nomeado pela cúpula do partido, mas sim simples autarca de província, ganhando eleições para o partido nos mercados de verão, entre os almoços de febras assadas cobertas de poeira do eterno vento norte ou os incêndios entre os eucaliptais, alimentados pelo mesmo vento norte, e onde ele conseguia chegar sempre atrás dos primeiros carros de bombeiros. Ganhara uma miséria de vencimento nessa vida, mas ganhara nome e a gratidão do partido. Chegara a hora de saber o que valia isso tudo.

E o momento era agora, justamente. Estava a jantar no Miramar, em Carcavelos, numa mesa encostada a uma janela aberta sobre a praia, vendo a luz da lua reflectida sobre o areal deserto. Esperara muito tempo, impaciente, por um jantar assim. Esperara que o telefone tocasse, que alguém tomasse a iniciativa de o sugerir, que alguém do partido se lembrasse dele. E assim acontecera, finalmente. A mesa era de luxo, para o fim desejado: Arménio Gomes, um poderoso industrial de conservas de peixe de Aveiro, presidente da mesa do congresso do PL, de sedosos cabelos brancos que, a par das suas grandiloquentes, raras e banais frases proferidas entre dentes, faziam dele uma "referência moral do partido", nos seus respeitados setenta e três anos de idade; João Avelino, o adjunto do secretariado do partido, o órgão onde se controlava toda a militância interna, as finanças e a distribuição de sinecuras, quando o PL estava no poder. Era o oposto do velho e digno Arménio Gomes — um rapaz de sangue na guelra, eternamente disponível para todo o trabalho sujo, desde ir buscar sacos de dinheiro a moradas escusas até organizar as brigadas nocturnas de colagem de cartazes, passando pela colocação de notícias nos jornais que interessavam: nenhum partido se dispensava de um João Avelino. E, finalmente, o engenheiro Tomás de Freitas, um potentado económico que cobria de empresas e interesses toda a zona centro, infalível financiador do PL, mas impaciente, quase boçal, na sua ânsia de ver o partido no poder e cobrar de volta a sua generosidade nunca falhada. Os três tinham em comum um objectivo declarado: levar o Partido Liberal de volta ao governo e, para tal, apostar e apoiar o homem certo. Que era ele.

— Você, Luís, não tem problemas pessoais de dinheiro, pois não? — perguntava o velho Arménio Gomes, consciência moral do partido.

— Não, felizmente não tenho.

— Mas tem o partido. Nesta fase, tem o partido... — interpôs-se o jovem João Avelino.

— Ó homem, deixe isso agora, que estamos cá para o resolver! Que o partido tem problemas de dinheiro, já nós todos o sabemos: tem sempre! — atalhou o engenheiro Freitas. — O que interessa é saber se aqui o nosso amigo, dr. Luís Morais, está ou não está disponível para tomar conta do PL e desta merda toda.

— É disso mesmo que se trata — retomou Arménio Gomes. — Quisemos jantar consigo porque fazemos parte de uma corrente dentro do partido que acha que os candidatos que se anunciam para o congresso não prestam e não nos garantem que ganhemos as eleições legislativas de outubro ao PSI. E achamos que o meu amigo, em querendo e em beneficiando dos apoios certos, pode lá chegar. Pode ganhar o congresso e o partido e depois ganhar o país. É urgente correr com o PSI! Se eles ganham mais um mandato para quatro anos, não sei o que restará de Portugal!

Luís respirou fundo. Pela janela aberta viu a praia agora

despida de gente, apenas dois ou três surfistas nocturnos que desafiavam as ondas pequenas e um casal de namorados sem tecto que se abrigavam na areia, sob a luz da lua, e ali mesmo se amavam, sem pudor. Se fechasse os olhos, talvez lhe viesse o desejo de cavalgar antes aquelas ondas ou aquela mulher. Mas não queria fechar os olhos. Não agora, tão perto do destino.

— Bem, estou muito honrado com a vossa proposta. Muito, mesmo. Mas, sinceramente, estava longe de a imaginar e não estou preparado para vos dar uma resposta. Não me assusta a batalha eleitoral pela presidência do partido, mas não sei se, ganhando, estarei ao nível das vossas expectativas e daquilo que o partido tem o direito de esperar de um novo presidente. E se eu serei o homem capaz de levar o PL ao poder e governar Portugal, para fazer as reformas que há muito esperam por ser feitas...

— Nós achamos que sim — disse, secamente, Arménio Gomes.

Fez-se um silêncio à mesa e de novo foi o homem de Aveiro quem falou:

— Mas não vamos suplicar-lhe, nem insistir, nem esperar indefinidamente por uma resposta. Como lhe disse, representamos uma corrente dentro do partido que ponderou muito sobre este assunto e discutiu muito uma solução, antes de chegar ao seu nome. É a nossa primeira escolha, mas, se você próprio tiver dúvidas, passamos adiante.

Luís sentiu um frio no peito. Não podia arriscar. No fundo, tinha percebido que havia naquele trio uma força, uma superioridade e uma capacidade de determinação que eram superiores às suas. Eles eram, verdadeiramente, o partido. Eram o Portugal profundo, que se mantinha acordado e alerta, mesmo quando parecia adormecido: eram os fazedores de príncipes, os autênticos artífices do poder. Podia-se chegar lá de muitas maneiras, mas nunca sem homens como eles por detrás. Se hesitasse, se se fizesse caro, não teria segunda oportunidade. Nem sequer podia pedir para telefonar à mulher, consultar a família, falar com os seus sócios da empresa. Sim ou não, já. Respirou fundo e respondeu, sentindo confusamente que a voz que falava não era bem a sua, mas uma voz que vinha de mais longe:

— Se eu aceitar, não me faltará nenhum apoio?

— Nenhum — respondeu de imediato João Avelino. — Primeiro, tratamos de ganhar o congresso, sem piedade. E, acredite, eu sei o que é preciso fazer para isso. Depois, tratamos, todos juntos, de ganhar as eleições.

— Nada lhe faltará — acrescentou o engenheiro Tomás de Freitas.

— Seja — exclamou Luís, como se sacudisse um torpor antigo. — Contem comigo, vamos avançar!

E foi o primeiro a levantar-se da mesa. Estava no comando, e isso deu-lhe um sentimento de prazer como há muito não experimentava.

Alexandra contemplava-se ao espelho, enquanto o ouvia falar através da porta aberta da casa de banho. Olhava a sua silhueta, atenuada pela luz indirecta de um pequeno candeeiro colocado na bancada: não lhe pareceu mal, mas havia uns retoques que bem poderiam ser feitos — na zona das ancas e na barriga, talvez aumentar um pouco o peito, corrigir um ligeiro queixo duplo que lhe despontava. "Os diamantes são eternos, as mulheres não. Mas podemos prolongar o brilho", pensou para consigo. Estava a escutar o que ele dizia sem grande atenção, mas subitamente percebeu onde ele queria chegar e voltou-se, espantada:

— O quê, tu aceitaste candidatar-te à presidência do PL?

— É o que te estou a tentar explicar, mas, pelos vistos, não estavas a ouvir...

— E, ouve lá — ela entrara no quarto, a sua nudez mal disfarçada pelo roupão turco aberto à frente —, nem te ocorreu consultares-me antes?

— Claro que sim, mas não tive qualquer hipótese.

— Não tiveste qualquer hipótese, como? Decides assim uma coisa que nos vai afectar a todos, a mim, ao nosso filho, aos teus filhos, e não tens hipótese de perguntar antes à tua mulher se ela está de acordo?

— Não, querida, acredita que não tive. Se eu tivesse hesitado, se tivesse dito que precisava de te consultar antes, eles teriam concluído que eu era um homem indeciso e tinham-me riscado. E a verdade, devo confessar-te, é que eu esperava e queria há muito esta oportunidade.

Alexandra ficou em silêncio por instantes, observando-o, estendido na cama e ainda vestido de fato, mas sem casaco e de colarinho aberto.

— E tens hipóteses de ganhar o congresso e o partido?

— Muitas.

— E de ganhar as eleições, depois?

— Acredito que sim. Acreditamos que sim.

Ela voltou a olhá-lo, franzindo a testa.

— Isso quer dizer que eu estou casada com um homem que daqui a seis meses pode ser primeiro-ministro deste país?

Luís fez um gesto com a mão, apontando para si:

— O próprio. Ei-lo aqui.

Alexandra sentou-se na cama ao lado dele. Respirou fundo duas vezes e agarrou-lhe na mão.

— Devias ter falado comigo antes. Isso muda muitas coisas na nossa vida.

— Não muda nada de importante.

— Muda, sim, e tu sabes. Vai sobrar muito para mim e por isso devias, de facto, ter-me consultado.

— Estou a fazê-lo.

— Agora! Mas era antes que o devias ter feito!

— Mas estás contra?

Ela pensou antes de responder.

— Não, nunca estaria contra ti, sabes isso. Mas estou a pensar nas consequências práticas. Por exemplo, vais gastar quanto nessa aventura?

— Nada, nenhum dinheiro nosso. Os tipos com quem jantei asseguram toda a estrutura e todos os custos da campanha para presidente do partido. E, se ganhar, o partido paga toda a campanha eleitoral, como lhe compete.

— Prometeram-te isso?

— Prometeram.

— E porque te escolheram a ti?

Luís fez outro gesto com a mão, como se a resposta à pergunta estivesse à vista.

— Isso, terás de lhes perguntar a eles. O que me disseram é que, depois de muito pensarem, acharam que eu era o homem certo para pegar no partido agora.

— E tu também achas que és? Para ser primeiro-ministro de Portugal?

— Sinceramente, acho que sim.

— E porquê, podes dizer à tua mulher?

Foi a vez de ele respirar fundo.

— Alexandra, como deves imaginar, nada disto acontece por acaso, nem o convite deles, nem a minha aceitação. Sinto que tenho o perfil, o curriculum, a experiência e a independência para governar Portugal e pôr em prática as ideias que eu defendo de há muito e que a parte saudável do partido também defende.

— Por exemplo?

— Por exemplo?

— Sim, que ideias são essas?

— Bem — suspirou —, assim do pé para a mão, não é fácil resumir tudo. Mas o essencial é libertar a sociedade civil do Estado, apoiar quem trabalha, quem investe e quem produz riqueza, e largar quem nada faz e tudo reclama. Quebrar o poder de chantagem dos sindicatos, por exemplo. Acabar com a impossibilidade de despedir os mandriões, atacar de frente as corporações de interesses que paralisam todas as reformas, não ter medo de combater a esquerda e todos os instalados à conta do Estado. Enfim, que queres que te diga, assim de repente? Transformar Portugal num verdadeiro país europeu, moderno e exigente consigo próprio.

Ela levantou-se rindo e batendo palmas:

— Bravo, passaste o primeiro teste: convencer a tua mulher.

— Estás a falar a sério ou estás a ser irónica?

Ela voltou a sentar-se ao lado dele e agarrou-lhe a cara com as duas mãos, olhos nos olhos:

— Não, Luís, estou a ser sincera. E acho que tu também estás. Vai em frente, querido, e conta com todo o meu apoio.

Ele sorriu, enfim descontraído, após um longo e exigente dia:

— E tu vem cá e começa a demonstrar-me esse apoio...

As mãos dele já estavam a entrar dentro do roupão dela, apalpando-lhe o peito, procurando os bicos para os endurecer. Mas ela recuou, afastando-o com uma mão.

— Ah, mas o meu apoio tem um preço! Um preço justificado pelas circunstâncias, aliás...

— E qual é o teu preço?

— Atendendo a que eu vou ser mulher de um potencial primeiro-ministro, atendendo a que os teus amigos do partido vão querer ver-me em campanha ao teu lado...

— Só se fossem cegos ou burros é que não queriam...

— Pois, e por isso eu tenho de estar no meu melhor.

— Como assim?

— Com uns ligeiros retoques de cirurgia plástica, aqui e aqui — e apontou com a mão para as ancas e a barriga. — E um pouco mais de volume no peito também não ficaria mal...

— Mas tu estás óptima! Eu não te mudava nada!

— Não é mudar: é melhorar e manter.

Ele riu, puxando-a para si e percorrendo-lhe agora as

coxas, sentindo a pele lisa e sedosa, os músculos retesados, uma maciez húmida à medida que ia descendo a mão.

— E quanto custam esses retoques?

— Nada que te faça diferença e que tu não aches, depois de veres os resultados, que não valeu a pena.

— O.k., o.k., it's a fair deal!

— Mas há outro preço ainda...

— Outro?

— Sim, agora vais-me comer à selvagem! Começo a perceber porque dizem que o poder é um afrodisíaco: estou morta de vontade!

Atirou o roupão para o chão do quarto e começou a despi-lo, sem o deixar levantar-se. Tirou-lhe a camisa, quase a rasgando, desabotoou-lhe as calças e fê-las escorregar pelas pernas abaixo, tirou-lhe as meias, as cuecas, atirou tudo para o chão e ficou lá em baixo, entre as pernas dele, até o ouvir gemer de prazer. Depois, foi subindo devagar pelo corpo dele, uma língua quente e viscosa detendo-se em cada músculo, cada linha do seu contorno, indo finalmente fundir-se na língua dele, o corpo amassado em cima do seu, como uma plasticina colando-se a um molde. E, quando ele ia entrar nela, sentou-se sobre o corpo dele, arqueou as pernas e disse-lhe, com uma voz ainda mais rouca que de costume:

— Com força, Luís!

Capítulo 12

NEVOEIRO

O comendador Acrísio dispensou a consulta do menu. Em vez disso, chamou o empregado, a quem os da sua formatura social tratavam sempre por tu:

— Ó rapaz... como é que te chamas?

— António, senhor comendador.

— António, diz-me lá: o que têm vocês de marisco, hoje?

— Hoje, senhor comendador, temos amêijoas, lagostins da pedra, lagosta nacional pequena, santolas cheias...

O comendador interrompeu-o, fazendo um gesto largo, de braços abertos, tão ao seu jeito:

— Traz uma travessa com um bocado de tudo isso.

Uma hora e meia depois, Filipe sentia os efeitos do vinho verde a subirem-lhe à cabeça. A travessa de mariscos fora despachada, seguida de uma caldeirada de cherne, de uns doces de ovos e de vários whiskies ("nada com menos de trinta anos!", exigira o comendador). O assunto Fontebela já fora chamado à conversa, mas nunca de forma a ser discutido a sério, enquanto Filipe ainda estava lúcido e alerta. Talvez fosse mesmo essa a intenção deles e agora Filipe apenas tentava manter-se à tona de água, falando o menos que podia, com receio de poder dizer alguma coisa que mais tarde o comprometesse. Sentia a cabeça pesada, uma moleza que começava a tomar conta de si, gotas de suor molhando-lhe a testa, uma névoa mental que não conseguia sacudir. Desejava ardentemente que o almoço terminasse, com qualquer frase sem consequências, como um "depois falamos, vou estudar outra vez o assunto". Mas foi então que eles cometeram um erro de avaliação fatal.

Primeiro, foi João Diogo. Inclinou-se para ele sobre a mesa, baixando o tom de voz, e disse-lhe:

— Sabes, Filipe, estas coisas podem fazer-se sem deixar rasto que te comprometa. Foi assim que fizemos, por exemplo, com a nossa urbanização em Vila d'El Rey, próximo de Riogrande...

Depois, deteve-se subitamente e olhou para o comendador:

— Posso contar-lhe?

— Conta — disse o comendador.

— Em Vila d'El Rey — prosseguiu João Diogo — a Blue Ocean tinha um projecto de um hotel quatro estrelas e cento e quarenta vivendas, em zona REN classificada. E também aí tínhamos a aprovação do presidente da câmara, mas a objecção do técnico que tinha o processo em mãos.

— E então? — perguntou Filipe.

— Então, fizemos uma combinação entre as três partes: ao fim de dois meses e meio, o técnico ainda não tinha dado parecer favorável e o processo não estava despachado. Mas então, de repente, o técnico adoeceu e meteu baixa.

Deixámos passar mais umas três semanas e entrámos com um requerimento na câmara pedindo que fosse considerado o projecto aprovado por deferimento tácito, visto que, ao abrigo da lei, já tinham passado três meses sem uma decisão. E o presidente da câmara deu um despacho onde, mostrando-se suficientemente incomodado, lamentava a ausência do parecer técnico por doença do arquitecto responsável, mas considerando que, à face da lei, não podia deixar de deferir o requerido e assim dar como aprovado o projecto. E aí tens: nem ele nem o técnico puderam ser acusados do que quer que fosse. Tudo legal.

Filipe endireitou-se na cadeira, tentando recuperar alguma da clarividência perdida algures, nas garrafas de vinho verde de Monção.

— Tudo legal salvo o facto de ter sido aprovada construção numa zona vedada à construção...

— Mas isso — João Diogo abriu também os braços — são acidentes de percurso...

Fez-se um silêncio e foi Filipe a interrompê-lo:

— Quem era o presidente da câmara de lá?

João Diogo ia responder, mas o comendador interpôs-se, subitamente impaciente:

— Isso agora não interessa nada. O que interessa é que o projecto está feito, foi um sucesso de vendas e criou setenta postos de trabalho no concelho, fora os que ocupámos na construção. Setenta postos de trabalho, está a ouvir? Num concelho onde não havia nada — só Reservas disto e Reservas daquilo, como se as pessoas comessem paisagem!

Filipe ficou calado e foi apanhado de surpresa pelo

gesto do outro, que meteu a mão ao bolso direito das calças e extraiu um grosso envelope cujo conteúdo não era difícil de adivinhar.

— Está aqui o suficiente para o fazer adoecer por uns tempos, sem remorsos.

"Então é assim que as coisas se fazem", pensou Filipe, olhando para o envelope.

O comendador esgotara a sua paciência e deixou-se de cerimónias.

— Vamos, agarre nisto! — e fez deslizar o envelope ao longo da mesa. — Sabe quanto está aqui?

Filipe abanou a cabeça, olhando de lado para João Diogo, que, por sua vez, parecia muito interessado em qualquer coisa que se passava lá fora e que ele observava através da janela.

— Estão cinco mil contos. Não chega para se começar a sentir doente?

Filipe abanou a cabeça outra vez, e começou a levantar-se da mesa. Mas o comendador agarrou-o pelo pulso, com uma força inesperada, quase animal. Com a outra mão, tirou um envelope igual do bolso esquerdo das calças e colocou-o também sobre a mesa, fixando-o intensamente nos olhos.

— Dez mil. Nunca fui tão longe. Se não agarrar nisto, garanto-lhe que vai ficar mesmo doente. Com um tumor. E maligno.

Filipe soltou a custo a mão, a garra, que o segurava à mesa. Levantou-se direito, o melhor que conseguiu, no meio do nevoeiro que lhe ofuscava a vista e a cabeça.

— Agradeço-lhe o almoço.

E saiu.

De volta ao seu gabinete, começou por confirmar se a gravação estava em condições. Estava impecável, o som era claro e nítido. O pequeníssimo gravador, com um microfone emissor capaz de captar conversas até dez metros de distância e que ele mantivera preso por fora ao bolso das calças durante todo o almoço, cumprira o seu papel. E, pelo sim pelo não, Filipe sentia-se agora mais seguro por saber que tinha toda a conversa gravada e louvava-se pela sua cautela e ousadia.

Depois, procurou no Roteiro dos Empreendimentos Turísticos a Urbanização Vila d'El Rey e leu: "Magnífico projecto turístico inaugurado em 1991 numa das últimas zonas de paisagem protegida da Costa Oeste, na povoação de Foros dos Moinhos, a sete quilómetros da cidade de Riogrande, na zona centro de Portugal. Sobranceiro ao mar e envolvido num espaço natural único, de pinhal, prado e vegetação marinha classificada, o projecto, iniciado em 1989, compreende um hotel de quatro estrelas e 152 quartos, com seis suítes e, disseminadas pelos 128 hectares da propriedade, 140 vivendas unifamiliares — além de courts de ténis, centro hípico, club-house com spa e restaurante, percursos pedestres e de velocípedes, mini-mercado e outras facilidades. Aqui, num ambiente reservado e preservado, poderá desfrutar de uma paisagem e de uma vista exuberantes, num verdadeiro canto do Paraíso, incluindo uma magnífica praia de acesso praticamente exclusivo...".

A seguir, procurou nos Anais Municipais "Câmara

Municipal de Riogrande" e consultou a lista dos seus presidentes. No quadriénio 1988-92, o presidente era o dr. Luís Morais, do PL. O seu pai verdadeiro.

Quando viu Filipe sair porta fora, o comendador Acrísio não se conteve e desfechou um violento murro na mesa.

— Porra, João Diogo, você garantiu-me que o gajo marchava!

João Diogo torceu-se na cadeira, desconfortável.

— Bem, para dizer a verdade e tal como lhe contei, eu tinha perdido o contacto com ele há vários anos. Imaginei que alinhava — e quem não alinharia por dez mil contos?

— Mas, olhe, ele não alinhou! Em vez disso, fez de mim parvo, humilhou-me! Porra, o que eu gostava de ver este menino morto! E agora, o que fazemos? Não há mesmo maneira de tirar este empecilho do caminho, pedir lá ao presidente que invente um pretexto qualquer e lhe instaure um processo disciplinar, suspendendo-o de funções?

João Diogo estava a meditar no assunto.

— Não creio que seja solução. Não seria fácil encontrar esse pretexto e a coisa podia dar grande barraca, chegar até aos jornais.

— Então, foda-se, pense em qualquer outra coisa! É para isso que lhe pago!

João Diogo permaneceu silencioso por momentos. Depois, como se falasse só para si mesmo, murmurou baixinho:

— Talvez sim. Talvez haja outra hipótese de o afastar.

— Qual? — O comendador esticou-se para a frente, ansioso.

— Deixe comigo, senhor comendador. É melhor não saber de nada, por enquanto: vai ser uma coisa feia. Muito feia, mesmo...

— Ah, assim já é falar! — e o comendador encostou-se para trás, finalmente distendido.

João Diogo passou os dois dias seguintes em Évora, reavivando contactos antigos, falando com velhos conhecimentos e consultando o arquivo dos processos pendentes no tribunal. Ao terceiro dia, foi esperar Filipe à saída do trabalho, na sua hora de almoço.

— Olá, Filipe, temos de falar.

Filipe continuou a caminhar em direcção ao parque de estacionamento da câmara, sem nada dizer.

— Temos de falar, para teu bem!

Então, Filipe parou e encarou-o:

— Ouve, meu sacanazinha: não sabia que era assim que ganhavas a vida, a ajudar a corromper pessoas para que o teu javardo de comendador tenha os seus projectos aprovados onde não se pode construir.

— Não vou discutir isso contigo, Filipe: já percebi que não vale a pena. Aliás, eu tinha dito ao comendador que nem pensasse em sugerir que te comprava, porque ia correr mal. Mas o tipo não se conteve e fez aquela triste figura. Peço-te desculpa por isso, mas agora o caso é mais grave.

— Ai é? Mais grave, como? Vão matar-me?

João Diogo soltou uma gargalhada.

— Não, Filipe: não só não matamos ninguém, como tu não és assim tão importante! Mas és estupidamente teimoso e convencido, lá isso és!

— Ainda não vi razão para ser desconvencido pelos vossos argumentos. E dez mil contos não são argumento para mim.

— Eu sei. — João Diogo estava apaziguador. — Mas há outras razões a que tu não atendes. Não só as nossas, as do presidente da câmara, as da população local, as de um parecer que pedimos a um reputadíssimo professor de direito que nos dá plena razão jurídica na nossa pretensão...

— Por dez mil contos, qualquer reputadíssimo professor de direito esquece o "re" e o "díssimo" e passa a ser só uma puta. Reputadíssima. Eu sei o que a casa gasta.

João Diogo parou, suspirando de impaciência. Ficou a ver Filipe afastar-se, mas, antes que ele ficasse fora de alcance, lançou para o ar:

— Bem, Filipe, tentei tudo. Mas, visto que a razão não te convence, talvez a prisão o faça.

— Como?!

Tal como tinha previsto, Filipe deteve-se subitamente, virando-se para ele.

— Vou dar-te uma última oportunidade, Filipe: ou tu metes baixa nos próximos dias e até que o processo seja aprovado na tua ausência, ou te meto na prisão. Lamento, mas não tenho alternativa: são demasiadas coisas importantes que estão em jogo, muito dinheiro investido, muitos postos de trabalho para esta terra, que, pura e simplesmente, não podem ir para o lixo devido à tua intransigência e teimosia.

Filipe começou a avançar para ele, devagar.

— E metes-me na prisão, como? Acusado de quê?

— Sequestro e violação de menor, atropelamento e fuga, abandono de ferido em perigo de vida, tentativa de homicídio. Chega?

— De que falas tu, meu cabrão?

— Cromeleque dos Almendres, lembras-te?

Filipe parou, estarrecido.

— Tu estavas lá, filho da puta! Tu viste que nada disso aconteceu!

— Não?

— Não, ela foi de livre vontade e fomos os três que a levámos!

— Estava bêbada e era menor. Tu é que a conhecias, estavas com ela desde o princípio e levaste-a contigo. Podias não ter levado e ninguém mais a forçava...

— E a violação? — Filipe não caía em si. — Fomos os três!

— Sim, mas quem a levou foste tu. E quem começou foste tu, eu posso testemunhar.

— Já não sei quem começou, mas sei que não fui eu quem a atropelou.

— Mas o Zé Maria morreu, como deves saber, num acidente de automóvel. Ninguém poderá provar que foi ele que a atropelou e eu nunca peguei no volante: não pode haver impressões digitais minhas e ela própria sabe que eu nunca estive ao volante. Restas tu.

— Filho da mãe! Tu sabes que não fui eu que a atropelei, mas o teu amigo, que gostava tanto de acelerar.

— Ele está morto, Filipe. E eu posso ter esquecido quem estava ao volante ou lembrar-me antes que eras tu. E ela está viva, Filipe, sobreviveu milagrosamente, e sabe que a última pessoa que viu ao volante, a caminho do Cromeleque, foste tu. Sabe que o Zé Maria te passou o volante dizendo que tinha bebido demais. Depois, com o nevoeiro e tudo o resto, não pode ter visto quem é que, de facto, a atropelou...

Entre a raiva e o horror, Filipe sentiu vontade de vomitar, de se encostar a qualquer coisa sólida. Mas o que lhe restava ainda de lucidez levou-o a fazer as outras perguntas cuja resposta já adivinhava:

— Tu não serás capaz disso! Sabes muito bem que foi o Zé Maria que a atropelou e que se pôs em fuga e que fui eu, perante o teu silêncio, que quis saltar fora e ir socorrê-la.

— Mas não foste, não consta do processo.

— Não fui porque o filho da puta do teu amigo Zé Maria arrancou tão depressa que eu não consegui sequer abrir a porta do carro. Tu sabes isso!

— Pois aí é que está: eu posso ter-me esquecido, entretanto, Filipe. Assim como ter-me esquecido de que não eras tu que estavas ao volante...

— Filho da mãe! Mas, pelo menos, obriguei-te a falar para o 115, assim que chegámos a Évora: eles devem ter a chamada gravada e reconhecerão a tua voz. Isso não poderás negar!

— Eu não falei, Filipe.

— Como?

— Eu não falei para o 115. Fingi que tinha falado, mas não caí nesse erro.

Filipe encostou-se à parede do edifício da câmara, procurando o ar que lhe faltava.

— Violação, atropelamento e fuga, Filipe. Tudo da tua responsabilidade.

João Diogo deixou-o agonizar um pouco, antes de rematar:

— E tentativa de homicídio.

— O quê? O quê? O que dizes?

— Tentativa de homicídio: atropelaste-a de propósito, para não deixar rasto. Estavas obcecado em que nada pudesse prejudicar a tua licenciatura.

— Mas eu estarei mesmo a ouvir isto? E como vais tu provar tudo isso, meu cabrão de merda?

— Ela vai provar que foste tu que a conheceste e que a levaste. Vai declarar que eras tu que ias ao volante e eu vou confirmar. E vou acrescentar o que falta: sou a única testemunha que assistiu a tudo e que está viva. Não vejo como possas escapar, meu caro amigo.

Filipe não respondeu. Continuava encostado à parede, procurando algum conforto no seu frio de cal. Alguma coisa sólida que o segurasse na sua queda. João Diogo começou a afastar-se, lançando-lhe por cima do ombro:

— Estás feito. A menos que adoeças nos próximos dias.

Capítulo 13

CLARIDADE

Aquele vento gelado, eu conhecia-o bem: era o vento da minha infância, da minha juventude, o vento da minha vida. A minha avó acordava-me e forçava-me a sair da cama a grande custo, eu vestia as roupas que ela tinha aquecido em frente ao lume, ia até à casa de banho passar a cara por água gelada, lavar os dentes e pentear-me de qualquer maneira, meio a dormir ainda, e depois sentava-me à mesa, cambaleante de sono, para emborcar o café com leite quente e o pão migado com mel, que eram o meu pequeno-almoço. E, para que tudo fosse assim, ela levantava-se meia hora antes de mim, reavivava as brasas da lareira, aquecia-me a roupa, preparava-me o pequeno-almoço. Dava-me um beijo na testa e eu saía para a rua Direita de Medronhais da Serra, caminhando por ela abaixo como agora caminhava, no frio desumano, quase humilhante de dezembro — só que então era de manhã bem cedo e agora era já o cair do dia, cinco da tarde, e eu levantara-me ao meio-dia, pois ocupava as noites a ler à lareira e as manhãs a dormir. Porque não me apetecia acordar, porque não tinha motivo algum que me desse vontade de acordar.

Eu devia ter tido um caso com a professora Fátima. Ela devia-me isso: era por ela, só por ela, que eu atravessava aquelas manhãs de geada branca, aquele frio de pedra, que me cortava as orelhas, os pulsos, a cara, como estalactites afiadas. Àquela hora da manhã, em dezembro, Medronhais era um fantasma silencioso envolto num manto de neblina. A calçada irregular magoava-me cada articulação, o frio era revoltante, a vida toda à minha frente era um calvário sem sentido. Não podia perdoar à minha mãe que tivesse morrido assim tão cedo, sem me levar consigo, abraçado a ela. Não podia perdoar ao meu pai, que me abandonara para ir viver qualquer coisa que me diziam ser uma Revolução, uma terra para onde os pais não levavam os filhos e sobre a qual os filhos não podiam fazer perguntas. Em Medronhais inteiro, eu era o único da minha idade sem pai nem mãe, nem irmãos ou irmãs.

"Deves dar graças a Deus, filho, por teres dois avós que te amam assim tanto e que cuidam de ti como os mais extremosos dos pais", dizia-me o padre Anselmo, quando me ouvia em confissão todos os quinze dias, para escutar os pecados que eu, coitado de mim, bem gostaria de ter para confessar, mas não tinha. E, se bem que não entendesse o significado da palavra "extremosos", sabia bem o quanto os meus avós Filomena e Tomaz me adoravam como a um filho. E eu a eles — pois que, também, se não fossem eles, quem mais iria eu amar? Mas do padre Anselmo, eu não gostava nem um bocadinho. Cheirava mal, a sotaina estava permanentemente manchada de nódoas de gordura, a cara vermelha e os olhos de sapo metiam-me repulsa, e detestava o seu costume de me fazer ajoelhar entre as suas pernas abertas, enquanto me fazia festas no cabelo e dizia: "Vá, confessa os teus pecados, as tuas tentações. Também Cristo foi tentado, mas confessou e implorou ao Pai para que afastasse dele a tentação".

Mesmo agora, que já lá vão tantos anos, agora que o padre Anselmo talvez esteja já a confessar-se a Deus, agora que já sou adulto e que já passaram mais de dez anos que fugi deste fim do mundo, agora que tenho outra vida, longe destas memórias mortas onde já nada mais resta vivo para além do meu avô Tomaz da Burra, mesmo agora, não consigo, sorrindo é certo, perdoar ao padre Anselmo a humilhação e o desgosto que me infligiu, envolvendo-se no escândalo com a minha professora Fátima. E ela, que assim me traiu com aquele velhaco bem-falante e mal-cheiroso, ela, só por quem eu conseguia fazer aqueles quinhentos metros de casa até à escola embrulhado num frio que só o calor que pressentia subir do corpo dela poderia desembrulhar, ela, a quem eu escrevia poemas escondidos nas gavetas da cómoda do quarto, por quem mil vezes decorei as palavras com que a iria pedir em casamento e antecipei a resposta dela, entregando-se nos meus braços, puxando-me de encontro ao seu peito farto, desfazendo-se dos casacos, das lãs, das saias e de tudo o resto e murmurando-me ao ouvido "meu marido", ela, a professora Fátima, será que algum dia saberia o quanto me feriu no peito, lâmina tão fina e tão frio o seu aço, que nem a mais fria e traiçoeira manhã de dezembro?

Tudo morto, agora. Tudo desaparecido, quieto, silencioso. Casas esventradas, limos, arbustos, crescendo entre o granito da rua Direita, a barbearia arrombada, a porta do Café Central batendo com o vento, a igreja transformada em ninho de pombos e ratos, o altar de talha dourada, oferecido por uns antepassados emigrados em New Bedford, levado, dizia o meu avô, por uns imigrantes da Roménia. A minha escola, construída segundo o modelo único do Estado Novo (tal como os modelos únicos para os palácios da justiça, os edifícios das câmaras ou dos correios, as pontes, os marcos da estrada e tudo o resto), agora reduzida a um absurdo paralelepípedo de pedra, de vidros partidos, sem portas nem janelas ou telhado. Assim se finara um regime político, um sonho ou demência, toneladas e toneladas de granito arrancadas às entranhas da terra para construir um país em tudo uniforme e ordenado, em tudo planeado e mandado, excepto na impensável premonição de que o povo fugiria das aldeias e dos campos, viria povoar os subúrbios das grandes cidades, encostado a um mar que não compreendia, fechado em torres de cimento com todos os outros desterrados de um Portugal vazado. Um Portugal de aldeias mortas, de comerciantes falidos, de agricultores sentados à berma das estradas construídas com os dinheiros da Europa, vendo passar os grandes camiões TRI que traziam de Espanha e dessa Europa as frutas e os legumes criados em estufas maiores do que quaisquer hortas deles, em direcção aos centros comerciais onde, em breve, eles próprios aprenderiam o novo e insípido sabor dos melões e das cebolas, dos reinventados "frangos do campo" ou dos porcos sem gordura nem pecado, embalados em vácuo. E onde se resignavam a passear aos domingos, com filhos e noras e netos, tentando não se perder no meio dessa turba deslizante, entre montras e restaurantes e néons, num dédalo baptizado com nomes de avenidas e ruas, nomes de países ou heróis da Pátria, como se assim os velhos cuja aldeia era agora um centro comercial dos subúrbios não dessem pela diferença ou até, dando por ela, a apreciassem. Ou tudo se tivesse tornado tão longínquo que já não fazia diferença.

Nada, não restava nada do antigo orgulho de Medronhais da Serra. Apenas o meu obstinado avô, que nem meu verdadeiro avô era, se bem que fosse bem mais do que isso: menos do que ele julgava saber, mais do que alguma vez eu lhe conseguiria dizer. E por ele, por quanto o amava, eu viera, como nos outros dezembros, passar a semana de Natal com ele. De manhã, ele acordava com os animais e eu dormia até rebentar. Ele acendera o lume, tal como a minha avó fazia dantes, já tinha feito pão fresco no pequeno forno a lenha, pousara uma caneca de café na borralha da lareira, para que estivesse sempre quente, quando eu acordasse. Depois, estava estabelecido que ele fazia o jantar para nós e eu fazia o almoço — normalmente, peixe do mar que eu trazia comigo, de que ele tanto gostava e ali não encontrava. Sozinho na sua aldeia morta, o meu avô era um verdadeiro Robinson Crusoé: cultivava a horta com desvelo de namorado, cuidava do galinheiro, engordava um porco e fazia enchidos dele, tratava das árvores, recolhia fruta e lenha e pedaços de madeira que trabalhava horas a fio com o seu canivete afiado e de que sempre saía alguma coisa de útil. Aos oitenta e dois anos, deslocava-se a pé até à aldeia mais próxima ainda habitada, sem saber que eu montara um esquema com o merceeiro local para o vir abastecer cada quinze dias com tudo o resto de que precisava. À distância, eu geria as encomendas, as entregas e os pagamentos, enviando um cheque sobre a conta dele no banco (que ele julgava alimentada exclusivamente pela sua curta pensão de reforma de quarenta e dois contos por mês, a que, sem o saber, eu acrescentava mais quinze do meu bolso). Tudo isso dava-lhe ainda uma sensação de independência, que o mantinha direito e digno — e mesmo orgulhoso, quando abria a porta do frigorífico e me perguntava: "Queres manteiga, paio? Queres uma cerveja, um whisky com gelo?".

Chamaram-lhe Tomaz da Burra porque, muitos anos atrás, ele tinha uma burra de quem nunca se separava enquanto houvesse luz do dia, levando-a para trabalhar consigo no campo, almoçando junto com ela, montando nela para voltar a casa ou apenas para passear, falando com ela o tempo todo como com ninguém mais: se alguém conhecia algum segredo que porventura ele tivesse, era a sua burra Clotilde. Quando ela morreu, depois de vinte anos de dedicados serviços e amizade, levando com ela os segredos dele, o meu avô enterrou-a junto a umas pedras que existem numa parte mais baixa do terreno da propriedade, um lugar onde ele gostava de se sentar a almoçar o rancho que a minha avó preparara para ele de manhã, enquanto a Clotilde por ali ficava, a almoçar também as ralas ervas que cresciam entre as pedras e que os coelhos não tinham já limpado. Enterrou-a e durante muito tempo conta-se que ficou calado, torcido sobre si próprio — até que o meu pai substituiu a Clotilde e começou a acompanhar o meu avô pelo campo. Depois, veio a Revolução e a Reforma Agrária, que levaram o meu pai para longe, e o velho fechou-se então definitivamente, apenas se consentindo algumas conversas entrecortadas por silêncios nos jogos de dominó com o tio Virginiano no Café Central do Manel da Toca. Vira morrer o único filho, a nora, a mulher. Vira partir o único neto tido como tal, que era eu, e todos os seus amigos, vizinhos, conhecidos. Mas, por alguma razão que era só sua, ele quisera ficar.

E eu crescera a admirá-lo em silêncio. Havia qualquer coisa na sua simples presença física que me reconfortava e comovia. Gostava muito daquela sua inteireza com o campo, com os bichos, com as árvores, com as manhãs, com as estações do ano. Gostava de espreitar a sua alegria quando via crescer e medrar qualquer coisa que plantara, ou da sua tranquilidade decidida quando a minha avó lhe pedia uma galinha para o jantar e ele entrava no galinheiro, escolhia uma que amava tanto como todas as outras e, sem uma palavra, começava lentamente a cortar-lhe o pescoço, aproveitando o sangue, enquanto ela se debatia em vão, segura pela sua mão esquerda. E, sobretudo, gostava de ser parte dos seus silêncios, observando-o sentado no banco do jardim (e, mais tarde, na cadeira da barbearia do Octávio), vendo o seu olhar perdido numa qualquer distância que só ele enxergava. Atravessara toda a ditadura do Estado Novo sem nunca se alinhar pela ordem estabelecida, sem um assomo do patriotismo exibicionista que se aconselhava, sem uma palavra de elogio a Salazar ou à Senhora de Fátima. E atravessara os anos turbulentos da

Revolução de 1974-75 sem nenhuma concessão às novas ideias revolucionárias, nenhum sinal de simpatia particular pelo Partido ou pelos "oficiais revolucionários" que, na véspera ainda, tinham servido o anterior regime, suportando uma ditadura de direita e lutado pelas colónias em África. O seu campo era outro — o que ele abarcava com o olhar, o que nunca mudaria. E, porque nunca tinha tido outro campo que se soubesse, também não teve de mudar de campo depois, para aqui ou para ali, como a tantos outros viu fazer. Nunca ninguém teria curiosidade ou se daria ao trabalho de escrever a história da vida e morte de Medronhais da Serra. Mas se, porventura, alguém um dia o fizesse, a meus olhos, faria todo o sentido que ficasse escrito que o seu mais fiel e último habitante fora Tomaz da Burra.

Mais uma vez olhei a velha escola da minha infância, dei meia volta e iniciei o caminho de regresso a casa. Sorri ao passar em frente à casa da Gualdina, imaginando-me a subir à figueira para a espreitar no banho, enquanto o Gualter, que vendia a intimidade da irmã por dez escudos, ficava de tocaia. Adiante, recordei o Albino das Facas, saindo furioso de uma discussão perdida no Café Central, agarrando-me pela lapela da samarra e vomitando-me para cima um hálito de aguardente barata: "E tu, miúdo, fica atento: vêm aí os amanhãs que cantam!". Imaginei a velha Maria Antónia, rezando novenas à janela para expiar pecados inconfessáveis, ou o louco do Borges anunciando pela vigésima quinta vez o fim do mundo, exclusivamente para os habitantes de Medronhais. Não, não tinha saudades: nem desse tempo, nem desse mundo minúsculo, claustrofóbico. Não fosse pelo Natal e pelo meu avô, não tornaria mais aqui.

Mas gostava muito destes dias de férias de Natal passados a sós com o meu avô e que coincidiam até com o meu aniversário. Com os anos, fui aprendendo que o melhor de estar acompanhado é saber que o outro anda por ali, mesmo que a gente quase não fale, que não estejamos sempre a ver-nos e a tropeçar um no outro. Nesses dias, o meu avô acordava antes da própria manhã, saía para ver os animais, para regar a horta, para ver se havia ovos na capoeira, para colher uns legumes para o almoço. E, se o almoço não era peixe que eu tinha trazido e haveria de cozinhar, eu dormia enquanto ele cozinhava e acordava mais pelo cheiro das panelas do que pela claridade que entrava pela janela. Passava as noites sentado em frente da lareira, já o meu avô se havia deitado há muito, e escutava os ruídos nocturnos da casa, o som dos móveis próximos da lareira que estalavam com o calor, a porta da casa de banho que rangia com o vento, e os passos que julgava escutar dos mortos que já lá não viviam. Às vezes parecia até que me regressava o familiar cheiro dos candeeiros a petróleo da minha infância, quando Medronhais era um minúsculo ponto no mapa de Portugal, que à noite se apagava na absoluta escuridão. Em Odemar, fora uma noite pescar ao candeio, num pequeno barco a motor, com três pescadores. E, pela noite fora, enquanto o barco oscilava suavemente na ondulação e nós comíamos um jantar de escabeche frio de peixe, eu sentia-me aconchegado na contemplação dos candeeiros a petróleo de bordo e o seu cheiro docemente tóxico parecia-me vir lá de muito longe, de um lugar onde eu estava protegido dos males e dos perigos.

E agora, de volta à minha aldeia, onde a luz eléctrica chegara tarde demais para os homens, madrugada dentro, eu lia o *Guerra e Paz*, sofria com o Príncipe Andrei, maldizia a Natacha, comovia-me com o Pedro Bezúkhov. Numa aldeia perdida na serra alentejana, numa aldeia morta, numa noite deserta, seguia, como se estivesse a ver, o esplendor dos salões de baile do Império Russo, a imensidão das estepes gélidas, os gritos de horror dos estropiados pelo fogo dos canhões de Napoleão Bonaparte, e chegava-me mais ao calor da lareira para não sentir a solidão das trincheiras de lama, húmidas, frias, desoladas, onde se abrigava o exército de Kutúsov. Alguém dissera um dia que se podia viver sem tudo, menos água e comida, mas que viver sem livros e sem música não seria o mesmo que viver.

Um lume vivo e reconfortante ardia na lareira, quando entrei em casa. Estávamos na antevéspera da Consoada e o bacalhau que eu trouxera já estava de molho, para ser cozido daí a dois dias, junto com as couves da horta do meu avô. De manhã cedo, iríamos embebedar o peru com aguardente 1920 e depois o meu avô cortar-lhe-ia o pescoço, sacrificialmente. Era o nosso jantar de Natal e do meu dia de anos, e, pelo tamanho do bicho, apenas para dois homens, adivinhava que fosse também os jantares ou almoços dos dias seguintes. Mas isto, a matança do porco nos frios de fevereiro, o borrego da Páscoa e os figos de mel de setembro eram as únicas ocasiões que ele tinha por garantidas comigo, em que sabia que eu não falharia, e para as quais, para angústia minha, ele já só quase vivia. Pus-lhe a mão no ombro e dei-lhe um beijo na testa.

— A bênção, meu avô.

Ele não respondeu. Procurou a minha mão e agarrou-a com a sua mão esguia, de veias salientes e dedos ásperos, gastos de tantos anos ao frio ou ao calor, a mexer na terra, a criar e matar bichos. Estava sentado numa velha e desconjuntada poltrona, que no tempo da minha avó ainda tivera, visíveis, sinais de camélias ou de ibiscos, um cor-de-rosa de mulher sobre um fundo de chita branco. Olhava, com uma atenção expectante, a televisão que eu lhe oferecera e que, juntamente com o cão rafeiro alentejano que lhe trouxera de presente no último Natal e que agora fingia dormir aos pés da lareira, eram as suas únicas companhias nos longos meses em que eu apenas lhe telefonava para lhe prometer uma visita em breve.

Puxei um banco de madeira, que ele próprio construíra, e sentei-me ao seu lado, cativo da sua atenção àquele aparelho pelo qual Medronhais tanto esperara e suspirara noutros tempos, e que era agora, juntamente com as minhas esporádicas visitas, a sua única ligação ao mundo lá fora. A velhice extrema, pensei, ou é uma decadência sem sentido ou uma inconsciência sem explicação. Eis um homem que viu morrer ou desaparecer quase todos à sua volta; que sabe que vai morrer em breve; que vive sozinho numa terra onde já ninguém mais vive e que tem, como companhias mais próximas de um ser humano, um cachorro, as galinhas que cria para matar quando precisa de as comer, um porco e um peru que engorda para as minhas visitas. E, todavia, está preso às notícias de um mundo que desconhece, onde jamais viverá e que não deve fazer sentido algum para ele!

Concentrei-me também no que ele estava a ver: o noticiário das seis da tarde e falavam do Congresso do Partido Liberal, que terminara na véspera. Luís Morais fora eleito com sessenta e cinco por cento dos votos dos delegados e as sondagens do dia seguinte davam-lhe já uma vantagem que parecia confortável sobre os socialistas, para as eleições nacionais de daí a cinco meses. No estúdio, um comentador dizia que a mensagem dele estava claramente a passar para o eleitorado do centro — o milhão de votos que decidia as eleições — e que lhe bastaria insistir no mesmo registo e não cometer asneiras graves para em breve ser o novo primeiro-ministro de Portugal.

"Recordamos agora", dizia a apresentadora do jornal, "uma das passagens mais marcantes do discurso de encerramento do novo presidente do PL."

E, do estúdio, passou-se para uma reportagem gravada na véspera. Luís Morais falava no palanque à frente do palco, por entre uma profusão de bandeiras do partido e de Portugal. A câmara fazia um zoom lento sobre o palco, vinda de trás, até fechar o plano sobre ele, à altura do peito. Luís Morais estava de camisa e gravata, mas sem casaco, de mangas arregaçadas até ao antebraço. Parecia trespassar todos com o olhar, mas na verdade apenas olhava em frente, para nenhum ponto em especial. Falava de improviso, sem papéis nem teleponto, pausadamente, com uma voz rouca e cansada, mas firme, que prendia a multidão, em silêncio.

"Em maio, Portugal terá um novo governo: o nosso governo. Mas não um governo para nós, não um governo para nos servirmos de Portugal, como outros fazem e fizeram. Um governo para servir Portugal e os portugueses. Um governo para fazer as reformas que há muito deveriam ter sido feitas, um governo amigo dos fracos e forte com os poderosos. Um governo sem medo dos poderes instalados, sem contemplações para com os inúteis e os batoteiros, um governo sem medo de governar."

A sala levantou-se em aplausos e ele fez um sinal com a mão para que se voltassem a sentar.

"Eu não tenho medo. Não tenho medo de governar nem tenho medo de enfrentar os obstáculos e os inimigos da mudança que vamos fazer em Portugal. Como sabem, não dependo da política, não preciso do poder pelo poder e não escolhi estar aqui. Foram alguns dos melhores do partido que me foram buscar e me convenceram que chegara a hora de dar a cara pela luta. Porque o país não pode esperar mais e só nós é que queremos e podemos transformar o país, fazer de Portugal uma nova terra e uma terra nova, onde quem trabalha é compensado, quem investe tem retorno, quem se esforça triunfa. Em que o Estado está ao serviço dos melhores e não dos parasitas. Eu não procurei chegar aqui, mas agora que, pelo vosso voto e pela vossa vontade aqui estou, contem comigo, porque eu não vou virar a cara à luta. Fiquem comigo, contem comigo como eu conto convosco: convoco-vos a todos a virem comigo nesta aventura maravilhosa de transformar Portugal num país moderno, num país justo, num país onde os nossos filhos e netos terão um futuro à sua espera. É agora ou nunca! Venham comigo!"

Gritou a última frase e a sala voltou a levantar-se, empolgada, as bandeiras esvoaçando sobre as cabeças e uma música de fundo, uma marcha triunfal começou a soar no pavilhão.

"Viva o Partido Liberal! Viva Portugal!", gritou Luís Morais, abandonando o palanque, por entre o delírio dos delegados.

O avô levantou-se da cadeira, baixou o som da televisão e foi-se encostar à lareira, aproveitando para acrescentar mais um toro ao lume.

— Sabes quem é este Luís Morais?

A custo, fiz que não com a cabeça.

— Foi médico aqui, cobria Medronhais e mais umas quatro ou cinco aldeias aqui à roda. A tua mãe chegou a trabalhar com ele, como enfermeira no posto médico, ainda tu não tinhas nascido.

— E como era ele, então?

— Era um rapaz muito simpático, muito novinho, devia ter aí uns vinte e quatro ou vinte e cinco anos e estava a fazer o estágio no Serviço Médico à Periferia, como se chamava. Eu nunca lá fui à consulta, mas o povo gostava dele, diziam que era muito atencioso com as pessoas.

— E quanto tempo cá esteve?

— Ah, não chegou a estar um ano! Depois, parece que foi para Braga e a seguir para Lisboa, sempre como médico. E depois entrou para a política, foi presidente de uma câmara qualquer lá de cima. Perdi-lhe o rasto. Quem diria que agora é candidato a primeiro-ministro!

Fiquei calado. Adivinhei e temi o que ele disse a seguir:

— E sabes uma coisa? Eu gosto dele! Parece-me diferente dos outros políticos. Acho que vou votar nele!

Três dias depois, quando tive de partir, sentei-me em frente do avô e olhei-o mais uma vez, antes de lhe pedir a bênção.

— Avô, suponha que alguém é uma pessoa muito respeitada, de quem todos dizem bem e tomam por uma pessoa boa. E suponha que esse alguém está em posição de poder determinar a vida de muita gente e o avô descobre que ele, afinal, não é a pessoa boa nem respeitável que todos imaginam. O que faria — denunciava-o?

O avô parou de afiar o pedaço de madeira com que se entretinha e olhou-me também, curioso.

— Se o não denunciasse, ele poderia causar danos a outros que acreditaram nele? É isso?

— É.

— Pois bem... — deteve-se, parecendo buscar uma resposta no desenho que as labaredas do lume faziam. — Nesse caso, o meu dever era denunciá-lo.

Capítulo 14

VELADA D'ARMAS

A notificação do Tribunal de Évora chegou-lhe com o correio da manhã ao seu gabinete na câmara. Convocava-o para ir prestar declarações daí a uma semana, no processo número tal e "na qualidade de testemunha". Vinha assinada por uma delegada do Ministério Público cujo nome era Maria Rodrigues. Se bem que a frase "na qualidade de testemunha" fosse tranquilizadora, o seu primeiro impulso foi esconder a notificação no bolso do casaco. A anunciada represália de João estava em marcha, sempre fora para a frente com a sua reles ameaça. Mas, pensou para consigo, não tinha nada a temer: a versão que João ameaçara transmitir à polícia daquela tenebrosa e longínqua noite em Évora era falsa e ambos o sabiam: era a palavra de um contra a de outro. No que lhe dizia respeito, Filipe confiava que nunca iria além da "qualidade de testemunha".

Mesmo assim, quando se apresentou, no dia e hora marcados, no Tribunal de Instrução Criminal de Évora, e quando o mandaram esperar num corredor onde já se encontravam outras pessoas, não pôde evitar o desconforto da situação: parecia-lhe, até pela cara dos outros, que, fossem eles testemunhas, suspeitos ou arguidos, ou mesmo queixosos, ninguém estaria ali por razões agradáveis de conhecer. Tentou abstrair-se com a leitura do *Guerra e Paz*, mas não teve tempo sequer de se envolver nela, antes de ser sobressaltado ao ouvir o seu nome, dito em voz bem alta e grave, por uma funcionária. Fez um gesto discreto com a mão e ela lançou-lhe um olhar severo, que lhe pareceu o tipo de olhar que se dirige a um suspeito, não a uma testemunha.

— Siga-me — disse ela, pondo-se imediatamente em marcha e levando-o atrás de si, ao longo de dois corredores mais, até parar à porta de um gabinete e bater duas vezes. Uma voz de mulher respondeu lá de dentro, "entre!", e ela abriu a porta, introduzindo somente a cabeça para anunciar:

— A testemunha convocada para as quinze horas: processo número 2114 barra 88.

— Sim, eu sei — respondeu a voz lá de dentro.

— Entre — disse a funcionária, abrindo a porta para que Filipe passasse e fechando-a, depois de se retirar.

Ele entrou e a primeira coisa em que reparou foi nos belos olhos escuros com que a dra. Maria Rodrigues o aguardava. Era uma mulher nova e bonita, que parecia alta à secretária, embora não se tivesse levantado e ele não pudesse ter a certeza.

— Sente-se — disse a magistrada, indicando-lhe a cadeira em frente a ela, do outro lado da secretária. A voz era grave, funda, um pouco cansada. Mas o tom não era simpático, apenas neutro, de quem fazia aquilo muitas vezes.

Ele sentou-se, olhando rapidamente em volta. Havia uma estante cheia de dossiers e códigos, mais dossiers sobre a secretária, dos quais um estava aberto à frente dela. Ao lado da secretária, e dando para a única janela do pequeno compartimento, havia uma mesinha com o computador, um candeeiro portátil e um leitor de CD. E, sobre este, duas fotografias. Uma, de um casal mais velho, provavelmente os pais; e outra de uma mulher nova e bonita, loira, que deveria ser a autora da frase escrita em cima da fotografia: "Never give up!". Enfim, dentro do seu campo de visão, havia ainda, do outro lado da secretária, um cabide de pé alto, onde estavam pendurados dois casacos e um gorro de lã preto. O leitor de CD estava a tocar baixinho: um concerto para piano.

— Nome?

Ele acordou da sua observação e recitou o nome completo.

— Estado civil?

— Solteiro.

— Profissão?

— Arquitecto, actualmente nos Serviços Técnicos da câmara municipal de Vila Nova de Odemar.

— Morada?

Disse a morada e procurou descontrair-se. Ela ia conferindo os dados com os que tinha no dossier.

— Muito bem: estas perguntas eram de resposta obrigatória. A partir de agora, vou ouvi-lo na qualidade de testemunha, no processo número 2114 barra 88. Para maior rapidez e menor incómodo de ambos, vou gravar o seu depoimento e depois há-de ser chamado para vir cá assinar a transcrição em papel. De acordo?

Filipe fez que sim com a cabeça. Ela suspirou levemente, tirou um gravador da gaveta da secretária, colocou-o em cima da mesa e carregou no botão "record".

— Vamos então começar. Senhor arquitecto Filipe Madruga, sabe porque está aqui?

— Não — respondeu ele, abanando a cabeça, como se não lhe ocorresse a menor razão para tal.

— Cromeleque dos Almendres. O nome diz-lhe alguma coisa?

— Sim, eu sei o que é: já lá estive. Eu estudei em Évora.

— Eu sei que estudou em Évora e presumo que saiba o que é. A minha pergunta é se o Cromeleque dos Almendres lhe diz a si, pessoalmente, alguma coisa? Alguma história, algum episódio marcante, de que se lembre.

Ele fez um gesto vago, sem responder.

— Bom, vou reavivar-lhe a memória. Provavelmente, não fixou esta data, mas ela está fixada nos autos: 23 de maio de 1988. Nessa noite, esteve no Cromeleque dos Almendres, por volta das duas e meia da madrugada?

— Não sei dizer ao certo, senhora doutora...

— Na companhia de dois amigos seus — ela consultou o dossier. — Um tal João Diogo e um tal José Maria, mais uma rapariga de nome Eva Ribeiro, que, na altura, teria uns dezasseis anos de idade?

— Sim, estive. Não sei exactamente a data, mas estive lá uma vez com essa gente.

A dra. Maria olhou através da janela a praça lá fora. E continuou, sem se virar para ele:

— Com essa gente, pois... Ora, vejamos quem era essa gente: o José Maria era seu amigo?

— Não. Conheci-o nessa noite e nunca mais o vi. Ele era amigo do João.

Ela despegou o olhar da janela e encarou-o:

— E não sabe o que lhe aconteceu depois disso?

— Não.

— Morreu no ano seguinte, num acidente de carro.

Filipe fez um ar genuinamente espantado.

— Ah, não sabia! — mentiu. — Num acidente de carro!

— Exactamente. E o João Diogo, esse conhecia?

— Sim, esse conhecia.

— Era seu amigo?

— Vagamente: era mais meu conhecido do que propriamente amigo. Estávamos ambos na universidade, mas ele andava um ano acima de mim.

— E sabe o nome completo dele?

— Não sei.

— Não sabe?

— Não, doutora, já lhe disse que éramos apenas conhecidos e era normal, nesses casos, tratarmo-nos apenas pelo nome próprio ou pela alcunha.

— E também nunca mais voltou a vê-lo?

— Depois que saí da universidade, não.

— E ela, a Eva Ribeiro, que é a única de quem, pelos vistos, sabemos o nome todo: conhecia-a?

— Não: só a conheci à saída de uma festa, nessa noite.

— Quer dizer — ela inclinou-se para a frente, como se quisesse ouvir melhor — que você embarcou numa aventura nocturna, que acabou em tragédia (já lá vamos!) com mais três pessoas, das quais só conhecia vagamente uma?

Filipe hesitou uns segundos. Tinha antecipado aquelas mesmíssimas perguntas e meditara cem vezes na melhor resposta a dar-lhes. Mas agora, em frente à delegada e quando mais convincente queria parecer, mais se sentia tolhido de inspiração, não sabendo se seria melhor estratégia ir esquivando as perguntas enquanto pudesse ou, pelo contrário, assumir o seu relato e a sua verdade. Tinha que decidir. Já.

— Vínhamos de uma festa da Queima das Fitas na universidade, fomos beber um copo a um bar que havia ao pé das bombas da Shell à saída da cidade e depois decidimos ir até ao Cromeleque.

— Quem decidiu?

— Não me lembro, só me lembro que não fui eu: eu queria ir deitar-me, já tinha bebido de mais e, além disso, não conhecia o tal Zé Maria e não gostei da pinta dele. E também não conhecia a miúda, foi ela que me abordou à saída da festa e que se atracou a mim.

— Atracou-se, como?

— Estava bêbada, veio ter comigo, começou a insinuar-se sexualmente... Está a ver, senhora doutora?

— Estou a ver, sim. É típico das miúdas dessa idade, não é?

Sem saber o que responder, Filipe ficou calado. Agora, sentia-se melhor, mais repousado. E nem todas as perguntas precisavam de uma resposta sua.

— Portanto — retomou a dra. Maria —, vinham a sair da festa, ela atracou-se a si, como diz, e foram todos para um bar. Quem teve a ideia de irem até ao bar?

— O tal Zé Maria. Ele ia para lá, e o João, que era quem o conhecia, perguntou-lhe se podia ir também. E depois perguntou-nos se queríamos ir…

— A si e à Eva Ribeiro?

— Isso. E ela respondeu que sim.

— E o senhor arquitecto, que respondeu?

— Não respondi nada. Deixei-me levar.

— Tal qual como depois, quando resolveram ir até ao Cromeleque: só se deixou levar?

— É a verdade, senhora doutora.

— Quem foi a conduzir o carro para o Cromeleque?

— Fui eu.

— Mas o carro não era do Zé Maria?

— Era, mas ele declarou que estava bêbado demais para ir a conduzir.

— E o senhor não estava?

— Estava, estávamos todos. Mas menos do que ele.

— Que carro era?

— Não me lembro ao certo. Só me lembro que era cinza-escuro.

— Cinza-escuro… hum, seria um Opel Corsa?

— Talvez. Sim, sim, talvez fosse mesmo.

Ela fez uma pausa, olhando outra vez pela janela. Parecia estar a rever mentalmente se todas as peças encaixavam e nada ficara para trás.

— Então, chegaram ao Cromeleque e…?

— E estava lua quase cheia.

Ela esboçou um sorriso irónico e olhou-o a direito:

— Mesmo a calhar, não?

— A calhar para quê?

— Ora, para o que se seguiu! O que se seguiu, senhor arquitecto?

Foi a vez de Filipe olhar através da janela. Franziu a testa e suspirou.

— Aquilo que seria de esperar de quatro miúdos bêbados, num descampado e ao luar.

O CD tinha chegado ao fim: ela retirou-o, procurou outro rapidamente, piano ainda, introduziu-o no leitor e retomou a conversa, em tom tranquilo:

— Conte-me.

— Bem, senhora doutora... — Filipe interrompeu-se, constrangido — ... saímos todos do carro e o Zé Maria pediu à miúda que lhe fosse dar um beijo na boca.

— E ela foi?

— Foi.

— Pareceu-lhe forçada?

— Não, de todo: não me pareceu nada forçada.

Os olhos escuros dela não se desviavam dos dele.

— Continue.

— Depois, o Zé Maria disse-me para tirar o... o coiso para fora e disse a ela para mo ir chupar.

— E ela foi?

— Sim.

— Livremente?

— Sim.

— Não a forçou, puxando-a, introduzindo-o na boca dela, nada?

— Não, senhora doutora: ela ajoelhou-se à minha frente, agarrou nele e começou.

— Até ao fim?

— Não.

— Não? Não ejaculou na boca dela?

— Não.

— Tem a certeza?

— Absoluta.

— E porquê?

— Porque não quis: eu não quis.

Silêncio breve. Ela semicerrou os olhos, como se estivesse a tentar visualizar a cena. Ele manteve-se calado, fiel à sua estratégia: enquanto ela não perguntasse, ele não tinha de antecipar as respostas. Mas ela ia continuar, claro.

— E depois?

— Depois, ela fez o mesmo com o João, que estava à minha esquerda, e com o Zé Maria, que estava à esquerda dele.

— Todos em fila?

— Sim... pode-se dizer que sim.

— E ela fez isso a todos de livre vontade?

— Pareceu-me que sim, embora estivesse bêbada...

— E isso quer dizer o quê?

— Que talvez não estivesse perfeitamente consciente do que estava a fazer.

— Ah! Pois, é possível que não estivesse! E fez o mesmo, exactamente, a todos?

— Não exactamente.

— Não exactamente?

— Não: ao Zé Maria foi até ao fim.

— Quer dizer que ele ejaculou na boca dela?

Filipe não conseguiu perceber se o tom dela era de tristeza, de nojo, ou apenas de cansaço. Mas agora era a ela que as perguntas pareciam sair a custo.

— Sim, ejaculou.

— Tem a certeza?

— Absoluta.

— E tem a certeza de que foi só ele?

— Tenho.

De repente, ela pareceu retomar o vigor inicial. Pergunta após pergunta, obrigou-o a reviver tudo o que se seguira, naquela noite que ele tentava em vão esquecer há tanto tempo. Eva a vomitar, a fugir na escuridão, ele procurando-a, chamando-a, correndo e ferindo-se nos ramos das estevas, e depois voltando para o carro, o Zé Maria arrancando a toda a velocidade e, de súbito, Eva a sair do nevoeiro e do mato, atropelada, projectada contra o vidro, rolando de lado, o sangue no pára-brisas e ele a gritar para que parassem — e não pararam. Explicou que o Zé Maria nem dera oportunidade para que ele retomasse o volante, que seguira no banco de trás, que não parara de insistir até Évora para que voltassem para trás ou ao menos que chamassem uma ambulância — até o João ir a uma cabine, ligar para o 115. Era a sua história e a sua verdade. Pronto, dissera tudo. A dra. Maria olhou-o devagar, tentando perceber se ele dizia a verdade ou mentia.

— Sabe que esse telefonema para o 115 nunca chegou?

Mais uma vez, mentiu: tentou fingir admiração, espanto, revolta:

— Nunca chegou?

— Não, ninguém ligou para o 115 nessa noite e a propósito deste incidente. Ela foi encontrada por um pastor na manhã seguinte. Em coma profundo.

Filipe não disse nada. Não tinha mais nada para dizer: apenas duas perguntas que não resistiu a fazer:

— Doutora, porque é que só agora chegaram a mim?

— Porque o processo foi encerrado na época: não havia suspeitos, não havia carro, a vítima não se lembrava de nada que pudesse ajudar, não havia indícios alguns. E agora recebemos uma denúncia anónima de alguém que diz que o senhor arquitecto estava lá e podia esclarecer muitas coisas.

— Uma denúncia anónima?

— Sim, por carta.

Filipe concluiu que o João ainda não se envolvera a si próprio, também. E só quando o fizesse é que podia passar a acusá-lo de ter sido ele, Filipe, a atropelar a Eva e a fugir. Por enquanto, apenas o denunciara como testemunha e participante: era um aviso, ainda não a consumação da ameaça total que lhe fizera. Levantou a cabeça e perguntou, o mais inocentemente que conseguiu:

— E esclareci alguma coisa, doutora?

Ela voltou a sorrir, um sorriso que, sem ser cínico, era desprovido de qualquer simpatia.

— Umas coisas sim, outras não.

— Talvez não esteja nas minhas mãos esclarecer o resto...

— Talvez não.

O olhar dela pousado no seu tornara-se difícil de sustentar, mas ele quis fazer ainda outra pergunta:

— Doutora, queria perguntar-lhe uma coisa: o que aconteceu à miúda?

— O que aconteceu à miúda? À Eva? Não sabe mesmo?

— Não, perdi-lhe o rasto.

— Perdeu-lhe o rasto? Desculpe lá, mas isso não é verdade: só se perde o rasto do que se procura. E você nunca procurou saber dela, pois não?

Filipe baixou os olhos.

— Não.

— E nunca procurou saber dela porque isso lhe podia estragar a vida: interromper o curso, ter de responder em tribunal, ter de contar tudo o que agora me contou a mim e, provavelmente, bem mais ainda — e arriscar as consequências. E porque pensou que podia escapar para sempre, impune. Diga-me lá, senhor arquitecto, foi assim ou não foi?

Filipe levantou a cabeça e encarou-a, pensando para consigo que, afinal, havia ali qualquer coisa de libertação; que há muito, muito tempo, esperava por aquele momento, sem o saber.

— Eu... — começou ele, lentamente — ... de facto, não a procurei depois nem me preocupei em saber o que lhe tinha acontecido porque, como diz, temi que isso desse cabo de todos os meus planos. Fui um cobarde nisso, mas, acredite ou não, não houve quase um dia da minha vida em que não me tenha arrependido. E depois ficou tarde para voltar atrás. Mas, para além disso, eu não me sinto culpado do que aconteceu: não fui eu que a abordei, não fui eu que a quis levar ao bar e ao Cromeleque, não fui eu que lhe pedi ou a obriguei a fazer nada comigo ou com os outros, não fui eu que a atropelei, não fui eu que a abandonei, que não a procurei, que não insisti para voltarmos atrás para a socorrer e até hoje vivi convencido de que tínhamos chamado a ambulância. Por mais que lhe custe a acreditar, doutora, a minha consciência só está apaziguada com o facto de eu saber que, naquela horrenda história, eu fui tão inocente quanto ela e, se calhar, menos culpado até.

Ela ouviu-o atentamente até ao fim, com uma expressão vazia, o mesmo vago sorriso que, agora ele percebia, era só de desprezo.

— Pois, foi tudo uma noite de azar que ela teve, não foi?

— Não teve azar em embebedar-se, mas reconheço que teve azar no resto e em algumas das companhias que encontrou nessa noite.

— Algumas, não todas?

Filipe levantou a cabeça, endireitou-se na cadeira e olhou-a a direito:

— Não todas: eu não, doutora, se é isso que quer saber.

— Pois, mas não lhe ocorreu ir à polícia e denunciar os outros, pois não? Ir contar a história que agora me contou, já que a sua consciência estava apaziguada…

— Sim, claro que me ocorreu. Mas não fui. De facto, não fui, e é disso, só disso, que me culpabilizo.

— E agora, quer mesmo saber o que lhe aconteceu?

— Sim, quero. Morreu?

Pela terceira vez, a dra. Maria voltou a olhar lá para fora, desviando o olhar do dele.

— Não, não morreu, mas quase. Está viva, depois de

quase ter morrido e de ter passado os melhores anos da sua juventude sentada numa cadeira de rodas.

— Mas recuperou?

— Recuperou de quê? Da cadeira de rodas ou da juventude perdida?

Dois dias depois, Filipe tinha a previsível mensagem de João no telemóvel: "Espero que o primeiro aviso tenha sido suficiente...". Não desgravou a mensagem, antecipando que talvez ela lhe viesse a ser útil. "Não é assim tão esperto, o João!", pensou. Mas o primeiro aviso estava dado e ele sabia qual seria o passo seguinte.

Nesse mesmo dia, sentou-se ao computador e começou a redigir o seu parecer sobre o Projecto de Urbanização da Herdade da Fontebela, três dias antes de terminar o prazo legal para o fazer.

Começava por recordar que o projecto envolvia uma área total de 325 hectares, dos quais oitenta e cinco em Reserva Ecológica e 182 em Reserva Agrícola, e compreendia a construção de um hotel de cento e cinquenta camas, um aldeamento turístico de cinquenta e seis vivendas e duzentos e setenta camas e um clube e campo de golfe de dezoito buracos, ocupando sessenta e seis hectares, mais um pequeno centro comercial. De seguida, e indo directamente ao impacte ambiental do projecto, salientava que, além da violação das leis referentes às áreas protegidas, sem que nenhum motivo excepcional o justificasse, a construção do campo de golfe — definido como "âncora de todo o projecto" — implicaria a contaminação da Ribeira das Garças, que atravesssava grande parte do terreno e cuja água sofreria o dano causado pelos pesticidas e fertilizantes utilizados no campo de golfe. "*É certo*", escrevia, "*que os promotores afirmam, sem compromisso, que este será um golfe ecológico, reaproveitando as águas residuais do empreendimento. Devo, contudo, recordar que a mesma promessa é feita sistematicamente nestes casos e jamais cumprida, devido ao custo que tal implica. Não há, pois, como criar expectativas vãs nesta matéria: as águas do campo de golfe serão simplesmente drenadas na Ribeira das Garças, a qual é o principal afluente da barragem com o mesmo nome. Deste modo, duas freguesias e cerca de trinta por cento da população do concelho terão fatalmente a água que agora usam para consumo declarada imprópria para tal. Servirá para as hortas, para quem não se importar de consumir legumes contaminados... E convém ter presente que, com ou sem clientes, um campo de golfe tem de ser regado, e intensamente, todos os dias, equivalendo essa rega a um consumo de oito mil pessoas — no caso, cerca de vinte e oito por cento da população residente.*"

Depois, Filipe dedicou-se a desfazer o conceito de "*empreendimento verde*" e "*amigo do ambiente*", começando por insistir em que "*um campo de golfe não pode ser considerado área verde, quando a única coisa que tem de verde é a cor*". Sobre o abate de setecentos sobreiros e azinheiras e duzentos pinheiros-mansos, necessário à construção da obra, e a sua substituição por pinheiros-bravos, palmeiras, oliveiras e hortas do condomínio, adoptava um tom irónico: "*Dir-se-ia que a substituição de um pinheiro-manso que cresceu no local errado por um pinheiro-bravo plantado em local conveniente ao projecto é uma fórmula de efeito nulo: sai pinheiro, entra pinheiro. De facto, até é verdade que o pinheiro-bravo cresce bem mais depressa, mas por alguma razão é: a sua copa é menos densa, a sua madeira não presta, não dá pinhas nem pinhões nem sombra, e o seu mais conhecido atributo é ser um fantástico propagador de incêndios e um predador de água. Quanto à substituição de sobreiros e azinheiras por palmeiras e oliveiras, sendo certo que estas duas últimas espécies estão muito na moda como árvores ornamentais, é também infelizmente verdade que elas não produzem nem cortiça, nem lenha, carvão ou bolotas e que, não só estas palmeiras não dão tâmaras como as do deserto, como também não servem como lenha que se aproveite, e estas oliveiras, em cima do mar, jamais produzirão uma azeitona ou um fio de azeite, e resta apenas regá-las intensivamente para que consigam sobreviver longe do seu habitat natural. Enfim, as hortas do condomínio são uma bela ideia — desde que haja quem trabalhe nelas e água para as regar. Mas, enquanto que um sobreiro demora trinta anos a crescer, uma horta, abandonada, demora trinta dias a morrer. Mas pode ser que o empreendimento tenha como clientes-alvo, não apenas jogadores de golfe, mas também hortelãos desempregados."*

Logo adiante, desmontava os números do projecto que garantiam que a área de construção não ultrapassaria dezessete por cento da área total, sendo tudo o resto *"zona verde"*. *"Por área de construção"*, escrevia ele, *"os promotores entendem apenas a área útil de habitação, excluindo tudo o resto: logradouros, terraços, piscinas, caminhos, estradas e arruamentos, parques de estacionamento, garagens ao ar livre etc. — ou seja, a área de implementação, que é aquela que, de facto, conta, pois equivale à quantidade de terreno que vai ser impermeabilizado. Se a essa área de implementação acrescentarmos a área ocupada pelo golfe (que já vimos não poder ser considerado como zona verde, antes pelo contrário), chegamos à verdadeira percentagem de intervenção do empreendimento: sessenta e cinco por cento e não dezessete por cento, como bondosamente se quer fazer crer.*"

Também se ocupava de desmentir o argumento dos duzentos e oitenta postos de trabalho criados com o projecto, afirmando tratar-se de uma habitual batota para ser engolida por jornalistas preguiçosos, informados pelas agências de comunicação dos empreendedores: "*Confunde-se postos de trabalho na construção (que são provisórios por natureza e quase todos ocupados por imigrantes africanos ou do leste europeu) com os postos de trabalho definitivos que o empreendimento criará e que não deverão ultrapassar os quarenta. Se dividirmos a totalidade do investimento camarário em infra-estruturas — com saneamento, esgotos, electricidade, condutas de água, arruamentos etc. — pelo número de postos de trabalho efectivamente criados, e levando em conta o salário médio previsível, facilmente se concluirá tratar-se de um péssimo investimento para a edilidade. É certo que deverá acrescer aos proveitos da câmara a receita do imposto municipal que recairá sobre os novos imóveis — no caso de a sua venda ser um sucesso. Mas mesmo isso, deduzido dos custos de construção e manutenção das infra-estruturas municipais, só terá retorno decorridos pelo menos uns quinze anos. E, até lá, não é de excluir que um governo mais avisado e mais preocupado com a defesa do ambiente e da paisagem pública não venha a inverter a lógica do financiamento local, retirando às câmaras a receita do imposto municipal, que premeia quem mais construção autoriza, e substituindo-a por dotações do Orçamento do Estado, em função de critérios objectivos e de mérito.*"

Filipe concluía o parecer técnico com a "*recomendação firme*" de que o projecto da Fontebela não fosse autorizado, mesmo após a alteração feita, por ser "*claramente atentatório da lei, do interesse público e dos interesses concelhios*".

Depois de terminar o texto e de o ter revisto três vezes, fez duas cópias e foi entregá-lo em mão no gabinete do presidente da câmara, fazendo carimbar a sua cópia com um "recebido", seguido da data.

Saiu e foi directo ao seu restaurantezinho de sempre. Ainda não eram horas do jantar, mas apetecia-lhe sentar-se no terraço a beber um copo e a ver o sol desaparecer devagar sobre o mar. Pediu um vodka tónico à d. Adelaide e, para que não lhe caísse na fraqueza, acompanhou-o com uma dose de carapauzinhos fritos que tinha visto numa travessa sob o balcão. Pegou no telefone e escreveu uma mensagem para o João: "Acabo de vos lixar os planos. Para que saibas que nem todos são patifes como vocês". Recostou-se para trás na cadeira e sorriu: era preciso gozar o momento, antes que ele acabasse e se transformasse em sarilhos.

Sentiu o cheiro do mar misturado com o de polvo a secar ao sol, espalmado certamente numa parede muito próxima. Ficou a olhar, distraído, para um jogo de futebol entre miúdos, que se jogava na praia: na já quase escuridão que cobria a praia, o guarda-redes foi batido com um remate de longe e os miúdos da outra equipe saudaram o golo gritando e abraçando-se. "A vida é feita de pequenas vitórias", pensou, "são elas que antecipam e compensam as grandes derrotas."

Desviou os olhos da praia e do mar e concentrou-se nos carapaus fritos com vodka tónico: em que outro país, em que outra vida, é que seria possível ter um final de tarde tão simplesmente fabuloso? A procuradora Maria ia chamá-lo a depor outra vez — isso era garantido. Com as novas denúncias que o João agora iria fazer, ilibando um morto para o incriminar a ele, era mesmo de esperar que passasse de testemunha a suspeito e de suspeito a arguido. Convocou a imagem da procuradora Maria, o seu olhar escuro despojado de luz e brilho, a sua ironia cansada, quase cínica, a sua voz grave e fria, as suas perguntas certeiras que nem balas, a cara que se virava para a janela como se estivesse farta de ouvir mentiras, o seu perfil que estranhamente não se suavizava nem quando por instantes se ausentava.

"Não, você não lhe perdeu o rasto. Só se perde o rasto do que se procura e você nunca a procurou." Acendeu um cigarro para melhor reflectir na frase dela: era tão verdadeira, tão cruel, que magoava. Acordava os seus demónios, os seus pesadelos, os seus suores nocturnos, a custo sepultados em noites de insónia que a vida finalmente diluíra — como dilui tudo o resto. Até que um dia tudo regressa, até na voz sem compaixão de uma procuradora do Ministério

Público, capaz de, sem o saber, transformar uma testemunha num culpado.

"Alexandre... o Grande?"

"Sim, Grande, Enorme: Queres vê-lo?"

"Só se me deres um beijo na boca primeiro."

Nunca a procurara, nunca se atrevera a saber dela e do seu destino, porque, no fundo, bem no fundo, talvez preferisse que ela estivesse morta — e, com ela, todas as recordações daquela noite. Morrendo, ela libertava-o. E era por ter acreditado nisso, por ter chegado a desejar isso sem o confessar a si mesmo, que os seus fantasmas não encontravam sepultura. Lembrou-se do que o avô lhe dissera um dia sobre a caça ao javali: "Falha ou mata-o. O pior que podes fazer é deixá-lo ferido: vais ter de o procurar, até lhe dares o tiro de misericórdia — e o javali ferido torna-se perigoso, esconde-se e investe contra ti quando menos o esperas. Ele sabe que vai morrer da tua bala, mas quer vingar-se. E, todavia, se o deixaste ferido, a sofrer, vais ter de ir atrás dele. É um código de honra, é assim que está estabelecido".

Movido por um impulso, agarrou no telefone e ligou para o avô. Escutava-se em fundo o som da televisão e o avô contou que estava a fazer o jantar e a ver um programa sobre os gelos que se derretiam no Pólo Norte: Filipe nunca tinha deixado de se espantar com o interesse de tantos velhos, velhos mesmo, pela condição de um mundo que estavam à beira de deixar para sempre.

— O que foi, filho? Passa-se alguma coisa?

— Não, avô: só queria ouvir a sua voz.

— Eu também gosto muito de ouvir a tua, Filipe. Boa noite!

— Boa noite, avô.

Menos de duas semanas depois, recebeu nova notificação do Tribunal de Évora para ir "autenticar as declarações prestadas" e prestar novas declarações — ainda "na qualidade de testemunha". Aliás, essa notificação fora tudo o que recebera na sua secretária desde que entregara o seu parecer no gabinete do presidente. Nenhum processo novo, nenhum correio interno, nenhum dossier para consulta lhe chegara desde então. Como se tivesse deixado de constar do rol de funcionários da câmara. Percebeu até que algumas meninas dos Serviços Técnicos o olhavam de viés, em tom reprovador, e os seus dois outros colegas arquitectos davam-se a trabalhos e manobras deselegantes, destinadas a evitá-lo e nunca coincidir com ele nos corredores ou na cantina. Nada mais fazia do que ler jornais, consultar a internet e pesquisar acerca da Blue Ocean e do dr. Luís Morais. Esperava, como se estivesse numa velada d'armas.

Desta vez, a procuradora Maria recebeu-o ao meio-dia e meia e ele concluiu, se calhar erradamente, que a hora indicava que ela não antecipava um longo interrogatório — de outro modo, não se arriscaria a sacrificar a sua hora de almoço. Mas não adivinhava se isso era um bom ou mau augúrio.

De novo, ela fez-lhe sinal para se sentar, sem se levantar nem estender a mão para o cumprimentar. Estava vestida com uma simples camisa branca, que contrastava com o negro intenso do cabelo e dos olhos, e que tinha uns folhos que disfarçavam a forma do peito. O que mais o impressionou foi o ar de extremo cansaço dela, as olheiras marcadas debaixo dos olhos, a voz lenta e pausada, a lassidão dos gestos. Qual seria a razão de tão evidente cansaço — excesso de trabalho, um desgosto de amor? Já tinha reparado que não usava aliança nem vestígios de a ter usado recentemente. Mas também não manifestava nenhum daqueles sinais femininos de sedução que se tornam visíveis na presença de um homem — mesmo que ela fosse inquiridora e ele interrogado, que ela detivesse o poder e ele estivesse à defesa.

— Queria que lesse o seu depoimento do outro dia e que o assinasse, se entender que está correcto.

Ele leu e não evitou a admiração pela fidelidade da transcrição de tudo aquilo que havia dito.

— Está correctíssimo. Onde assino?

— Aqui — ela inclinou-se ligeiramente sobre a mesa, indicando-lhe o local exacto onde assinar, e ele aspirou por breves segundos o cheiro a shampoo do seu cabelo.

— O.k., isto está feito — a dra. Maria voltou a endireitar-se. — Agora, como terá reparado na contrafé, chamei-o para que preste, se assim o quiser, mais esclarecimentos sobre os novos dados trazidos ao processo.

— E que novos dados são esses?

— O depoimento do seu amigo daquela noite — e consultou o dossier —, o tal João, de cujo apelido não se lembrava e que é Correia. João Diogo Correia.

— Ah, ele veio prestar depoimento?

— Espontaneamente.

— Depois de todo este tempo?

— Contou que ouviu dizer que o processo tinha sido reaberto e que não aguentava mais manter-se em silêncio. Mas, olhe, o melhor é ler o que ele disse.

E estendeu-lhe o dossier, aberto no auto de inquirição de testemunha do João. Filipe leu, do princípio ao fim, não revelando qualquer surpresa. Devolveu-lhe o dossier, reparando que ela tinha estado sempre a olhar para ele.

— Então? — perguntou ela. — Não me parece muito admirado com as declarações do seu amigo…

— Já as esperava. Mas deixe-me começar por dizer, doutora, que esclareci no outro dia que ele não era propriamente meu amigo, mas apenas conhecido da universidade.

— E também disse que, depois de sair da universidade, nunca mais o voltou a ver…

— Isso era verdade até há umas semanas atrás.

— Então, já não era verdade quando declarou isso?

— Não.

— Mentiu, portanto?

— Menti, doutora.

Ela suspirou e ele não pôde deixar de notar que, apesar dos folhos da camisa, o peito inchara e subira, ao suspiro dela.

— O problema consigo, senhor arquitecto Filipe Madruga, é que eu ainda não consegui perceber quando é que mente e quando fala verdade.

Era das tais afirmações que não tinham resposta adequada e, por isso, Filipe achou melhor ficar calado. Ela retomou:

— Em relação ao depoimento dele, o que há de verdade no que afirma?

— É tudo falso, de fio a pavio. Tudo falso, menos aquilo que coincide com o que eu próprio já declarei.

— E tudo o que você declarou é verdade?

— Rigorosamente tudo.

— Sem omitir nada, sem mais verdades que o eram apenas até há umas semanas atrás?

— Sem omitir nada.

— Quando é que voltou então a rever esse seu conhecido, João?

— Há umas semanas, como disse. Voltei a vê-lo duas vezes, almoçámos uma vez e trocámos mensagens de telefone.

— A propósito disto?

— Não, não tem nada a ver com isto.

— Então por que razão ele aparece agora, primeiro a escrever uma carta anónima (porque não tenho grandes dúvidas de que foi ele) e depois a vir aqui oferecer-se para depor e incriminá-lo de alto a baixo?

— Primeiro foi uma chantagem, agora é uma vingança.

— Ah! — ela sorriu e desta vez parecia convicta. — Você está-me a sair um poço de surpresas! Vítima de chantagem e de vingança? Quer-me contar?

— Quero, sem problema algum.

E contou-lhe a história toda do projecto da Blue Ocean e o papel de João na história. Ela escutou-o atentamente, parecendo mais interessada do que habitualmente.

— É um belo enredo! E tem alguma prova do que afirma?

— Tenho. Tenho aqui a gravação da última mensagem de voz que me enviou, depois de eu aqui ter vindo prestar declarações.

E reproduziu a gravação em alta voz. Ela quis ouvir outra vez e depois ficou pensativa.

— Parece a voz dele, sim, tanto quanto me recordo. Mas a chamada é de número não identificado. Seria quase impossível provar que era ele...

— Tenho outra gravação, a do almoço onde me quiseram comprar.

— A sério? — Agora ela parecia sinceramente interessada. — Não pára de me surpreender! Vamos lá ouvir!

E ouviram durante uns vinte minutos. Tentavam mutuamente não se encarar e, a certa altura, ele levantou-se e começou a passear pelo gabinete. Ela manteve-se o tempo quase todo a olhar pela janela, como se assim absorvesse melhor a conversa gravada por Filipe. No fim, virou-se para ele e comentou, quase falando para si própria:

— É uma gravação oculta e não autorizada: não serve de prova em tribunal, apenas de indícios que teriam de ser completados por outros meios de prova.

Filipe nada disse.

— Mas a voz — continuou ela, falando à medida que ia pensando — é igual à do telefonema e deve ser igual à da gravação das declarações dele. De todo o modo, não prova nada que o isente a si neste processo...

— Que me isente de quê? Eu não sou testemunha?

Ela evitou-lhe o olhar:

— Não. Nesta fase, e depois do depoimento do João Correia, estou decidida a declará-lo arguido.

— Arguido?

— Por suspeita dos crimes de desvio sexual de menor, relações não consentidas, tentativa de homicídio através de atropelamento, fuga e não assistência de pessoa em perigo.

Filipe ficou a olhar para ela, até ela o enfrentar.

— Não acredita nisso, pois não, doutora?

— Diga-me — ela sacudiu o cabelo e tentou regressar ao seu tom de voz normal e desprendido —, quando foram da universidade para o tal bar nas bombas da Shell, você ia em que banco do carro?

— No do passageiro, do lado da janela.

— E a Eva ia em que banco?

— No do passageiro também, entre mim e o Zé Maria, que conduzia.

— E do bar para o Cromeleque, onde ia sentado?

— Ao volante.

— E no regresso do Cromeleque?

— No banco de trás, à direita.

— Tem a certeza? Nem uma dúvida?

— Não, nem uma dúvida: infelizmente, lembro-me de todos os detalhes dessa noite.

— Ah, haja alguém! — suspirou ela outra vez. Fez uma pausa, parecendo pensar e depois acrescentou: — Lamento, mas vou ter de o constituir arguido e aplicar-lhe as medidas de...

— Não faça isso, doutora! Peço-lhe que não faça isso! Pelo menos, que espere um pouco!

— Que espere um pouco? Como e para quê?

— Oiça-me, doutora — Filipe tentou falar o mais calmamente possível. — Eu acabo de dar o meu parecer negativo ao projecto da Blue Ocean e ele terá de ser obrigatoriamente acatado, sob pena de rebentar um escândalo de todo o tamanho sobre o presidente da câmara.

— Quando é que deu esse parecer?

— Há cerca de duas semanas, uns dias antes de o meu "amigo" João se ter oferecido como testemunha contra mim, como já lhe relatei.

— Ah, sim. E então?

— Então, enquanto eu estiver no meu lugar e até terminar o prazo para eles recorrerem hierarquicamente, o projecto deles não tem hipótese de passar. Só sobre o meu cadáver. Ou sobre a minha ausência: se eu estiver ausente, eles podem reapresentar o projecto com algumas alterações de cosmética e requerer novo parecer.

— Que iria calhar a um seu colega?

— Sim.

— E ele aprovaria?

— Por dez mil contos, sim.

— Estou a ver... e porque estaria você ausente?

— Porque a senhora doutora me teria constituído arguido em processo-crime. São as regras do jogo, ali na câmara: o presidente faz muita questão nissso. E, no meu caso, juntava-se a regra à conveniência. Ninguém poderia dizer que ele me tinha afastado por outras razões. Foi bem jogado pelo João, devo confessar que o subestimei!

Foi então que ela se levantou pela primeira vez. Deu dois passos e foi até à janela, ficando a olhar para fora, de costas voltadas. Filipe confirmou que era alta, com umas longas pernas e uma cintura estreita, as costas direitas e os ombros largos. Era estranho que tivesse um ar tão pouco feliz.

— O.k. — disse ela, voltando-se sem aviso. — Deu-me que pensar. Ou você é um brilhante aldrabão ou toda esta história tem de ser mais bem analisada. Vou suspender a sua constituição de arguido enquanto medito um pouco sobre o assunto. Tenha um resto de bom dia.

E estendeu-lhe a mão, que ele apertou. Um náufrago agarrando uma bóia encontrada à deriva e mesmo antes de se afogar.

Capítulo 15

LUSCO-FUSCO

Sempre a grande velocidade, o Saab-Turbo saiu da autoestrada e entrou na Estrada Nacional, seguido por um pequeno cortejo de outros dez ou doze carros, onde viajavam assessores e imprensa. Recostado, de olhos fechados a tentar descansar, Luís Morais não via as placas com indicação das localidades e não fazia grande ideia de onde estavam.

— Vamos parar já aqui adiante, numa pequena vila onde fará um breve discurso junto à sede local do partido — informou João Avelino, sentado ao lado dele no banco de trás, consultando uns apontamentos.

— Discurso, mesmo?

— Nada de especial: cinco minutos. É repetir o costume: queremos um Estado que ajude os pobres e não que faça negócio com os ricos, queremos um país onde o mérito, o trabalho e o risco sejam premiados etc. e tal.

— Como se chama a terra? — perguntou Luís, sem abrir os olhos.

João Avelino consultou os apontamentos:

— Vila Pouca de Aguiar.

— O.k., Vila Pouca de Aguiar. Mas escreva-me o nome num papel — disse Luís, endireitando-se. — E depois, seguimos para onde?

— São João da Madeira, jantar com apoiantes às oito. Esperamos umas duzentas pessoas, a pagar — respondeu João Avelino, de novo às voltas com os seus apontamentos.

— E, a seguir, comício em Aveiro! — suspirou Luís Morais.

— A seguir, comício em Aveiro. Dois directos garantidos nas televisões e outros dois em rádios. Já avisámos os jornalistas de que vai haver uma declaração importante.

— Ah é? A dos impostos? É hoje?

— Não, essa é para um dos últimos dias. Hoje vai anunciar que, consigo, acabaram os tachos na função pública: de director-geral para baixo, todos serão contratados e promovidos por concurso público.

— O partido vai gostar de ouvir isso? — perguntou Luís, como se falasse consigo próprio.

João Avelino sorriu:

— O partido está preparado para isso. Depois de chegarmos ao governo, nomeia-se uma comissão para estudar o assunto, a comissão faz um projecto que o governo estuda e envia à Assembleia como proposta de lei, para ser debatida em comissão, antes de votada no Plenário. Nove meses, no total: tempo suficiente para o partido se ter preparado. Alguém tem de ser nomeado entretanto, porque a administração pública não pode parar, não é?

— Pois...

Luís Morais voltou a fechar os olhos, tentando concentrar-se no que iria dizer daí a pouco, ao subir ao palanque de mais uma das dezenas de terras atravessadas naqueles frenéticos dias de campanha eleitoral. Estava próximo do fim, agora. Portugal inteiro percorrido, de norte a sul e aos ziguezagues, em três semanas de cavalgada alucinante. Mas sentia a onda a crescer à medida que os dias passavam e que cada vez mais gente saía ao caminho nas aldeias, se acotovelava nos jantares para lhe falar ou apenas cumprimentar, ou enchia os pavilhões onde todas as noites terminava mais uma jornada de campanha, num mar de bandeiras, hinos e gritos e onde ele experimentava a sensação inebriante de ter uma multidão a escutá-lo, indiferente à sua voz rouca que apenas acrescentava mais emoção a um discurso sincopado, repetitivo e cheio de banalidades que não resistiriam a um escrutínio feito noutras circunstâncias. Como lhe explicara João Avelino, "os comícios são para os já convencidos: provavelmente, não se ganha um único voto com os comícios. Mas são essenciais para criar um ambiente para as televisões, para criar uma imagem de dinâmica, de caravana que passa a caminho da vitória". E era assim, tinham-lhe explicado, que se atingia o poder. As sondagens, que o partido encomendava diariamente, indicavam-no a um passo apenas da vitória. Agora, tratava-se somente de não cometer erros, não ter deslizes, nunca mostrar cansaço ou enfado, não fugir a um beijo ou um abraço, sorrir, sorrir, sorrir, até doerem os malares. E jamais, em caso algum, confundir confiança na vitória com triunfalismo. Por isso, habituara-se a terminar todos os seus discursos nos comícios com uma frase que variava sempre pouco: "Domingo, se essa for a vossa vontade, pela vossa mão, com os vossos votos, vamos começar um país novo. Vamos voltar a acreditar em Portugal!".

— Ah, Luís — João Avelino veio subitamente interromper o fio dos seus pensamentos. — Tenho-me esquecido de lhe falar de um assunto que não tem nada a ver com isto...

— Então...? — Luís Morais pareceu aliviado por ir escutar o que quer que fosse que não tinha a ver com eleições e campanha.

— Um tipo que já insistiu duas ou três vezes para falar consigo pessoalmente e a sós. Diz que é verdadeiramente importante para a campanha.

— Sim? E como se chama ele?

— Deixe-me ver — João Avelino regressou aos apontamentos. — Chama-se Filipe Madruga.

— Não faço ideia quem seja. Como é ele?

— Novo, aí uns trinta anos, bem-parecido, arquitecto numa câmara municipal.

Luís Morais abanou a cabeça.

— Mais nada?

— Sim, mais uma coisa... deixe-me ver aqui... ah, diz para lhe dizer que se trata de um assunto referente a Medronhais da Serra e a uma tal Maria... Maria da Graça.

Luís Morais ficou calado, pensativo.

— Diz-lhe alguma coisa? — perguntou João Avelino, curioso.

— Medronhais da Serra é onde eu comecei a minha carreira como médico à periferia...

— Eu sei.

— Mas Maria da Graça não me lembro quem seja...

— Então, o que faço? — perguntou João Avelino.

— Diga-lhe para pôr o assunto por escrito.

— Já disse, mas ele respondeu que só fala consigo pessoalmente. Em qualquer lado, de preferência em Lisboa ou no sul.

— E quando é que vamos andar por aí?

— Vamos estar em Lisboa depois de amanhã, ao fim do dia.

Luís Morais voltou a ficar pensativo, avaliando qualquer coisa que escapava a João Avelino.

— O.k., diga-lhe para ir a Lisboa depois de amanhã e arranje um quarto de hora na agenda para o receber.

Voltou a inclinar-se para trás no banco do Saab e a fechar os olhos. João Avelino tomou notas na agenda. Agora, era ele que estava pensativo.

— Luís, posso perguntar-lhe uma coisa?

— Diga.

— Pode tratar-se de um assunto que nos cause problemas?

Luís Morais abanou a cabeça, sem abrir os olhos.

— Não. De forma alguma. Não! Não faço ideia do que seja, mas até pode vir a ser-nos útil.

— Posso ficar tranquilo?

Luís Morais sorriu, dando-lhe uma palmada amigável no braço.

— À vontade, João! Você preocupa-se demais.

— É o meu trabalho.

Nessa noite, Alexandra foi ter com a comitiva a Aveiro e chegou a tempo do jantar com militantes — que, como sempre sucedia, estava com uma hora de atraso. Luís encontrou-se com ela por breves minutos no hotel, antes do jantar. A sua mulher estava resplandecente, mas discreta, com um fato de calças e casaco azul-escuro, sobre uma camisa branca. Tanto João Avelino como a agência de imagem que trabalhava com o PL tinham determinado que a presença de Alexandra ao lado do candidato em tantos eventos quantos possíveis era uma mais-valia inestimável e que tinha de ser aproveitada ao máximo. E Alexandra não parecia nada incomodada no seu papel de "por trás de um grande homem está sempre uma grande mulher". Ou, ao menos, uma bonita mulher. Juntos, faziam a imagem perfeita do casal feliz, bonito, de bem com a vida e um com o outro. E as pessoas, explicara o guru da agência, precisam de imagens assim, porque elas simbolizam o triunfo e a paz, a determinação e a simplicidade. Aos poucos, então, Alexandra foi sendo puxada para a luz dos holofotes, para o centro do palco dos comícios — embora mantendo-se sempre numa discreta posição de segunda fila por trás do marido. A tal retaguarda que dava confiança aos eleitores. Tinham mesmo preparado por inteiro uma entrevista com ela, para uma revista que tinha a maior audiência nacional. Alexandra aparecia a jurar que era ele que cozinhava aos fins-de-semana e que fazia os trabalhos de casa com os filhos, sempre que conseguia voltar mais cedo do trabalho. E, numa frase destacada na paginação, declarava que "o Luís já foi médico, autarca e empresário e sempre com sucesso. Mas o que ele faz melhor que tudo é ser pai e marido".

E, fosse pela presença dela nas suas costas, fosse pelo entusiasmo de um pavilhão cheio de milhares de pessoas e bandeiras volteando no ar, o hino do partido cantado a plenos pulmões por uma multidão em êxtase, ou apenas porque todos sentiam já aquela longa jornada a aproximar-se do final e a vitória ao alcance de um sopro, Luís Morais esteve particularmente inspirado e inspirador nessa noite, em Aveiro. Mesmo a sua voz enrouquecida por tantos discursos, conversas de rua e entrevistas não chegava para perturbar a atenção com que era escutado e, diversas vezes, interrompido por um mar de aplausos que ressoavam dentro do pavilhão como o som de uma cavalgada imparável: pelo contrário, o tom enrouquecido da voz, às vezes quase sussurrante, dava ao seu discurso uma aura de cansaço, de sacrifício e de sinceridade, criando um ambiente quase místico, em que a multidão, num frémito colectivo, acabava a soletrar as últimas palavras de cada frase. E sobretudo a última, que se tinha tornado uma espécie de santo-e-senha da sua campanha: "Fiquem comigo!".

Uma hora depois de terminado o comício, Alexandra e todos os outros já se tinham ido deitar e restavam apenas, no bar do hotel, Luís Morais e João Avelino. Aquele era o momento em que o candidato e o seu director de campanha faziam a sós o balanço do dia e perspectivavam a agenda do dia seguinte. Luís Morais estava de rastos e, todavia, tentava ainda manter-se acordado e atento, pois estava bem consciente de que o esforço do outro não era menor que o seu e seguramente eram ainda menos as horas que ele dormia e os assuntos a que tinha de acorrer durante o dia. Ao longo daquele mês final da campanha, tinha aprendido a admirar a perseverança, o estoicismo e o absoluto profissionalismo de João Avelino naquelas funções. Não tinha uma dúvida de que a vitória, a acontecer, seria de ambos.

João Avelino fechou o dossier dos assuntos a tratar e recostou-se finalmente na cadeira, com um profundo suspiro de cansaço.

— Terminou por hoje, João?

— Terminou sim, Luís...

Num mês, hora a hora, quilómetro a quilómetro, as pessoas habituam-se a conhecer-se mutuamente. E Luís Morais já conhecia bem João Avelino. Por isso, em lugar de se levantar, continuou sentado e perguntou:

— Terminou, mas...?

João Avelino tossiu, embaraçado.

— Bom, na verdade, Luís, há outro assunto de que lhe quero falar. A bem dizer, já há um tempo...

— E de que assunto se trata? — Luís Morais não conseguiu impedir-se de sorrir: havia sempre mais alguma coisa.

— É... é um assunto um bocado desagradável...

— Vá lá, João, desembuche! Estamos cá para isso, eu sei que não há campanhas só de rosas, sem espinhos.

— Pois, só que desta vez trata-se de um problema pessoal e eu não sei se...

Luís Morais inclinou-se para a frente, dando-lhe uma palmada amigável no joelho.

— Ó João, você não faça cerimónia comigo! Todos temos problemas pessoais. Vá lá, homem, diga!

— É que, Luís, o problema não é meu: é seu.

— Meu? — O dr. Luís Morais suspendeu o sorriso que, por hábito eleitoral, já se habituara a manter à flor da cara.

— Seu.

— De que se trata?

João Avelino torceu-se na cadeira, desconfortável. Mas logo se recompôs e recuperou a sua habitual determinação em momentos de crise.

— Luís, nós sabemos que você visita com frequência, e discretamente, devo reconhecê-lo, uma senhora que não é a sua mulher.

Luís Morais assobiou baixinho: aquilo era mesmo um assunto desagradável. E, ao pensar nisso, deu-se conta de que, naquela matéria, não podia contar com qualquer cumplicidade ou compreensão de João Avelino. Não apenas porque ele fosse um homem sem mulher nem família — e gay, ao que se comentava à boca grande no partido —, mas sobretudo porque se tratava de um assunto que, aos olhos dele, só podia comprometer a campanha e o resto, se houvesse resto e continuação. Também não lhe escapou a subtileza com que ele dissera "nós sabemos" e não "eu sei": isso significava que trazia um recado do partido e que não reflectia apenas uma preocupação sua.

— E então?

— Então, nós pensamos que devia acabar com esse caso. Mas acabar mesmo, Luís.

— Sim?

— Sim. Agora e para sempre.

Luís Morais ficou calado, reflectindo no que ele dissera. Era a primeira vez, desde que aceitara candidatar-se, que recebia uma mensagem destas. Mas João Avelino não lhe deu tempo para prosseguir com as reflexões.

— Não se trata apenas de o grande público vir a ter conhecimento disso. Trata-se também de gente importante na nossa campanha e para futuro: eles não entenderiam que um homem casado com uma mulher como a Alexandra precisasse ainda de ter uma amante. Seria visto como um capricho, uma diletância. Quase um vício.

A palavra "amante" soou-lhe ofensiva aos ouvidos. Sentiu-se posto na ordem e não gostou. Mas sabia que o seu director de campanha nunca falava em vão e sem antes ter avaliado bem a situação.

Como se estivesse a ler-lhe os pensamentos, João Avelino sentiu-se obrigado a reforçar o que tinha dito.

— Há demasiados riscos envolvidos, Luís. E demasiadas pessoas a chegarem próximo desse segredo: os próprios seguranças da polícia que o acompanham, algum jornalista mais curioso ou mais disposto a lixar-nos.

Luís Morais continuou calado, digerindo o diagnóstico. "Nada é a feijões", pensou para consigo, "tudo tem um preço!"

— Sem esquecer — continuou João Avelino, procurando a estocada certeira — o risco de a própria Alexandra vir a saber...

— Como é que você sabe que ela não sabe já?

João Avelino encolheu os ombros.

— Sei, sinto-o. O que não sei, e julgo que o Luís também não, é como reagiria ela, se o soubesse. E julgo que é melhor não o virmos a saber: podia deitar tudo a perder.

Luís Morais serviu-se de um whisky da garrafa pousada na mesa. Tirou com a mão três cubos de gelo do balde de vidro e começou a rolá-los com os dedos dentro do copo.

— O.k., João, vou pensar no assunto.

João Avelino começou a levantar-se, mas deteve-se de repente, como se se tivesse esquecido de mais alguma coisa.

— E há mais outra coisa, Luís...

— O que é?

— A senhora em questão é casada...

— Eu sei.

— ... com um homem cujo pai é um dos grandes financiadores do partido e desta campanha.

— Ah, estou a ver!

Luís Morais levantou-se, recolhendo o casaco pousado sobre o braço do sofá.

— O.k., João, eu trato do assunto.

— Amanhã?

Virou-se para ele e acenou com a cabeça.

— Amanhã mesmo. Boa noite, João.

— Boa noite, Luís. Uma boa noite com a Alexandra.

A sede do PL reflectia a azáfama dos últimos dias de campanha eleitoral. Entrava e saía gente a todo o tempo, militantes apressavam-se pelos corredores fora carregando pastas, bandeiras do partido, pins para pôr na lapela, cartazes com a cara do dr. Luís Morais e a frase "Comigo, Contigo, por Portugal". Na entrada, quatro recepcionistas recebiam os recém-chegados e tentavam encaminhá-los, ao mesmo tempo que não paravam de atender os telefones que tocavam sem cessar. A doze dias do fim da campanha, havia também um cheiro a vitória e a poder, que era palpável e quase contagiante. Toda aquela gente apressada circulava de um lado para o outro sem o menor queixume de cansaço ou o menor sinal de exaustão — todos, pelo contrário, parecendo desempenhar uma tarefa concreta, importante e tão imprescindível que não dava para não reparar neles. A vitória, o poder, a recompensa, estavam já ali, a uns dias de distância, ao alcance de um último e decisivo esforço: depois de oito anos de oposição, de travessia do deserto, o PL era um mar de gente em movimento que nenhum dique conseguiria já conter.

— Fiquem comigo, estamos quase lá! — proclamara o dr. Luís Morais no comício da noite anterior, empolgado, incapaz de se conter mais. A frase fizera a manchete de dois jornais diários dessa manhã e fora transcrita para uma faixa de pano colocada sobre a entrada da sede, virada para a rua. "Fiquem comigo!"

Sentado numa cadeira, ligeiramente afastado da confusão, Filipe esperava havia já quarenta minutos a indicação de poder subir, para um encontro a sós com o homem que gritara "Fiquem comigo!". Mas, na verdade, não esperava há quarenta minutos, mas sim há doze anos e quarenta minutos. Desde o dia em que a avó lhe mostrara a carta que a sua mãe escrevera para o seu pai e que ele jamais lera, e pela qual Filipe ficara a saber que o seu pai genético, o seu verdadeiro pai, era o homem que se preparava para o receber no andar de cima e que, de acordo com todas as sondagens, se preparava também para ser primeiro-ministro de Portugal daí a dias. Doze anos. Esperara doze anos para se encontrar cara a cara com ele, sem nunca o ter procurado, sem nunca ter percebido se queria ou não conhecê-lo, vê-lo de frente, olhos nos olhos, sentindo-se incomodado com as parecenças físicas, pensando que nada fora por acaso, mas sim porque a sua mãe se entregara àquele homem, o corpo dele no dela, o esperma, o sangue, os genes dele dentro dela. E um filho, um pecado inconfessável, um segredo que a queimara aos poucos até a matar, um pai de registo civil que nunca o amara porque desconfiara, uma infância roubada, um colo de mãe e de pai que ele nunca tivera. Mas o dr. Luís Morais, virando costas ao seu passo em falso de Medronhais, sobrevivera e bem: na vida, nos casamentos, nos negócios, na política. Na glória, que estava a um passo de alcançar.

Nas mil e uma vezes em que imaginara aquele encontro, nunca poderia ter ocorrido a Filipe que ele acabasse por acontecer assim, daquela maneira, naquele ambiente que o intimidava. "Eu venho de Medronhais da Serra", era a frase que ele ensaiara para dizer mal estivesse frente a frente com ele. Mas assim que uma jovem secretária, muito loira e segura de si, o veio buscar, todas as frases ensaiadas começaram a desvanecer-se-lhe na cabeça, sentiu que uma ampulheta tinha arrancado e que mais se acelerara ainda, quando ela, mesmo antes de bater à porta do gabinete do dr. Luís Morais, lhe disse, em tom peremptório:

— Quinze minutos.

— Quinze minutos... — murmurou ele, falando consigo mesmo.

Uma imensa fotografia do fundador do partido dominava a parede por trás da mesa de trabalho do dr. Luís Morais. Recolhidas e embrulhadas, duas bandeiras — uma do partido, outra de Portugal — mantinham-se estáticas e hirtas, como lanças, ao lado da mesa, jamais esperando cumprir o seu destino de bandeiras, que é o de flutuar ao vento.

O dr. Luís Morais levantou-se da mesa e deu dois passos em frente, estendendo a mão, que ele apertou. Filipe não conseguiu evitar um estremecimento: "É a primeira vez que toco no meu pai: aos trinta anos de idade!".

Luís Morais estava em mangas de camisa, de colarinho aberto e gravata atravessada. Tinha um ar cansado, mas simpático. De todos quantos vira na sede do PL, ele pareceu a Filipe o que menos se dava ares de importância. Quem sabe, talvez tivesse já passado da euforia ao medo? Sim, porque o poder, pensou ele, só não deve meter medo aos absolutamente idiotas. Fez-lhe sinal para que se sentasse numa poltrona, do outro lado da sala, e sentou-se ele próprio noutra poltrona em frente.

— Meu caro amigo Filipe Madruga, então queria absolutamente ver-me a sós?

— Sim, é verdade e agradeço-lhe por me ter recebido.

— Invocou para tal Medronhais da Serra, onde eu comecei a minha carreira de médico, e o nome da dona Maria da Graça, que era a minha enfermeira lá...

— Exactamente.

— E posso saber porquê e para quê?

Quinze minutos: não havia tempo para esquivas. Filipe apenas se deteve a constatar como, de facto, havia evidentes parecenças físicas entre ambos: a mesma curvatura dos olhos, fechados no extremo, como se estivessem a proteger-se da luz, e a mesma cor, um castanho esverdeado, mais baço do que brilhante; o nariz, não — o dele era o da mãe; mas a boca era exactamente igual à do dr. Luís Morais, grande e arqueada no sorriso, que tanto podia ser de alegria como de ironia ou cinismo disfarçado de amabilidade; o mesmo tom de pele, a mesma ossatura, o mesmo porte do corpo, que nele era altivo e em si apenas alto e por vezes tímido.

— Bom... — Filipe tossiu, para firmar a voz. — Venho por um assunto muito desagradável...

— Ah, sim? — O sorriso de Luís Morais passou, quase imperceptivelmente, de simpatia preparada a ironia agressiva.

— Eu sou arquitecto numa câmara municipal do litoral alentejano, que, como sabe, é uma zona de grandes cobiças do imobiliário.

— Interessante! E então?

— Então, uma empresa chamada Blue Ocean — que pertence a um dos financiadores da sua campanha — meteu lá um projecto que eu chumbei, porque violava as leis de protecção das zonas agrícola e ecológica.

— E então?

— Então, eles tentaram comprar-me.

— Suponho que não conseguiram — disse Luís Morais, sorrindo, já com indisfarçável ironia.

— Não, não conseguiram, de facto. Mas sugeriram-me que, para não deixar marcas, seguisse o mesmo método adoptado num outro projecto deles aprovado pela câmara municipal de Riogrande, em 1988, quando o senhor era lá presidente. Lembra-se?

— De quê?

— De ter aprovado esse projecto da Blue Ocean.

O dr. Luís Morais inclinou-se para trás no sofá e descruzou as pernas.

— É possível que sim: estive lá oito anos e aprovei e indeferi tantos projectos!

— Deste deve lembrar-se, porque foi aprovado apesar de contrariar também a legislação em vigor...

— E foi aprovado, como, então? — Nada denunciava que Luís Morais estivesse preocupado, por enquanto.

— Foi aprovado corrompendo-o.

— A mim?

— Sim, a si.

— Oiça... — o dr. Luís Morais mantinha a voz muito calma, mas agora silabava as palavras, que disparava como flechas. — O senhor atreve-se a vir aqui, depois de tanta insistência e de eu aceitar recebê-lo, no meio de uma agenda a rebentar, para me acusar de corrupção?

— Claro que não viria sem provas do que afirmo.

— Provas?

— Sim, importa-se de perder mais um minuto? — Sem esperar pela resposta, Filipe tirou o gravador do bolso do casaco e reproduziu a passagem da gravação do almoço com o comendador Acrísio e João Correia, onde este contava como tinham combinado com o presidente da câmara de Odemar o estratagema de deixar passar o prazo legal de decisão para que o projecto da Blue Ocean fosse considerado aprovado por deferimento tácito. Guardou o gravador e prosseguiu:

— Este foi o princípio da sua súbita e nunca bem explicada fortuna. Dei-me também ao trabalho de investigar os seus negócios em Angola, através da Transterra.

Descobri a sua posição de sócio com quarenta por cento das acções da Transterra, disfarçada na empresa offshore das Ilhas Cayman. E recolhi suficientes indícios e dois depoimentos sobre a forma como a Transterra ganha os seus concursos em Angola, subornando um director do Ministério da Economia para ter acesso prévio às várias propostas a concurso, ganhando-os e depois subcontratando as empreitadas com um lucro de quinze a vinte por cento, sem nada fazer. Uma verdadeira mina de ouro. Está tudo aí, neste dossier de que lhe deixo uma cópia.

Luís Morais suspirou profundamente, tentando controlar-se. Depois, levantou os olhos para ele: o seu olhar era uma lâmina de aço, pronta a matar.

— Filho de uma puta! Acha-se muito espertinho, o menino que quer endireitar o mundo, não é? Mas, olha, nada disso vale uma porra em tribunal!

Filipe sentia a lâmina, o coração alvoroçado no peito. Uma neblina na cabeça, uma dor muito funda, que nem sabia explicar de onde vinha e porquê. Estava a tentar liquidar um homem e a sensação não era agradável. E esse homem era seu pai.

— Vale, sim. Vale o suficiente, pelo menos, para abrir um processo-crime para averiguações. E isso vale o suficiente para liquidar a sua eleição, se amanhã sair tudo escarrapachado na primeira página de um jornal.

O dr. Luís Morais pareceu considerar as hipóteses.

— Porque se deu a esse trabalho todo? Só porque não o conseguiram corromper?

— Não, porque o corromperam a si. E porque você está à beira de ser eleito primeiro-ministro.

— E você é de outro partido?

— Não sou de partido nenhum.

— Ah, é uma questão de consciência incomodada? É isso?

— Sim, acho que se pode dizer que sim. Um dever de cidadão, o que quiser: incomoda-me que você chegue ao poder.

— Só isso?

"Só isso, Filipe? Só isso?" Essa pergunta, ele fizera-a a si próprio, uma e outra vez, sem nunca concluir qual era a verdadeira resposta. Mas, quando estamos a liquidar um homem, devemos-lhe, pelo menos, o conhecimento de todos os dados. Para que, no fim, reste só o cansaço libertador de uma tarefa penosa, cumprida até ao fim: "Se um homem que parece bom não é aquilo que aparenta e está em posição de causar mal aos outros, devemos denunciá-lo".

— A razão que me move é só essa. Mas não quero que ignore este facto: eu sou filho da Maria da Graça, de Medronhais da Serra.

Agora, Luís Morais estava hirto.

— A minha antiga enfermeira?

— E amante.

Luís Morais engoliu em seco. Parecia ter-se deixado abater, finalmente.

— O que lhe aconteceu?

— Não sabe?

— Não, juro que não. Nunca mais soube dela.

— Morreu. Morreu cinco anos depois. Adoeceu e deixou-se morrer, sem que o marido lhe prestasse assistência.

— O marido?

— Sim, o pai oficial do filho dela. O meu pai oficial.

— Porque você é filho dela e… e de…

Filipe inclinou a cabeça, sem responder.

— Ah, agora entendo tudo, o seu ódio, a obstinação, o desejo de vingança! O passado regressa sempre!

— Não — respondeu Filipe, abanando a cabeça. — Eu não regressei nunca, e podia tê-lo feito. Há doze anos que eu conheço a verdade toda e sempre me mantive fora da sua vida. Se agora apareço é só porque descobri que o futuro primeiro-ministro de Portugal é um corrupto e um corruptor, e, se isso não fosse ainda suficiente, também é meu pai.

Luís Morais estremeceu, como se tivesse sido chicoteado. Era um homem há dez minutos atrás e outro homem agora. Estava a um pequeno passo do poder, um passo apenas. Tinha-se preparado para isso anos a fio. Não tinha uma dúvida de que estava preparado para governar Portugal melhor do que qualquer outro que lhe disputava o lugar. E agora, subitamente, irracionalmente, recebia um arquitectozeco de uma câmara de província que lhe vinha com umas histórias inverosímeis e todos os planos pareciam desmoronar-se. Seria possível que tudo acabasse assim?

— Suponho — disse, antecipando a resposta — que também traga consigo provas disso?

— Podíamos, claro, fazer um teste de paternidade, que iria conformar o que digo, sem margem para quaisquer dúvidas — respondeu Filipe, a custo. — Mas é inútil, porque eu não reclamo a sua paternidade: vivo bem sem isso, como vivi até agora. Mas trago-lhe aqui cópia de uma carta da minha mãe, escrita dias antes de morrer e dirigida ao marido dela que, felizmente, nunca a leu. Foi guardada pela minha avó, que ma entregou no dia em que entrei para a universidade. Está aí a história toda contada por ela e, a partir daí, poderá imaginar o quanto fez sofrer uma mulher que morreria de remorsos, um marido traído que nunca tratou o suposto filho como tal, e uma criança, que fui eu, que cresceu sem pai e sem mãe.

Luís Morais recebeu a carta e guardou-a no bolso das calças, sem sequer olhar para ela.

— E suponho — continuou Luís Morais — que também te seja indiferente saber se eu me apaixonei ou não pela tua mãe, se me custou ou não que ela tivesse posto fim à relação e que, quando isso sucedeu, eu não fazia ideia de que ela estivesse grávida de um filho meu: pelo contrário, julguei que o filho fosse do marido e que por isso é que ela queria pôr fim à relação comigo. Suponho que, nessa história toda, de que acabo de tomar conhecimento, tu me vejas apenas como uma espécie de bandido de passagem por Medronhais, que praticamente violou uma mulher casada e destruiu a felicidade de uma família. Não é assim?

Filipe também tinha pensado bastante naquilo. Considerara a hipótese de a mãe se ter apaixonado por ele e ele por ela e, pela carta dela, sabia que Luís Morais ignorava que ela estivesse grávida de um filho seu. Pensara nisso, mas a verdade é que não tinha querido chegar a conclusão alguma. Talvez se tivesse conhecido o seu verdadeiro pai noutras circunstâncias, isso tivesse sido possível, mas agora não. Respondeu sem o encarar:

— Não interessa o que eu penso. Não estou a cobrar-lhe você ser meu pai, mas sim o facto de, sendo-o, ser também um político que se deixa corromper e que agora está a caminho de vir a ser primeiro-ministro.

Luís Morais procurou-lhe o olhar e, pela primeira vez, sentiu um arrepio ao constatar como eram parecidos e ao pensar: "este rapaz é meu filho!".

— Eu tenho três... tenho mais três filhos e uma mulher: vais-lhes contar isso, agora?

— Não, fique descansado! Eu também tenho uma família: o meu avô. É só ele, que nem sequer é meu avô de sangue, mas não quero outra família. Já lhe disse que estou bem assim.

Bateram à porta duas vezes e, sem esperar resposta, a secretária loira entrou e parou à entrada, desafiante:

— Luís, esqueceu-se das horas?

— Não, não, já vou! — respondeu Luís Morais, fazendo um gesto para que voltasse a deixá-los sós. Mas ficou calado durante uns instantes, até voltar a interpelá-lo:

— O que queres tu de mim, então? O que vieste cá fazer?

— Vim dizer-lhe que desista da sua candidatura. Agora, já.

Luís Morais abanou a cabeça, revoltado.

— Nem te atrevas a esperá-lo! Se fizesse isso, estaria a trair o partido, todos os que ao longo dos últimos meses trabalharam para mim, deram tudo por mim porque, ao contrário de ti, acharam que eu devia ser primeiro-ministro de Portugal. Não, se eu desistisse agora, o partido perdia as eleições. Eles não merecem isso e eu não o farei. Entrega-me antes aos cães, se quiseres.

— Mas se eu o entregar amanhã nos jornais, perdem as eleições na mesma!

Luís Morais levantou-se do sofá e começou a caminhar pela sala em passos lentos. Demasiado lentos para uma decisão tão urgente. À beira do poder, à beira da glória, acabara de tomar a decisão mais cruel da sua vida.

— Tens razão: vinha tudo a dar na mesma. Pois bem, eis o que proponho: vou até ao fim com a eleição. Se perder, está o assunto resolvido; se ganhar, espero uma semana e renuncio à nomeação como primeiro-ministro. Digo que me andava a sentir mal ultimamente, que fui fazer exames depois das eleições e descobri que tenho uma doença incapacitante para ser primeiro-ministro. Assim, o partido indica outro e eu saio de cena, cedendo à tua chantagem.

Filipe não respondeu logo. Tudo, à volta deles, era de um mal-estar absoluto. Negociavam como dois contrabandistas, pai e filho, o futuro do país, simultaneamente ajustando contas por uma mulher morta de remorsos e dor e um marido morto de desgosto e dúvidas. Podiam ter sido tão felizes, ele poderia ter sido feliz entre eles, mas nada ficara de pé: nem o amor de Maria da Graça e de Francisco, nem a mãe com o seu filho, nem ele com os seus pais. Um homem, um predador de passagem, escrevera a história de outra maneira, destruíra uma família, mortificara os vivos, não dera descanso aos mortos. E agora sonhara mandar em todos, homens e mulheres, inocentes e culpados, apresentando-se como o melhor de todos eles, aquele que vinha para tornar as suas vidas melhores. Talvez que, como acreditava o seu avô Tomaz, Luís Morais fosse até o melhor que Portugal poderia ter. Mas a justiça não se fazia assim. A falsidade dos vencedores não podia passar impune.

— O.k., aceito. Mas já sabe: espero uma semana depois das eleições e, se nada acontecer, eu faço que aconteça. Inútil dizer que tenho cópias de tudo e pessoas de confiança que as farão aparecer se alguma coisa me acontecer, et cetera e tal, como nos romances policiais.

Luís Morais torceu a boca com desdém, assentindo com a cabeça.

— Suponho — disse ele — que também tenhas gravado esta conversa?

— Claro: quando lhe fiz ouvir a gravação do meu almoço com o seu amigo comendador, aproveitei para carregar no botão de gravação, utilizando o resto da fita. Olhe — meteu a mão ao bolso e exibiu o gravador, com a luz vermelha a piscar —, continua a gravar ainda.

— Tudo planeado ao detalhe! Esperaste doze anos, mas valeu a pena, hem?

Filipe levantou-se e dirigiu-se para a porta, parando antes de a abrir.

— E vou esperar mais uma semana, depois do domingo da eleição, para ver o final da história. Mas não se queixe da sua sorte: outros sofreram bem mais por sua causa. E pode crer que valiam bem mais do que você, dr. Luís Morais.

— Sabes uma coisa? — Luís Morais debatia-se ainda com a sua derrota. — Tu tiveste a sorte de nascer meu filho e o azar de não teres sido educado por mim.

— Não, está enganado — respondeu Filipe, calmamente. — É exactamente ao contrário: tive o azar de nascer seu filho e a sorte de não ter sido educado por si.

— No mundo perfeito em que tu vives...

Filipe olhou-o ainda uma última vez, ali de pé, encostado à secretária, sabendo que nunca mais o veria:

— Sim, num mundo mais limpo onde eu quero viver. Onde a minha família me ensinou a querer viver.

— Sabes? — O quase primeiro-ministro fizera um esforço para se erguer do lugar e do seu estupor. — De outra maneira, noutras circunstâncias, eu ter-te-ia recebido como filho e, de pai para filho, dir-te-ia que não existe essa coisa de um mundo perfeito e gente perfeita. Não há nada mais perigoso do que acreditar nisso.

— Talvez. Mas também há um limite para aquilo que devemos tolerar.

— E que limite é esse? Já vi que não é o de liquidar um pai...

Filipe tinha a mão na maçaneta da porta. Antes de a rodar, antes de olhar cara a cara pela última vez o seu pai, pensou um instante antes de responder:

— Não sei qual é o seu limite. O meu é o de não deixar que a tristeza de fazer isto seja mais forte do que o remorso de não o ter feito. Peço desculpa, mas não vi outra saída.

Capítulo 16

LUAR

Ia fazer dois anos que tinha sido colocada como procuradora do Ministério Público em Évora, a sua primeira colocação depois de terminado o curso para magistrados. Um início de carreira, como todos os inícios, feito com entusiasmo e a dose necessária de ilusões. Mas, dois anos decorridos, as ilusões não tinham morrido, a vida de província não a aborrecia e o trabalho ainda a entusiasmava. Quase respeitosamente, tomara posse da casa de função, destinada a um dos procuradores da comarca de Évora: desde 1937, no anterior regime, que aquela casa fora adquirida pelo Estado para nela instalar o seu representante na justiça local. Ao entrar nela pela primeira vez, a jovem procuradora Maria Rodrigues ficara a cismar que, antes dela, talvez uns vinte outros procuradores a tinham precedido e habitado na mesma casa: uns acabados de casar, outros em família, com mulher e filhos, talvez mãe ou sogra, outros ou outras como ela — sozinha, com duas malas e um saco de livros e CDs. Demasiado pouco para tanto espaço. Tinha uma sala razoável com lareira, uma cozinha, uma pequena sala de refeições, três quartos e duas casas de banho: paredes a mais para o pouco que trazia consigo. Em 1937, o Estado Novo acreditava nas virtudes da vida familiar e da economia familiar no interior: havia também um amplo logradouro, que os magistrados seus precedentes tinham utilizado como galinheiro, horta, pomar, estendal de roupa e outras comodidades próprias de uma habitação familiar. Nada que a tentasse: não se via a criar galinhas, a fazer medrar alfaces ou favas, a lavar a roupa no tanque e estendê-la para secar. Não nascera com esses talentos, a que preferia sem hesitar a lavandaria e a loja de comida feita do bairro. Os tempos mudam e assim também as mulheres, os logradouros, a justiça, a própria província. Todavia, se menosprezava essas mordomias provincianas, também — por ora, ao menos — desdenhava o topo das ambições, que tantos dos seus colegas de curso lhe haviam confessado: fazer uma rápida e notada carreira num ou dois postos da província e ser chamado a seguir a Lisboa, às direcções centrais do combate ao grande crime, ao crime mediático — o dos políticos, o do colarinho branco — onde as verdadeiras carreiras se consolidavam, onde os procuradores tinham um rosto e uma imprensa atenta, com a qual traficavam notícias a troco de elogios, entre linhas. O poder fantástico de invadir as instalações dos bancos antes da sua abertura à primeira hora da manhã, confiscar os computadores e vasculhar os dossiers da administração, sob o olhar das câmaras de televisão, surpreendentemente presentes, isso sim, era o topo da carreira. O poder de convocar os políticos mais poderosos para prestar declarações em processos baptizados com nomes de código que a imprensa adorava ("Democracia Conspurcada", "Amizades Perigosas" ou "Operação Suíça"), esses, sim, eram os processos que interessavam. E mesmo que, invariavelmente, nada mais se seguisse a essa primeira iniciativa processual, mesmo que, depois disso, os processos ficassem a dormir durante anos e nada mais acontecesse, a mensagem passada para a opinião pública, essa, já tinha feito o seu caminho: "Aquele procurador não tem medo de ninguém!". Era nesses processos mediáticos que se firmavam reputações e se estabeleciam apoios. Aí, sim, uma notícia bem colocada, uma fotografia bem tirada, uma biografia apelativa, faziam mais por uma carreira e uma classificação que décadas de trabalho invisível e ingrato nas comarcas do interior, a perseguir homicídios conjugais, ciganos contrabandistas de droga ou guardas republicanos corruptos. Porém, a procuradora Maria Rodrigues não se importava de estar longe das luzes da ribalta. Gostava da experiência de descobrir um país escondido das grandes notícias, das televisões, do jogo político. E um tribunal de província era um local adequado para o descobrir. Gostava de perseguir o crime, de representar o Estado e os cidadãos, de ajudar a separar o bem do mal. Nas suas ainda intocadas ilusões, acreditava na função social da lei e na superioridade da justiça, como condição essencial à vida em sociedade. E se muitas vezes actuava *ex officio*, acusando apenas porque tinha de acusar, esforçava-se para enquadrar sempre o crime e os criminosos no seu contexto social e cultural. Quanto mais cultos e mais socialmente favorecidos eram os criminosos, maior era a sua culpa: era nisso que ela acreditava. Todavia, os dois anos de experiência já a tinham alertado para as limitações de todo o tipo de juízos teóricos: havia criminosos que o eram independentemente do contexto de onde provinham, réus cujo simples olhar desvendava uma maldade intrínseca que nenhuma lei e nenhumas condenações conseguiriam alguma vez apaziguar.

Nessa manhã, por exemplo, representara o Ministério Público num julgamento em que dois ciganos eram acusados de uma série de assaltos e um homicídio com arma de fogo. Ambos, a conselho do advogado, tinham optado por ficar calados e esperar que a prova presente a tribunal fosse insuficiente para os condenar. E, de facto, a prova produzida não era inabalável nem bastante, tinha várias zonas cinzentas e várias presunções não demonstradas de forma inequívoca. Mas ela sabia que eles eram culpados. E sabia que o juiz pensava o mesmo que ela, mas estava amarrado ao princípio de que, na dúvida, devia julgar a favor do réu. Infelizmente, toda a gente sabia que, depois de abolidas as fronteiras na Europa comunitária, o antiquíssimo modo de vida dos ciganos, baseado num inofensivo contrabando de roupas e outras coisas sem grande importância, dera lugar ao tráfico de droga e armas. Estranhamente, todos os ciganos estavam armados e estranhamente todos não tinham modo de vida declarado, excepto uns poucos que se haviam estabelecido no comércio de antiguidades: oitenta por cento dos restantes estavam inscritos para receber o subsídio estatal dado a quem não tinha trabalho nem rendimentos ou património conhecido. Mas nada disso podia ser dito em voz alta e nenhum jornalista, sob pena de ser acusado de racismo, podia relatar um crime cometido por ciganos fazendo referência à raça do criminoso. Aprendera isso na escola de magistratura: se se noticiar vinte vezes que "o indivíduo tal foi condenado a cinco anos de prisão por roubo", tudo bem; mas se se noticiar de cada vez que "o indivíduo tal, de raça cigana, foi condenado...", cria-se, na opinião pública e na própria justiça, uma predisposição para a condenação de qualquer suspeito de raça cigana. Ela compreendia e aceitava o princípio — o problema é que a prática lhe mostrava todos os dias que o preconceito estava certo. E também compreendia a dificuldade de fazer assimilar por uma comunidade que havia séculos se habituara a viver de forma diferente e na margem da lei, a noção de que o contrabando de roupa não é o mesmo que o contrabando de droga e que, no limite, a lei universal e igual para todos deve impor-se à lei em uso dentro de um grupo restrito da sociedade. Mas esse tipo de conflitos era o que mais a fascinava na aplicação da justiça. Gostava das situações ambíguas, dos réus que não encaixavam em categoria alguma, das testemunhas que tanto podiam estar a mentir com o ar mais sincero do mundo como podiam gaguejar dizendo a verdade. Sim, a lei era igual para todos, mas não eram todos iguais perante a lei. E nem todos se sabiam defender, nem todos tinham dinheiro para um bom advogado ou para recorrer de uma má sentença.

Outro exemplo dessa ambiguidade era o caso do crime do Cromeleque, desenterrado quase dez anos depois e com um único suspeito — vivo, pelo menos. Seria o bem-parecido arquitecto Filipe Madruga culpado ou não? A sua convicção pessoal era que sim, que ele era culpado. Mas era, devia reconhecê-lo, uma convicção que se alimentava mais da própria negação dele do que de qualquer contradição que tivesse encontrado nos seus depoimentos. A sua curta experiência ensinara-lhe que quando já muito tempo havia passado sobre um crime sem que a justiça tivesse chegado próximo do criminoso, este acabava a confundir a impunidade com a própria inocência. O tempo tudo dilui, até a consciência e a memória da culpa. Quando tarda demasiadamente, nem ao culpado a justiça convence.

Depois, interrogando-se a si própria, Maria chegara a uma outra constatação preocupante: não sabia, no seu íntimo, se queria que ele fosse culpado ou não. Sabia, sim, que queria desvendar o caso e concluí-lo sem uma dúvida, porque não gostava de deixar dúvidas pendentes nos processos que tinha em mãos. Esse era o seu trabalho, mas, neste caso, era mais ainda do que isso: queria saber se ele mentia ou não. Preferia mil vezes que ele acabasse por confessar, que se desculpasse dizendo que fora um erro de juventude, de uma noite de bebedeira, que fora provocado pela vítima e empurrado pelos amigos e que não achara justo que o seu futuro ficasse comprometido por aquilo, do que ouvi-lo a negar, a negar sempre, e depois descobrir que mentira. Sempre tinha tido um profundo desprezo pelos mentirosos e, quanto melhor eles mentiam, mais os desprezava. Talvez fosse por isso, em parte, que escolhera aquela profissão. Para aprender a destrinçar a verdade da mentira, para não deixar escapar os mentirosos, os que são capazes de olhar olhos nos olhos e mentir tranquilamente. A vida ensinara-lhe que essa gente era perigosa, causava danos e seguia em frente, como se nada fosse com eles.

Já revira várias vezes as declarações de Filipe Madruga, lera-as, transcritas para o processo, e escutara as gravações para tentar perceber alguma coisa na voz dele que revelasse se estava a mentir. Chamara várias vezes à lembrança a imagem dele, o seu rosto, as mãos, a forma como se mexia na cadeira, o nervosismo — que, por si só, nada queria dizer. Lembrara o seu olhar, os seus gestos, o seu desconforto. E pensara muito na razão que ele lhe dera para suplicar que o não constituísse como arguido. Aliás, fizera mais do que isso: mandara investigar o assunto do projecto de urbanização da Blue Ocean — e concluíra que ele falara verdade, pelo menos nisso. Também o mandara investigar a ele — onde vivia, o que fazia, com quem se dava, que visitas recebia. E, depois de alguma hesitação, fizera uma coisa que sempre fazia com relutância, quase pudor: pedira a um juiz de instrução autorização para colocar o seu telefone sob escuta. Mas, depois de três semanas de investigação e escuta telefónica, o que tinha era nada: aparentemente, aquele jovem arquitecto tinha uma vida tão simples como vazia — não tinha mulher nem namorada fixa, os amigos eram os vizinhos e pouco mais e a família parecia reduzir-se a um avô a quem ligava de quando em vez. Entrava e saía do trabalho às horas normais, almoçava e jantava sempre na mesma tasca e de noite fechava-se em casa até à manhã seguinte. Quanto mais o tentava decifrar, menos próxima da verdade se sentia. E deu por si a arrepender-se, quase a envergonhar-se de ter andado a escutar as suas conversas telefónicas. Imaginava o que sentiria se soubesse que lhe tinham feito isso a si, que alguém, sem que ela o soubesse, tinha andado a vasculhar a sua vida, a escutar os seus desabafos, a entrar na sua intimidade. E, se bem que esse seu poder lhe viesse da lei e da sua missão de descoberta da verdade, de alguma forma difícil de explicar, sentia-se desleal para com ele. O combate entre ambos era desigual: ela dispunha de armas que ele não tinha e de que não desconfiava.

Eram sete e meia da tarde e sentia-se cansada e vazia. Fechou o dossier que tinha à sua frente e olhou através da janela: a chuva, reflectida na luz dos candeeiros da rua, trespassava a espessa escuridão daquele final da tarde de março. Chovia ininterruptamente há quase duas semanas e ela deu-se conta das saudades que tinha do sol e do mar. Ali, bem no interior, fazia-lhe falta o horizonte do mar, onde nascera e crescera. Pensou no que teria deixado a descongelar para o jantar. Pensou na casa à sua espera, na lareira que não sabia se teria paciência para tentar acender. Na programação da televisão para essa noite. No silêncio, no seu desejo de sal, de mar, de uma praia onde pudesse caminhar um pouco, nem que fosse à chuva.

Meteu-se no carro e atravessou as muralhas da cidade, escolhendo a estrada em direcção à costa. Era uma hora e meia de caminho e em breve o tiquetaque monótono dos limpa-pára-brisas começou a descontraí-la. Ligou o rádio no canal de música revivalista dos anos 60 e 70 e a voz quente de Elvis Presley encheu o interior do carro: *You're Always On My Mind*.

— Yes, I know — disse em voz alta, como se o Elvis estivesse ali ao lado.

A meia hora da costa, a estrada bifurcou-se: Odemar para a esquerda, Grândola para a direita. Quis meter para a direita, mas o carro virou para a esquerda; quis arrepender-se logo depois, mas não reagiu a tempo. Seguiu em frente, para Odemar. Entretanto, anoitecera, a chuva tinha deixado de cair, nascera uma abertura entre as nuvens e foi através dela que percebeu que estava quase lua cheia. O luar, desenhando manchas de luz entre as sombras do alcatrão, iluminou-lhe o caminho até Odemar.

Só lá tinha estado uma vez, mas não havia muito por onde se perder. Arrumou o carro no parque junto à rua principal e começou a descê-la a pé. Dois ou três restaurantes, um bar e uma loja de souvenirs para turistas estavam abertos. Não se viam clientes alguns nas ruas, embora fosse hora de jantar e já tivesse parado de chover há um par de horas. Virou na segunda transversal à direita, sabendo já muito bem o que procurava, sem o confessar a si mesma. E, tal como a vigilância havia indicado, ali estava o seu suspeito Filipe, sentado a uma mesa da sua tasca de todos os dias, jantando sozinho sob o alpendre, a coberto da chuva que caísse e indiferente ao frio. Nem teve hipótese de passar de largo, ele viu-a imediatamente:

— Por aqui, doutora?

— Vim ver o mar — disse ela, atabalhoadamente.

— É naquela direcção — disse ele, apontando com a mão. Tinha-se levantado e parecia também pouco à vontade.

— Sim, eu sei.

Hesitou. O tempo suficiente para que ele, delicadamente, dissesse o que ela temia:

— Já jantou? Se quiser fazer-me companhia, ou jantar sozinha, aqui come-se muito bem. Nada de sofisticado: comida séria, peixe do dia.

— Não, obrigada, não tenho fome. De facto, vim só ver o mar.

— Mas toma um café, ao menos? — Ele continuava de pé e apontava o lugar à sua frente.

— Bem, um café, sim, mas tenho pouco tempo, tenho de voltar para Évora.

"Que estúpida", pensou, "era de prever isto! Mas o que vim aqui fazer?" Ele encomendou o café e ela sentou-se à sua frente. Não sabia o que dizer, nem conseguia encará-lo. Sempre o enfrentara a partir de uma posição de poder, de cima para baixo. Mas agora estava no território dele, onde se viera enfiar sem perceber bem como nem porquê. A relação de forças mudara e ele sentia-o. Bebeu o café tão depressa que se queimou.

— Bom, tenho mesmo de ir andando...

— Está com medo de mim, doutora?

Suspirou. "A culpa é minha."

— Medo? Não! Acha que devia ter?

— Acho que não devia ter, mas tem. Tem medo de me enfrentar fora do conforto do seu gabinete, você como acusadora e eu como suspeito.

— Ainda não o acusei de nada e ainda não o declarei suspeito.

— Mas tem medo na mesma. E, sabe, agora que a encontro aqui por acaso, posso dizer-lhe uma coisa em que tenho pensado muito.

— O que é?

— Que gostaria de falar consigo livremente. Sem ser para os autos, sem gravador. De responder a todas as suas perguntas e também poder fazer as minhas. Porque eu sou inocente: tudo o que lhe disse é verdade. Mas há uma barreira entre nós, uma espécie de formalismo processual, que nem me deixa defender-me à vontade, nem lhe permite acreditar em mim.

Olharam-se por um instante. Era um desafio, mas ela temia-o. E pensou bem antes de lhe responder.

— Talvez tenha razão. Talvez eu própria precisasse de ter essa conversa sem autos e sem gravador, como diz. Mas os tais formalismos processuais também contam: não posso ser vista aqui à conversa consigo. Não se usa isso no mundo em que eu me movo.

— Se o problema é esse, a solução é simples: venha até minha casa, que fica a cinco minutos a pé, e conversamos lá.

A armadilha fechara-se. Mas fora ela a procurá-la e por alguma razão isso acontecera: o carro virara à esquerda quando ela queria virar à direita. "A verdade", concluiu resignada, "é que eu nunca quis virar à direita. E, portanto, agora resta-me assumir isso. E talvez o caso se resolva assim."

— Muito bem, vamos!

O luar que vira no caminho até Odemar desaparecera já. Caminharam pela rua escura e deserta, encostando-se à parede para se abrigarem da chuva miudinha que recomeçara a cair. Chegaram à casa térrea e ele abriu a porta, fazendo-a passar à frente. A sala era iluminada apenas por luzes indirectas, de candeeiros pousados em mesas junto ao sofá e na secretária onde estava o computador. Filipe agachou-se junto à lareira e disse-lhe para despir o casaco, enquanto montava a lenha em pirâmide e lhe chegava lume: num minuto, uma chama intensa, quente, subia pela chaminé. Ela ficou impressionada:

— Você é mágico! Eu costumo demorar meia hora a acender a lareira, depois de esforços heróicos, toneladas de jornais e uma caixa de fósforos inteira.

Filipe riu-se.

— Não, eu não sou mágico, mas tenho uma coisa chamada experiência: anos a acender e a ver acender lareiras, na minha infância e juventude. E, agora, posso oferecer-lhe um copo?

— Vinho branco, tem?

— Tenho.

Foi ao frigorífico e serviu um copo de vinho branco para ela e um whisky com gelo para si. Estendeu-lhe o copo e perguntou:

— Brindamos?

— À nossa saúde, se quiser. Mas isto é uma situação absurda: nunca me imaginei a beber um copo em casa de um suspeito de um crime cuja investigação está a meu cargo!

— Ah — disse ele, instalando-se na poltrona ao lado do sofá onde ela se sentara. — Afinal, sempre sou suspeito!

— Não oficialmente.

— Mas, a seus olhos, sim?

Ela pensou antes de responder. "A brincadeira acaba aqui. Agora é a sério."

— A meus olhos... a meus olhos, tal como eu vejo as coisas, não há dúvida de que as suas explicações fazem sentido e, até agora, ainda não encontrei nada que as contradissesse. O problema é que toda a sua defesa remete para a culpa de alguém que está morto e não o pode contradizer...

— Não é por ele estar morto que eu estou a mentir.

— Pois não, mas a tentação de você mentir e de eu duvidar de si é grande, muito grande.

— E isso chega-lhe?

Maria olhava para a lareira, que continuava a arder, pujante. Respondeu sem desviar os olhos do lume.

— Não me chega para o acusar. Não, não chega. Conhece o princípio: na dúvida, pelo réu. Mas também não chega para me sossegar, para ficar com a certeza de que não o deixo escapar sendo culpado.

— É assim tão importante para si não deixar escapar mesmo quem não tem a certeza de que seja culpado? É uma cruzada?

Ela desviou os olhos do fogo e olhou-o, com ar de espanto.

— Claro que sim! Esse é o meu trabalho e foi para o fazer bem feito que o escolhi, não para encolher os ombros e não dar importância ao facto de acusar um inocente ou deixar escapar um culpado!

Filipe levantou-se e foi acrescentar uma acha ao lume. No regresso, pegou no copo dela e voltou a enchê-lo, estendendo-lho.

— É só isso, então? Um mandamento genérico que tem para si? Nada mais do que isso, neste caso?

— Porque pergunta isso?

— Porque... — ele hesitou um instante — ... porque durante os interrogatórios deu-me a sensação, por vezes, de que você tinha um... um, como dizer, um assanhamento particular contra mim. Em apanhar-me. Era capaz de jurar que, se isso acontecesse, você soltaria um enorme suspiro de alívio. De triunfo, será isso?

Desta vez, foi ela que se levantou, começando a caminhar pela sala, parecendo interessada nos quadros que ele tinha e sobretudo num cartaz da Kathleen Turner em *Body Heat*, pendurados à entrada do corredor que dava acesso ao quarto. Sorriu à Kathleen Turner, de cigarro em punho, e Filipe reparou que também ela tinha um corpo esguio e parecia ainda mais alta, com uns jeans colados às pernas e umas botas de salto. Movia-se em passadas lentas e amplas, o cabelo solto bem abaixo dos ombros e as mãos enfiadas nos bolsos das calças como se comandassem o rodar das ancas e todo o movimento do corpo. A juventude que transparecia de todos os seus movimentos e da sua figura contrastava com uma indisfarçável dureza das linhas da cara e mesmo do olhar escuro, um pouco turvado. Finalmente, foi encostar-se contra a lareira e, sem tirar as mãos dos bolsos, falou, virando-se para ele.

— Bem, Filipe... posso tratá-lo por Filipe?

— Claro. E eu, como a trato? Por doutora, ainda?

— Maria.

— O.k., Maria. Diga, então.

— Digo que a sua observação tem toda a razão de ser e mostra que você é uma pessoa atenta. Eu achei que tinha disfarçado bem, que o meu interesse pessoal no caso lhe teria escapado, mas vejo que não. E, agora que vim até aqui, só me resta ir até ao fim e contar-lhe tudo.

— Tudo o quê?

Ela sorriu, aquele sorriso triste que ele já vira, e abriu os braços, rendendo-se.

— Olhe bem para mim, Filipe! Não há nada em mim que lhe pareça familiar?

Filipe mudou de posição na poltrona, sentindo-se pouco à vontade. Com ela em pé, passeando-se ou parando à sua frente, achava-a cada vez mais atraente, e a situação, absurda ao princípio, como ela dissera, transformara-se agora numa tensão sexual que lhe parecia evidente. Evidente e boa, de tão livre que parecia. Um homem e uma mulher, ambos aparentemente sozinhos na vida, e a sós numa noite fria, numa sala com a lareira acesa, num jogo de sedução feito de cerimónias, meias palavras e subentendidos. Mas talvez tivesse percebido mal: ela estava a perguntar-lhe se lhe parecia familiar.

— Familiar?

Outra vez o mesmo sorriso magoado.

— Familiar, quer dizer, alguém que já se viu, alguém que se reconhece.

— Não... Maria, não. Eu conheço-a?

Sem aviso, ela veio sentar-se no sofá ao lado dele e pousou-lhe ambas as mãos sobre os joelhos.

— Já passaram quase dez anos, eu sei. Mas parece que só passaram para ti; para mim, foi ontem ou anteontem. Filipe, olha para mim: eu sou a Eva, a Eva daquela noite fatal no Cromeleque dos Almendres. A Eva... a Evita, como me chamavas nessa noite.

Ele estremeceu no sofá.

— Eva? Mas... não é Maria?

— Eva Maria Ribeiro Rodrigues. Abandonei lá atrás a Eva Ribeiro, o nome da vítima que consta no processo. Agora, sou a procuradora Maria Rodrigues e não tenho passado. Ou não tinha, até ao dia em que aquela carta a denunciar-te foi enviada para a Procuradoria de Évora e, por artes do diabo, veio parar à minha secção.

As mãos que ela, distraidamente, pousara sobre os joelhos dele para lhe chamar a atenção, continuavam ali. Por um momento, Filipe pensou que seria bom pousar as suas mãos sobre as dela, mas logo se arrependeu de o ter pensado. Sentindo o chão a fugir-lhe, fez um esforço e levantou-se para a encarar mais de longe.

— Então... Então, sobreviveste, sem sequelas?

Maria sorriu.

— Sim, podes dizê-lo: cinco dias em coma, duas operações à cara, cinco anos numa cadeira de rodas a fazer reabilitação em Alcoitão, até voltar a caminhar pelo meu pé e ainda a coxear. Mas sim, sobrevivi.

De muito longe, lá do fundo de muitas noites que passara acordado a pensar no que lhe teria acontecido, tantas insónias, tantos remorsos, tanta culpa recalcada para seguir em frente, Filipe regressava agora, meio a medo, sem saber bem o que dizer, sem coragem para lhe saltar para os braços e agradecer-lhe por ter sobrevivido.

— Será que te posso pedir perdão? Não por aquilo que achas que eu fiz, mas pelo que não fiz, mas que também não evitei?

Ela abanou a cabeça, os olhos manchados por uma tristeza que não se inventa.

— Não. Agora é tarde, Filipe. Há um tempo para tudo, não é verdade?

— Queres-me contar?

— O quê, Filipe?

— Tudo isso: esses anos, a seguir ao acidente. O que foi a tua vida...

— Não, não quero contar. Passei adiante. Com a ajuda dos meus pais e da minha terapeuta. Não quero falar disso e não quero lembrar-me disso. E não te quero cobrar nada, Filipe: só a verdade.

— A verdade, eu já te disse qual é: agora, depende de ti acreditares ou não.

Ela levantou-se do sofá e voltou a encostar-se à lareira, de onde, claramente, lhe era mais fácil manter o controle da situação.

— Filipe, preciso que faças uma coisa que é importante para o apuramento da verdade.

— O quê?

— Quero que faças um teste de sangue e um teste de esperma.

— Para quê?

— É importante.

— Para ti ou para o processo?

— Para mim e para o processo.

— O.k., eu faço.

— Ainda bem! Eu podia pedi-lo oficialmente, mas é melhor assim. Vou-te dar um cartão de uma amiga minha que tem um laboratório em Évora e ela faz-te os testes.

Ele abanou a cabeça, concordando.

— Mais alguma dúvida?

— Não, apenas uma curiosidade: o que fizeste tu da tua vida, em troca de não a teres comprometido naquela noite? Em troca de teres fugido para não estragares a tua vida?

Filipe foi servir-se de outro whisky e começou a caminhar pela sala, meditando na resposta.

— O que fiz eu da minha vida? Bem, sobrevivi também, à minha maneira.

Eva, ou Maria, a procuradora ou a vítima, ou apenas a mulher que ali estava, veio sentar-se de novo no sofá, e ficou a olhar para ele. Filipe lembrou-se de que aquilo que mais recordava dela, antes de naquela noite ter perdido a razão, era do seu olhar muito doce e de uma boca quente, entregue a ele, a cabeça repousando no seu ombro, confiante na sua protecção. Fez um esforço para afastar as imagens que guardara.

— Queres mesmo saber?

— Quero, Filipe. Pensei nisso muitas vezes. Se teria valido a pena... para ti.

Caminhou até onde ela estava e sentou-se na poltrona, a não mais de um metro de distância. Desejou que ela, outra vez e distraidamente, lhe voltasse a pousar as mãos nos joelhos, mas sabia que ela não o iria fazer — e não o fez. Desejou que a voz dela fosse menos envolvente, que ela própria fosse menos atraente, que voltasse a ser apenas a procuradora que o interrogava, numa voz despida de qualquer emoção, e ele o suspeito de um crime contra vítima ausente: mas não era. Nada mais seria como dantes. Então, fechou os olhos e começou a contar a sua história. A mãe que morrera quando ele tinha quatro anos, a sua infância e juventude em Medronhais da Serra; o liceu em Beja, a universidade em Évora; o pai que desaparecera para morrer ao serviço da Revolução e da Reforma Agrária; o avô que o levava para fazer esperas aos javalis em noites de lua cheia e a avó, que fizera as vezes de mãe, de pai, de irmão e irmã, e que, aos dezoito anos, lhe dera a ler a carta escrita pela sua mãe moribunda e que tudo explicava, enfim. O seu primeiro emprego em Lisboa e a posterior candidatura que lhe dera o lugar de arquitecto na câmara de Odemar; a decisão que tomara de nunca procurar o seu verdadeiro pai, mas segui-lo sempre à distância até tropeçar no seu passado venial e no seu triunfante presente a caminho do poder; e a conversa que forçara com ele, encostando-o à parede — ele, um insignificante técnico de uma autarquia de província, travando os sonhos de mando e glória de quem estava destinado a governar Portugal. E, no fim de tudo, aquilo que lhe restava: um avô, que nem sequer o era geneticamente, embora o não soubesse. Um avô que era a única coisa que o prendia ao passado, melhor, que lhe lembrava que tinha um passado, que viera de algum lado, que não estava sozinho no mundo — tal como o avô estava na sua aldeia de Medronhais da Serra.

— E vês o teu avô muitas vezes? — perguntou ela, em tom de quem duvidava dele, dos seus apregoados sentimentos.

— Não muitas vezes. Quando posso. Passo o Natal e a Páscoa e umas duas semanas de férias de verão com ele, na aldeia.

— A Páscoa também?

— Sim, uns dias na Páscoa, também.

— Vais lá esta Páscoa?

— Sim, já combinámos: daqui a três semanas vou lá passar uns dias, no fim-de-semana da Páscoa.

Maria abanou a cabeça e depois ficou calada. Dir-se-ia que estava a meditar bem em tudo o que ele lhe dissera antes de decidir se acreditava ou não.

— E com o teu verdadeiro pai, como é que isso vai acabar?

Filipe encolheu os ombros.

— Bom, as eleições são domingo, daqui a... cinco dias. Julgo que o PL as vai ganhar e depois fico à espera: se ele cumprir o que disse, na semana seguinte renuncia à indigitação como primeiro-ministro, invocando problemas pessoais ou de saúde, uma coisa assim. E a nossa história, o nosso breve encontro, acaba aí.

— E se ele o não fizer?

— Se o não fizer, denuncio-o.

— Ao teu próprio pai?

— Sim, ao meu próprio pai. Mas acredito que ele vai renunciar.

— E isso far-te-á sentir como?

— Como? Nada, não o faço com prazer. Acho apenas que é o que me competia fazer.

— Por ele ser teu pai?

— Não: por ele ser corrupto.

Ela riu-se.

— Caramba, Filipe, não é fácil encontrar um D. Quixote como tu! Primeiro, travas um projecto urbanístico aqui, depois travas um destino de primeiro-ministro! Foste enviado pelo céu para espalhar a justiça entre os homens?

— Movo-me pelas mesmas razões que te levam a perseguir criminosos e também não foste enviada pelo céu para o fazer. Tu fazes isso por dever de ofício e profissão, que escolheste. Eu faço por acaso, porque as circunstâncias vieram ter comigo. O que farias tu no meu lugar... Eva?

— Maria.

— Maria. O que farias tu no meu lugar, Maria?

Ela não respondeu. Em vez disso, procurou a sua agenda na bolsa que trouxera, consultou-a e pediu-lhe um papel e uma caneta. Escreveu um nome e um número no papel e estendeu-lho:

— Está aqui o contacto da minha amiga que faz análises clínicas em Évora. Peço-te que lhe fales e marques as análises.

— E já sei que, se o não fizer, tu ordenas isso oficialmente.

— Mas não quero fazê-lo, e por ti também: para o fazer, tinha de te constituir arguido e justificar as suspeitas que me levavam a ordenar as análises. E já viste o que o PL faria com isso? Iam reconhecer que o dr. Luís Morais era, de facto, teu pai, embora só agora o tenha sabido, através de ti. E que o que te move é um desejo de vingança pessoal contra ele, aliado ao facto de ele se ter recusado, por exemplo, a mover influências para abafar as suspeitas de crime que pendem sobre ti.

Levantaram-se os dois ao mesmo tempo. Filipe lançou uma olhadela ao papel antes de o guardar no bolso.

— Eu vou lá, podes ficar descansada. Mas...

— Mas?

— Mas gostaria muito que acreditasses em mim, sem precisares de interrogatórios, análises, investigações, tudo isso...

— Também eu, Filipe. Nem sabes quanto! Mas foi tudo muito sujo, sabes? Aquela noite, aquela madrugada. Paguei um alto preço por aquilo, enquanto que tu pagaste o quê?

Caminhou até à porta da rua, virou costas antes de a abrir, e comentou, mais para si própria do que para ele:

— E acabei por não ver o mar!

Capítulo 17

OCASO

Recostado no sofá da sala, as pernas estendidas sobre a mesa e um mar de jornais pousado sobre ela, Luís Morais gozava o seu primeiro dia de relativa folga em mais de um mês. Seguia as emissões dos vários canais de televisão, concentradas no acompanhamento da votação dos eleitores. Milhões de portugueses desfilavam nas reportagens televisivas, nas filas das votações, e milhões deles votavam nele: tentou adivinhar, nas caras deles, quais seriam seus eleitores e sorriu ao pensar em como o exercício era inútil.

A partir do meio-dia e de hora em hora, recebia um telefonema de João Avelino dando-lhe conta das expectativas. Depois de um breve almoço de carnes frias e saladas, que Alexandra lhe preparara, recebeu novo telefonema, às quatro da tarde, em que ele lhe comunicava o resultado das primeiras sondagens à boca das urnas, que as televisões não estavam autorizadas a divulgar, por enquanto: o PL ia vencer sem uma dúvida e a única incógnita ainda pendente era se o conseguiria com ou sem maioria absoluta.

— Prepare-se: ao princípio da noite, tem o menino

nos braços — disse João Avelino, num tom que já antecipava a euforia que em breve se iria espalhar por todos os recantos do país onde a gente do PL, massacrada por oito anos de travessia do deserto, se preparava para celebrar o seu muito frutuoso regresso ao poder.

— Já tem o discurso pronto, não tem? — perguntou ele.

— Já está escrito há quinze dias, posso confessar-lhe agora. Só preciso de o rever em função dos resultados finais.

— Óptimo, óptimo! É um grande dia para o partido, um grande dia para nós todos! Foi uma aposta certeira a que fizemos em si, Luís!

— E eu cumpri a minha parte, não foi? Trouxe o partido de volta ao poder.

— É verdade! Ninguém poderá dizer o contrário.

— Melhor assim — respondeu ele, desligando.

Alexandra entrou na sala e veio sentar-se a seu lado, ficando a olhar distraidamente para a televisão.

— Senhor primeiro-ministro, é uma honra ser casada consigo!

Ele olhou-a, orgulhoso. Já tinha feito a prometida operação ao peito e estava exuberante, com uma camisa escura, aberta nos três primeiros botões de modo a deixar entrever os seus novos atributos. Ela não lho dissera e ele não perguntara, de distraído que andava com a campanha eleitoral, mas desconfiava que ela tinha feito também alguma coisa à cara, pois que estava mais nova e mais sorridente à vista.

"É uma pena!", pensou para si, suspirando. Mas o frenesim em que vivera os últimos tempos ensinara-lhe que não tinha muito tempo para perder a pensar nas coisas antes de se decidir. E foi isso que o levou a antecipar uma conversa que, mais dia menos dia, teria de ter com ela.

— Alexandra, sendo tu minha mulher, há uma coisa que quero dizer-te antes de qualquer pessoa o saber e antes que, sendo tornada pública, todos passem a saber.

— O que é? — perguntou ela, inquieta, desviando os olhos da televisão.

— Dentro de cinco dias, uma semana, vou ser chamado ao presidente e formalmente indigitado primeiro-ministro, convidado a formar governo.

— Eu sei.

— Pois, mas o que tu não sabes, o que ninguém ainda sabe, é que eu vou dizer ao presidente que não aceito a indigitação e que ele terá de convidar, em meu lugar, quem o partido indicar.

— O quê?! Tu endoideceste? Não vais aceitar porquê?

Luís Morais recostou-se para trás, abatido.

— Oficialmente, por razões de saúde. Súbitas e imprevistas.

Ela arregalou os olhos. "Não há dúvida", pensou ele, "fez mesmo um lifting à cara. E eu que não dei por nada!"

— Mas tu estás doente?

— Não, mas é como se estivesse: não posso aceitar. E não posso dizer publicamente porquê.

— Mas a mim vais-me dizer? — perguntou ela, como se ordenasse.

— A ti, vou dizer.

E começou a contar-lhe tudo, em voz baixa, cansado mas simultaneamente aliviado. Contou-lhe a sua estada como médico na periferia em Medronhais da Serra, aos vinte e seis anos. As suas idas uma vez por semana ao posto médico da aldeia, o romance, quase impossível de evitar, com a sua jovem, bonita e infelizmente casada, enfermeira do posto. A sua posterior transferência para outra terra e o natural fim do caso — em que nunca mais havia pensado até que, trinta anos depois, Filipe entrara pelo seu gabinete adentro e, com breves palavras e uma simples carta deixada por ela antes de morrer, lhe revelara que o seu caso de juventude não fora sem consequências.

Alexandra não parecia abalada. Até lhe acariciou a cara com uma festa.

— O.k., descobriste agora que tens um filho com trinta anos de idade. E depois? Era diferente se sempre tivesses sabido e o tivesses escondido — de mim e do nosso filho, por exemplo. E quem era casado era ela, não eras tu! Se ela tivesse feito um aborto, como seria de esperar, esse teu filho agora descoberto... como é que ele se chama?

— Filipe.

— Esse Filipe não viria agora, justamente agora!, ter contigo. E o que quer ele?

— Que eu renuncie ao lugar de primeiro-ministro.

— Ah, que querido que ele me saiu! E porque quer que tu renuncies? Porque, há trinta anos atrás, andaste a comer a mãe dele, que era casada e não foi capaz de te resistir? Mas, como a mãe está morta, vinga-se em ti, o pobre bastardo que acha que a vingança se serve fria? E é por isso, Luís, que tu vais renunciar a um cargo, a uma missão, que milhões de portugueses te confiaram? Olha para eles ali, achas que se preocupam com isso? — E apontou para a televisão, onde passavam imagens de uma mesa de voto com pessoas aparentemente felizes, com essa estranha felicidade que acompanha os rituais da democracia.

Luís Morais suspirou.

— Não, não é por isso que ele veio ter comigo para me chantagear. É por outra razão antiga. Pelo menos, é o que ele diz.

— E que razão é essa?

— Quando eu era presidente da câmara de Riogrande autorizei um projecto urbanístico, um grande projecto urbanístico, recorrendo a um expediente jurídico que é o deferimento tácito: isto é, metem um projecto à câmara e se tu não respondes no prazo legal, o projecto considera-se aprovado.

— Foi isso que tu fizeste?

— Foi.

— E, então, qual é o problema? Não deste nenhuma autorização explícita...

— Pois, mas o... — ia dizer "o meu filho", mas arrependeu-se a tempo — ... o Filipe teve um almoço com os mesmos tipos da empresa a quem eu autorizei esse projecto: eles queriam convencê-lo, como arquitecto responsável da câmara de Odemar, a autorizar coisa semelhante lá. E, como não conseguiram convencê-lo a aprovar o projecto, sugeriram que ele fizesse o mesmo que havia sido feito para eles em Riogrande, quando eu era presidente da câmara. E deixaram claro que tinham combinado isso comigo. E o sacana gravou a conversa.

— Continuo a não ver a gravidade do assunto — insistiu ela, impaciente.

— É que a autorização foi ilegal: não era possível construir naqueles terrenos...

— Mas foi assim uma coisa tão má para ...

— Não: em minha opinião, foi muito bom. Deu trabalho a muita gente, fez nascer uma coisa em grande onde antes era um baldio, e agora é uma realidade que continua a dar trabalho à terra e a pagar impostos, lá e ao Estado. Eu voltaria a autorizá-lo, se pudesse passar por cima dessas estúpidas leis dos ambientalistas que só servem para travar todos os investimentos e condenar a província à morte lenta.

— Então, Luís, de que tens medo? Se é isso que tu pensas e sabes que tens razão, porque não enfrentas a chantagem dele, mesmo que ele vá para os jornais acusar-te?

Ele ficou calado, pensando o que responder. Mas ela não se conteve: abanou-o e forçou-o a olhá-la:

— Porquê, Luís, porque não o enfrentas? Tu achas que há alguém na política que seja virgem de pecados desses? Fizeste o que achaste melhor para a terra e desprezaste as leis que, como tu dizes, só servem para travar o investimento produtivo e o desenvolvimento das terras! Podes crer que a grande maioria das pessoas te compreenderá!

Ele afastou o braço dela, que o tolhia.

— Mas há outra coisa ainda, Alexandra.

— Que outra coisa ainda, santo Deus?

— Eles compraram-me.

— Eles?

— Sim, a empresa promotora, a Blue Ocean. Pagaram-

-me para ficar quieto e deixar funcionar o deferimento tácito.

Ela levantou-se, siderada.

— Quanto é que te pagaram?

— Isso não interessa, agora. Pagaram!

— E eles podem denunciar-te?

— Poder, podem, mas não o farão. Aliás, foram financiadores da minha campanha.

— E ele, o teu bastardo? Tem provas disso?

— Julgo que não. Mas basta que denuncie o que sabe, para o Ministério Público abrir um processo e chegar ao rasto do dinheiro, desde a Blue Ocean até à nossa empresa offshore.

Alexandra sentou-se, parecendo destroçada.

— Raios te partam, Luís! Como é que te deixaste apanhar assim por um manga-de-alpaca provinciano! Tu, que acabas de ser eleito primeiro-ministro deste país! Tu, em quem eu votei hoje, não por seres meu marido, mas porque sei o que vales e o que podias fazer para melhorar esta merda! Como, Luís, como é que te deixaste apanhar assim?

Luís Morais mergulhara as mãos na cabeça, despenteando-se. Não sabia o que responder.

— Não sei. Aconteceu. Estava escrito. Como eu costumo dizer, nada é a feijões. Se eu não tivesse concorrido a primeiro-ministro, ele ficaria calado para sempre. Mas concorri e vou ter de pagar.

— E, já agora — ela levantara-se novamente, em pose de desafio —, podes-me explicar por que razão te deixaste corromper? E porque ficaste calado este tempo todo, julgando eu que estava casada com um homem sério?

Foi de mais para o que ele estava disposto a ouvir.

— Oh, vai à merda, tu também! Como achas que são feitos os meus negócios em Angola? De onde achas que vem o dinheiro para a vida de luxo que tens, os teus vestidos, as tuas plásticas, o teu personal trainer, o colégio inglês das crianças e o raio que o parta? Sabes quanto custa uma noite na passagem do ano no Copacabana Palace? Achas que neste país alguém faz fortuna só a trabalhar? Conheces algum rico que não faça batota de alguma maneira, quanto mais não seja nos impostos? Eu não conheço!

— Pois, mas eles não se deixam apanhar, meu querido!

Engoliu em seco, fez uma pausa e falou então com uma voz fria, martelando as palavras, que ela lhe conhecia de momentos assim.

— O que eu quero saber agora, Alexandra, é se conto contigo ou não. Se conto contigo, primeiro para guardar absoluto segredo até a minha renúncia ser pública; e, depois, para cobrir a versão da descoberta repentina de um problema de saúde grave. Lembras-te do juramento: "Na fortuna e no azar, na saúde e na doença"?

"Em quinze minutos", pensou ela, "uma pessoa pode mudar radicalmente: antes, era um vencedor, o mundo a seus pés; quinze minutos depois, tenho à minha frente um vencido, suplicando misericórdia a meus pés." Endireitou-se, caminhou para a saída, e respondeu sem se deter:

— Se podes contar comigo? Claro que sim! E que alternativa me resta?

Sozinho, ele apagou o som da televisão e ficou a desfrutar daqueles momentos de absoluto silêncio, a que ultimamente estava tão pouco habituado, agradecendo também à premonição de Alexandra de que seria melhor enviar o filho de ambos para casa dos sogros naquela tarde. Ficou assim por longos minutos, olhando a televisão sem som, um país mudo que já não conseguia escutar.

"Nada é a feijões", murmurou outra vez ainda, como se isso o confortasse. Tanto que se tinha preparado para aquele dia, tanto que jurara a si mesmo que, desse dia em diante, se a Providência lhe concedesse a vitória por que se batera, nada mais seria como dantes! Esse dia ficaria como um marco na sua vida — o momento em que não se preocuparia mais consigo mesmo, com a sua fortuna, com a sua sorte, e retribuiria, com o seu esforço, com a sua total dedicação, tudo o que recebera até ali. Não, não era a vã glória de mandar que o movera para chegar até esse dia: não queria mais nada para si próprio, nem honras nem glórias. Queria servir. Servir o seu país. Seguir as suas ideias, que julgava certas, cumprir um programa de governo, tal qual o apresentara e com o qual se comprometera. E com a imensa liberdade de saber que nada, ninguém, coisa alguma, o afastariam do caminho que achava certo. Já não devia nada mais ao partido, não devia a amigos, não devia a interesses escondidos. Tudo o que devera tinha pago, a vitória deste dia era só sua e tinha chegado ao seu encontro com o destino de mãos livres para fazer tudo o que dissera e em que acreditava.

Mas eis que o passado voltara, para lhe liquidar o futuro e manchar o presente. "Era justo ter de pagar", pensou, "só o tempo do ajuste de contas é que era injusto: mas quando é que a justiça dos homens chega a tempo?" Irresistivelmente, o pensamento fugiu-lhe para o tempo de Medronhais da Serra. Reviu-se a si mesmo, jovem médico, tão novo, tão imberbe, em pânico para ter a certeza de que conseguia distinguir uma mera dor de barriga de uma apendicite aguda, um tropeço ou uma visão turva de um princípio de AVC. Reviu Maria da Graça, passando-lhe as fichas clínicas, lembrando-lhe o historial dos clientes, chegando-lhe a luz, estendendo-lhe os instrumentos, sossegando-o. Recebendo-o com um sorriso todas as sextas-feiras quando chegava ao posto, primeiro apertando-lhe a mão, depois retribuindo o seu beijo, adiante encostando disfarçadamente o seu corpo ao dele, e ele, semana após semana, cada vez mais próximo, até sentir o peito dela de encontro ao seu, um joelho de encontro à coxa, um perfume novo nos cabelos, uma boca que já roçava a sua, uma saudade de a ver, de a tocar levemente, que logo foi percebendo que não era só sua nem em vão. E sorriu à lembrança. Sorriu a esse passado tão distante e sorriu ainda ao pensar no preço que agora pagava por ele.

Mas, subitamente, recompôs-se. "Que preço? Ela está morta e eu estou vivo. Ia ser primeiro-ministro, mas já não vou ser. Mas estou vivo: tenho tudo o resto e ela não tem nada, há muito tempo." Endireitou as costas no sofá, sacudiu-se da sua postura de vencido, de acabrunhado, no instante em que o telefone tocou. Olhou para o relógio antes de atender: eram oito menos dez. Faltavam dez minutos para as mesas de voto fecharem. Lembrou-se de uma frase que lera algures há muito tempo: "Chegamos sempre tarde demais para os deuses, cedo para os homens".

— Luís? — A voz de João Avelino soava eufórica. — A SIC e a TVI vão abrir a emissão daqui a dez minutos, com a projecção de que ganhámos a maioria absoluta. Igual à nossa projecção. Parabéns!

— Obrigado. Estamos todos de parabéns.

— É verdade! Luís, esperamo-lo aqui, no hotel, às nove e trinta. A Comissão Política vai estar reunida para você lhes ler o seu discurso de vitória. Depois, esperamos que os outros falem, que o Ventura reconheça a derrota, e a seguir avança você, aí pelas onze. Que acha?

— Acho perfeito.

— O.k., vai aí o carro buscá-lo, dentro de uma hora. E, Luís, a Alexandra, claro, também tem de vir!

— Claro!

Foi até ao quarto para se começar a vestir. Já tinha a roupa escolhida há muito: um fato escuro e uma gravata azul-celeste sobre uma camisa branca. Viu Alexandra estendida na cama e disse-lhe:

— Vêm-nos buscar daqui a uma hora.

— Maioria absoluta? — perguntou ela, num tom de voz ausente.

— Sim.

Estava a fazer o nó da gravata quando o telefone tocou outra vez.

— Dr. Luís Morais?

— Sim.

— O senhor presidente da República queria falar-lhe. Vou passar.

Ele esperou uns segundos até ouvir a voz oblíqua do presidente. Imaginou os movimentos torcidos da boca dele, enquanto falava.

— Dr. Luís Morais, em primeiro lugar, queria felicitá-lo pela sua vitória e a do Partido Liberal. Julgo que a maioria absoluta, a confirmar-se, vai facilitar a formação do governo e a sua própria tarefa de governação. E também a minha, devo reconhecê-lo. Depois, queria que soubesse que segui a sua campanha com muita atenção e muito interesse e atrevo-me a dizer que há muitas zonas de confluência entre as suas opiniões e as minhas e é minha convicção, portanto, que estão reunidas as condições para que o governo e o presidente da República possam manter, nos próximos quatro anos, uma colaboração frutuosa e convergente.

Ele agradeceu e desligou, voltando a concentrar-se no nó da gravata. Não pôde impedir-se de pensar que a grande vantagem de ir renunciar ao cargo de primeiro-ministro era a de não ter de aturar o presidente nos próximos quatro anos. Porque, se bem que viessem da mesma família política, nada mais o aproximava da pessoa do presidente. Luís Morais via-o como um enfatuado, que se referia a si próprio como "o presidente", e que gostava de se demarcar dos seus pares e afirmar-se como um homem sério, face à miséria endógena dos "políticos" — muito embora a sua ascensão ao topo tivesse sido toda ela feita de manobras, conspirações e jogadas meticulosamente calculadas da mais banal política. Subira sem jamais se prestar aos combates de risco, cultivando uma imagem de homem íntegro, diferente, sem vícios nem fraquezas. Ao contrário dele próprio, que sujara as mãos na pequena política — e por isso ia agora pagar —, o presidente nunca se misturara, nunca se arriscara, nunca vira nada, nunca soubera de nada. E, quando os seus próximos caíam na lama, virava a cara para o lado e fazia um ar pesaroso, de amigo enganado. Ao menos, estava livre dessa "frutuosa colaboração" e convivência nos próximos quatro anos.

Acabou o nó da gravata e olhou para o relógio: eram agora 20h45 e o país inteiro começava a esperar por ele. O país não sabia, mas ele ia faltar ao encontro.

Capítulo 18

RAIO VERDE

Tal como havia combinado com o avô, Filipe chegou a Medronhais para passar a Páscoa na manhã de Sexta-Feira Santa. Trazia peixe do mar, de que o avô tanto gostava, e o sacrificial bacalhau, pois que a tradição mandava que na Sexta-Feira Santa (ou em todas as sextas-feiras, para os devotos) não se comesse carne. Como quase todos os homens da sua criação, ali, naquelas tremendas terras abandonadas por Deus durante séculos, o avô jamais manifestara qualquer sinal visível de fé e o mais perto que tinha chegado da igreja do padre Anselmo era na barbearia do sr. Octávio, do outro lado da rua. Filipe nunca o vira rezar ou benzer-se, e também nunca o vira escarnecer ou intrometer-se na fé alheia — a da avó e das outras mulheres que constituíam o rebanho do padre Anselmo. Homens como ele não se convertiam nunca, nem sequer à beira da morte: em lugar de se entregarem à angústia quando sentiam a morte entrar no quarto, mandarem chamar o padre, arrepender-se dos pecados nesta vida e encomendar a alma à eternidade, muitas vezes parecia-lhes mais limpo e menos complicado passar uma corda por cima de um ramo sólido de sobreiro, atar as pontas ao pescoço, subir a um banco e lançar-se no vazio do outro mundo. Mas o peixe à Sexta-Feira Santa, isso era sagrado.

Deixando o peixe a salgar para o almoço, Filipe foi dar a sua habitual volta pelas ruas abandonadas de Medronhais. Se bem que já conhecesse quase de cor todas as construções da aldeia, o seu olhar de arquitecto gostava de avaliar cada uma delas, o seu desenho, o seu estado actual e tudo o que ele poderia reconstruir a partir do que restava. A igreja, por exemplo, fora esventrada, sem fé nem misericórdia: tudo o que eram talhas douradas, incluindo a porta do santo sacrário de onde o padre Anselmo, qual pirata inspeccionando o seu cofre secreto, extraía o corpo de Cristo para o dar a provar às devotas da aldeia, fora roubado, sem pudor nem cuidado. Todo o belíssimo painel de azulejos moçárabes fora saqueado para ser vendido nos antiquários de Espanha e o mesmo destino tinham levado a pia baptismal em mármore branco e os catorze quadros a óleo que outrora enchiam as paredes laterais, representando as estações da Via Sacra. Mesmo o próprio mural de S. Sebastião, em cuja contemplação aterrada ele tantas vezes se perdera em criança, fora decapado grosseiramente, como se os ladrões procurassem algum tesouro oculto por baixo do corpo trespassado de flechas do santo. Há muito que a grande porta de madeira com embutidos em bronze fora aliviada do metal e deslocada dos eixos, já não servindo nem para travar a entrada de gatos selvagens e outros animais vadios. E os vitrais haviam caído das altas janelas, onde antes o sol era filtrado antes de desabar sobre os fiéis e agora eram apenas uma passagem franqueada para os pombos e andorinhas, a caminho dos seus ninhos atrás do altar ou do púlpito em forma de caracol, de onde Anselmo e outros antes dele haviam gasto o melhor da sua inspiração a comover ou a aterrar os crentes.

Nessa manhã, pela primeira vez em tantos desses passeios solitários através da sua aldeia morta, veio-lhe um desejo, que não conseguiu reprimir, de entrar no posto médico. Empurrou a porta carunchosa devagar, com medo que ela se desfizesse e também porque nunca antes ali tinha estado. O posto era apenas duas pequenas divisões e uma casa de banho reduzida ao estrito mínimo: uma retrete e um lavatório. A primeira divisão devia ter sido a sala de espera, com quatro cadeiras semidesfeitas e uma mesa rudimentar onde imaginou que a sua mãe se sentasse, recebendo os doentes, redigindo as suas fichas, actualizando o arquivo e as existências. A segunda divisão era, visivelmente, o gabinete do médico e de primeiros socorros: tinha uma pequena mesa também, um armário meio suspenso da parede, ainda com frascos e embalagens de remédios, ligaduras amarelecidas, tesouras enferrujadas e outros instrumentos com aspecto rudimentar. No chão estava um caixote de lixo em esmalte branco oxidado e, encostada à parede, uma marquesa coberta pelos restos de um lençol que deveria ter sido branco. Na parede, um calendário parara na folha de abril de 1978, mostrando uma absurda paisagem suíça, com neve e um chalet fumegante com dois trenós parados à porta. Tudo tinha um ar de devastadora tristeza só possível de encontrar em lugares assim, onde a vida se interrompeu, sem aviso e sem sequência. "Foi aqui", pensou, "que eu fui feito! Entre estas quatro paredes, naquela cama de pernas metálicas e altas, debaixo de um calendário com paisagens suíças." Agora, que o tinha visto cara a cara, podia imaginá-lo ali, ao dr. Luís Morais, de bata branca, estetoscópio pendurado ao peito, seduzindo a miúda, a enfermeira, a sua mãe, indiferente ao cheiro a clorofórmio, ao escândalo, ao adultério, à desgraça que se podia abater sobre ela. "Nós, homens, somos animais: animais sempre com cio, por vezes, raramente, acompanhado de alguns sentimentos. Entre nós e a nossa natureza, entre nós e a desgraça, estão apenas as circunstâncias. Nada mais nos trava, nada mais pode evitar a desgraça: só as circunstâncias e a sorte."

Voltou por uma rua paralela à principal, uma rua que estabelecia a fronteira poente da aldeia, debruçada sobre um murete de xisto grosseiramente empilhado, laje sobre laje, e que se calhar aproveitara restos da antiga amurada árabe. Era ali, providencialmente recatada dos olhares do povoado, que ficava a casa da Gualdina, a inesquecível primeira mulher cujo corpo nu vira — a dez escudos por sessão, pagos ao irmão, e a partir dos ramos da figueira que davam para a janela da casa de banho. Sorriu à recordação daquelas sessões nocturnas e não resistiu a acariciar a figueira que ainda ali estava de pé, como se acariciasse o próprio corpo da Gualdina. Foi sentar-se sobre o murete da rua, acendendo um cigarro e ficando a contemplar a imensidão vazia do campo lá em baixo.

Para onde quer que olhasse, os sinais da primavera — verdes, amarelos, roxos, vermelhos — estavam espalhados por todo o lado e gritavam-lhe a evidência da vida contra a evidência da sua aldeia morta. Depois de oito meses de seca impiedosa, de lamentos dos agricultores, de rezas, súplicas, procissões e sermões dos padres garantindo ser aquele o castigo divino pelos pecados das gentes do Alentejo, começara enfim a chover em outubro e logo os padres promoveram missas de acção de graças, pelas rezas terem sido escutadas. Em novembro continuou a chover sem parar e os fiéis das aldeias ali à volta encheram as caixas de esmolas das igrejas de tributos do seu reconhecimento. Em dezembro, chegou o frio, mas continuou a chover e os ossos dos velhos rangiam já de uma humidade espessa que o calor das lareiras não secava. Veio janeiro e era como se alguém tivesse perdido a chave das portas do céu e o povo foi ter com os padres e sugeriu-lhes que já chegava, mas foram corridos como ingratos. Em fevereiro, os jornais garantiam que aquele era já o inverno mais chuvoso da década e os agricultores começaram a lamentar-se do destino das sementeiras de outono, levadas em aluvião pela água que a terra ensopada já não absorvia. E março começou sem a chuva dar sinais de tréguas, os rios trepavam os taludes e invadiam os vales, o gado morria afogado e os próprios padres não sabiam a que benesse divina deviam atribuir tanta água. Mas nos idos de março, finalmente, a chuva parou. Aos poucos, a terra foi bebendo água até se fartar, o sol secou os milhares de córregos e riachos que haviam nascido onde antes só havia calhaus e terra ressequida, e subitamente, ao longo dos prados tão verdes que nem na Escócia, as flores desataram a desabrochar: verdes, amarelas, roxas, vermelhas. Os sinais divinos tinham-se calado e agora os homens estavam em paz.

Também Filipe estava em paz. Uma paz como há muito não sentia, uma paz de justo — daquele que tem as contas ajustadas. Trouxera consigo o *Guerra e Paz*, com a firme intenção de o acabar de vez naqueles três dias de férias de Páscoa. Nessa noite, ele e o avô comeriam o bacalhau de Sexta-Feira Santa, e depois iriam matar o borrego de Páscoa, esfolá-lo, limpá-lo, pô-lo a temperar num alguidar com alecrim, louro, manjericão, cebolinho e pimenta-preta, até ao almoço de domingo. Talvez fosse caçar pardais com a sua velha Diana 25, talvez, em a lua estando descoberta, pegasse antes na velha carabina do avô e fosse esperar um javali junto ao poço, cismando na vida. Ou talvez ficasse apenas sentado à lareira a ler o Tolstói e a beber chá com torradas. Talvez convencesse o avô a meter-se no carro com ele e fossem até Mértola, ao barbeiro. Ou talvez não fizesse nada de mais importante do que dormir dez horas cada noite.

Mal entrou em casa, o avô chamou-o, impaciente. Estava especado em frente à televisão, onde Luís Morais, o vencedor das eleições com maioria absoluta, lia um comunicado, com as bandeiras de Portugal e do Partido Liberal atrás de si, como único cenário.

"... vi-me assim forçado a dizer ao senhor presidente da República que, por circunstâncias imprevistas e imprevisíveis, é com o coração despedaçado e um inultrapassável sentimento de impotência, que me vejo obrigado a declinar a honra que me deu ao indigitar-me primeiro-ministro de Portugal e convidar-me a formar e chefiar um governo para Portugal.

"Essa honra devo-a também à confiança que, em mim e no Partido Liberal, depositaram os milhões de portugueses que em nós votaram e mesmo todos aqueles que, não tendo em nós votado, estou certo que também alimentavam fundadas e legítimas esperanças no sucesso desse governo, a bem de todos nós. Essa confiança e essa honra que me deram jamais as esquecerei e jamais as agradecerei suficientemente.

"Mas é por isso mesmo, porque jurei não trair a confiança em mim depositada por tantos de vós, que sou infelizmente forçado a dizer-vos que não estou em condições de assumir as responsabilidades do cargo para que fui eleito. Em plena campanha eleitoral, não tive ocasião para prestar atenção a alguns sinais de mal-estar de saúde que se foram agravando no decurso da própria campanha. E foi só, uma vez esta terminada, que me consultei com médicos, sendo submetido a uma série de exames e análises que concluíram pela existência de um problema grave de saúde que, não só torna imediata a necessidade de iniciar o respectivo tratamento, como também torna impossível — até pelas limitações que o próprio tratamento acarreta — o assumir das imensas responsabilidades que o desempenho do cargo de primeiro-ministro implica.

"Porque não concebo iniciar um mandato destes na dúvida, na incapacidade total ou parcial, ou na mentira, só me resta o caminho da renúncia, certo de que o Partido Liberal, como grande partido português que é, tem bem quem me substitua à altura das necessidades do país ou melhor ainda. Nesta hora para mim tão dolorosa..."

— Não é possível! O gajo renunciou? — exclamou Tomaz da Burra, ainda incrédulo com o que acabara de ouvir.

— Assim parece... — respondeu Filipe, sentindo-se profundamente apaziguado.

— Depois de tanta coisa! Está doente, um homem com um aspecto tão saudável?!

— O aspecto, às vezes, não quer dizer nada, avô.

Mas Tomaz da Burra continuava a recusar-se a aceitar tal desfecho.

— Pois, mas caramba! Não há nada que não aconteça a este país! Então eu vou votar num gajo que, antes de começar a trabalhar, já está doente?

— Ah, mas isso, avô — Filipe não conseguiu deixar de rir —, acontece todos os dias neste país! O que vale é que este, pelo menos, não pode meter baixa.

Quando acabaram de almoçar, o avô recolheu-se ao quarto, para a sua sacramental sesta, na qual — jurava ele e Filipe acreditava — assentava o segredo da sua saudável longevidade. Mas lá fora estava um sol quente e envolvente e Filipe decidiu trocar o calor da lareira e a leitura do Tolstói pelo prazer de sentir o sol a bater-lhe na cara e mil pontos vermelhos a brilhar dentro dos seus olhos fechados.

Foi sentar-se no banco de alvenaria, caiado de branco, que percorria a fachada da casa, de frente para a rua. Se bem que a sua formação fosse a arquitectura paisagista, e não a outra — a arquitectura nobre —, ele estava permanentemente atento às regras desta e ao resultado prático da sua aplicação. Ganhara assim um sólido respeito pela sabedoria arquitectónica das construções alentejanas, que gerações de meros artífices tinham apurado através da simples observação de regras tão evidentes como as do clima — de inverno e de verão, as duas estações extremas —, a circulação do sol e da luz, a pendente das águas da chuva, a função social e familiar dos pátios e terraços, a ligação da horta e do pomar à casa e à cozinha, a dupla utilidade da lareira como fonte de calor e fumeiro para as carnes ou a utilização das paredes como corta-vento. Tudo era tão evidente e tão lógico que resultava perfeito e harmonioso. Não era por acaso, por exemplo, que aquele banco corrido em alvenaria era o local ideal para se ir sentar às duas da tarde de um dia de sol, em abril, e ficar a gozar o seu conforto. Há anos atrás, uma cidade alentejana resolvera construir um bairro social na sua periferia e chamara para o desenhar um arquitecto do norte, prestigiadíssimo pela crítica e pelas revistas de arquitectura. O mestre desenhara um bairro de casas todas quadradas e rectas, viradas umas para as outras com um curto logradouro a separá-las, sem ter em conta nem a intimidade e a curiosidade dos vizinhos, nem o espaço sagrado do pátio de cada um, as suas árvores escolhidas, a sua caiação própria, as suas conversas a sós, as linhas curvas e grosseiramente rebocadas a que estavam habituados, o lugar ao sol por cada um escolhido. Em resultado disso, o bairro tornou-se rapidamente desumano e inabitável, sombrio e húmido, fonte de mexericos, desavenças, ódios vicinais inconciliáveis, refúgio de traficantes de droga e exemplo extremo de como as teorias comunitárias aplicadas à arquitectura — ou vice-versa — podem tornar impossível a vida em comunidade.

Da sua infância em Medronhais, Filipe retivera a lição de que nenhuma arte é tão presente na vida das pessoas como a arquitectura. A arquitectura, aprendera ele, não pertence a nenhuma escola, nenhuma elite, nem sequer aos seus autores: pertence às pessoas a que se destina. No limite, todos podemos viver sem a literatura, sem a música, sem a pintura, sem a escultura. Mas não sem a arquitectura, porque vivemos dentro dela. Mesmo agora, percorrendo as ruas desertas e olhando as casas abandonadas, a vida morta de Medronhais, ele sabia, ou julgava entender, que o que falhara ali não fora o seu projecto arquitectónico. Enquanto projecto urbano, Medronhais estava certo: servia a uma vida em comunidade, ao mesmo tempo que garantia a cada habitante o seu espaço de identidade e liberdade própria. Tanto servia para sair à rua, como para ficar fechado em casa o dia todo. Se, com o tempo, todos haviam acabado por desertá-la e ir viver para blocos de apartamentos periféricos, onde a construção barata garantia a devassa da vida dos vizinhos e as infiltrações no inverno, onde todos se sentiam sem chão e sem terraços, sem ar e sem espaços, não era porque Medronhais estivesse errado, mas porque alguma coisa de terrivelmente errado mudara a estrutura do mundo e a organização de vida que eles tinham conhecido.

Estava absorto nestes pensamentos quando ouviu o barulho do motor de um carro subindo em esforço a íngreme ladeira virada a sul, que era o único caminho de acesso a Medronhais. Um acontecimento estranho: "Sem dúvida", pensou, "alguém que se perdeu e resolveu subir até aqui para pedir informações, ou algum casal de namorados, com tempo para gastar, que se sentira movido pela curiosidade ao ler a placa, lá em baixo, no vale, que indicava: Medronhais — 6 km".

Um Peugeot 205 azul-escuro, ofegante, emergiu do alto da subida, fazendo ranger a caixa de velocidades ao tentar aliviar o motor, passando de segunda para terceira. Avançou pela rua aos solavancos e veio deter-se a poucos metros dele. Em contraluz, Filipe não conseguia ver quem vinha lá dentro, se um turista alemão tresmalhado ou um casal de namorados curioso. Mas o carro parou, o motor calou-se e a porta do passageiro abriu-se, saindo primeiro umas longas pernas terminando numas botas de saltos altos e depois a figura da dra. Maria Rodrigues/Eva Ribeiro, de óculos escuros, cabelo desalinhado e uma pasta debaixo do braço.

— Olá, Filipe!

— Mas que aparição! — disse ele, genuinamente espantado.

— Posso? — Sem esperar pela resposta, ela sentou-se no banco, ao lado dele e estendeu-lhe a pasta de plástico que trazia consigo.

— O que é isto? — perguntou ele, espreitando para dentro da pasta.

— O resultado das tuas análises.

— Ah! E, então, qual foi a conclusão?

— O teu sangue corresponde às amostras que encontrámos no carro. O esperma não.

— Qual carro?

— O carro do crime, o... do...

— Mas onde está o carro?

— Fomos recuperá-lo. Agora está connosco.

— Ao fim destes anos todos?

— É verdade! E intacto: quando o dono, o tal Zé Maria, morreu ao volante desse mesmo carro, o pai dele guardou-o na garagem de casa, cobriu-o com uma lona e nunca mais lhe mexeu. Uma espécie de mausoléu do filho. Entre a história do Cromeleque e a morte do filho ao volante passou menos de um ano e, quando o descobrimos, fomos atrás do carro, para tentar encontrar vestígios de... dessa noite.

— E encontraram alguma coisa?

— Encontrámos: amostras de sangue e de esperma. Podiam ser anteriores e posteriores, mas não se perdia nada em tentar apurar a quem pertenciam. Por isso é que te pedi que fizesses os exames.

— E qual é a conclusão?

— A conclusão — ela fez uma pausa deliberada e, provavelmente, já ensaiada — é que, como te disse, as amostras de sangue que recolhemos no carro correspondem ao teu sangue e estavam no banco de trás do lado direito. As amostras de esperma não correspondem ao teu e estavam no banco da frente, do lado do condutor.

— Ou seja?

— Ou seja, estás inocente: o sangue, eu sei que não o tinhas à ida para lá e, portanto, só pode ter resultado do corte causado pelo tal ramo, quando andaste à minha procura. Como estava no banco de trás e para lá foste comigo no banco da frente, isso significa que estiveste sentado no banco de trás no regresso. E, se estavas sentado ali, não eras tu que estavas ao volante e me atropelaste. Quanto ao esperma, não sendo teu e não podendo também ser do João Diogo, que nunca esteve sentado ao volante, só pode ser do Zé Maria.

Filipe olhava a linha do horizonte, tentando identificar os pássaros que ao longe passavam diante do sol. Com a primavera já entrada, era tarde demais para serem abibes, a “ave fria”, que vem com o frio e parte com o primeiro calor. Seriam pombos-bravos, também atrasados na migração, carraceiras, falcões, voando estranhamente em bando? Ou seriam apenas os pontinhos de luz vermelha nos olhos, que aparecem quando se olha para o sol, sem nada mais pedir em troca?

— Então, não dizes nada? — perguntou Maria.

— O que é suposto dizer? Estou inocente? Mas isso já estava antes, só que tu não acreditavas...

— Não, é o contrário, Filipe: eu queria tanto acreditar que tive de fazer todo o caminho para que não me restasse uma dúvida!

— Por causa do processo!

— Não!... Sim, por causa do processo. Eu sou delegada e o processo veio-me parar às mãos: o meu dever era apurar a verdade. Mas o meu desejo esteve sempre para além disso. E o meu desejo era que tu fosses inocente. Mas tinha de o saber, sem uma dúvida.

— E se eu fosse culpado — ias acusar-me?

— Não eu, não o poderia fazer. Tinha de invocar impedimento por razões pessoais. Aliás, se calhar, deveria até tê-lo feito assim que recebi o processo. Mas eu vi nessa coincidência a oportunidade e o dever de apurar tudo o que se tinha passado, eu própria. Porém, se se tivesse dado o caso de concluir pela tua culpabilidade, teria de passar o processo a um colega meu, para que fosse ele a acusar-te. Não duvides de que o faria!

— E desde quando é que a minha inocência passou a ser o teu desejo?

— Desde sempre, Filipe! Desde a primeira vez em que te vi entrar pelo meu gabinete. Eu quis tanto que tu fosses inocente!

— E vieste cá para mo dizeres?

— Vim.

— Não terá sido também porque quiseste ver com os teus olhos se era verdade que eu passava a Páscoa com o meu avô, que o venho visitar sempre que posso?

Ela encheu o peito de ar e suspirou, levantando a cabeça para o céu.

— Talvez sim, talvez tenhas razão. Tornou-se-me uma obsessão saber se tu mentias ou não. Sabes? Aprendi a odiar a mentira, os mentirosos, as pessoas que mentem e seguem adiante, como se nada fosse. Todos os dias tenho de lidar com eles: réus, advogados, testemunhas. E não só: pessoas que nem sequer estão a contas com a justiça, pessoas que se habituaram a abrir caminho na vida mentindo. Mentem como respiram. E eu não consigo entender essas pessoas: consigo persegui-las, mas não entendê-las. E por isso quis tanto, tanto que nem imaginas, que tu não fosses assim!

— E porque é que querias tanto isso?

— Porque... — ela quis continuar, mas sentiu um nó na garganta que a paralisou. Pensava nas tardes na fisioterapia em Alcoitão, o pai a empurrar-lhe a cadeira de rodas, as aulas na faculdade onde ficava sempre à margem de tudo o que os seus colegas faziam e ela não podia fazer, as noites acordada a imaginar que nunca deixaria de ser um peso para os seus pais e não tinha mais ninguém senão eles, os milhares de vezes em que se interrogara se seria justo pagar tamanho preço por uma simples noite de bebedeira e as muitas vezes a pensar o que seria feito daquele rapaz que conhecera nas escadas da Universidade de Évora e a quem apenas pedira um beijo. Sentiu as lágrimas transbordarem dos olhos e começarem a rolar, devagarinho, pelos sulcos da cara. Mesmo assim, virou-se para ele e segurou-lhe as mãos, tentando não se afogar ainda na indefinível cor dos olhos dele — talvez verdes, talvez castanhos, talvez cinzentos, talvez excessivos de cor.

— Porque, Filipe... porque me custou muito chegar até aqui. Custou-me muito estar de pé e caminhar por mim mesma, em todos os sentidos. E, em todos os momentos de desespero e de desalento, quando achava que não ia conseguir, eu precisei de acreditar que aquela noite terrível não tinha acontecido sem razão alguma, apenas porque eu estava bêbada e tu também. E, então, agarrei-me a uma imagem que tinha de ti, ou que queria ter, uma imagem, uma memória, em que tu não eras um violador de jovenzinhas indefesas e disponíveis, mas alguém capaz de toda a ternura que eu recordava do nosso beijo. Fiz isso para sobreviver, mas o meu lado racional repetia-me que eu estava a tentar transformar um pesadelo num conto de fadas. E, quando tu entraste no meu gabinete, sem saberes quem eu era, aí começou o meu conflito entre a razão e o coração, entre a vontade de que se fizesse justiça — pois era para isso que eu ali estava e era por isso que tinha conseguido chegar ali — e a vontade de reconhecer em ti alguma coisa, mesmo que muito longínqua, dessa ternura, da parte boa do nosso encontro nessa noite, aquela que houve antes de tudo ter descambado numa madrugada... numa madrugada...

— Suja.

— Suja: é isso mesmo.

Filipe puxou-a para si e ela deixou-se encostar ao seu ombro. Nada mais: nenhuma tensão sexual, nenhum jogo de sedução entre eles. Apenas dois corpos cansados que se encostavam um ao outro, já o sol descia no horizonte. Sem se mexer, ela perguntou:

— E o teu avô, onde está?

— A fazer a sesta: um ritual sagrado.

— Vou-me embora antes que tenhas de me apresentar a ele, o.k.?

— O.k.

— Ah... — Maria soltou-se do aconchego dele, para o encarar. — Ouvi as notícias na rádio, à vinda para cá: o teu pai... o Luís Morais sempre renunciou! Também nisso não me mentiste!

— Também nisso...

— E o que sentes, agora?

— Não te sei explicar. É uma sensação estranha. Tive dois pais: um virou-me as costas, quando eu o imaginava mesmo meu pai, e morreu; o outro, de certa forma, matei-o hoje. Pergunto-me a mim mesmo se o fiz por dever de justiça ou por vingança.

— Fizeste-o porque era o que estava certo; se não fosse teu pai, terias feito o mesmo.

— Talvez, mas não sei se isso me sossega.

— Devia sossegar-te, mas eu compreendo-te. No fundo, somos ambos duas almas penadas: eu tenho os meus pais e nada mais; tu, nem isso. Tens o teu avô, que nem mesmo é teu avô. Quando ele morrer, morre todo o teu passado. Nem sei como consegues voltar aqui agora, mas, depois de ele morrer, já não voltas cá mais, pois não?

— Acho que não.

— E o que vais fazer agora, Filipe?

Ele suspirou e voltou a olhar para o ponto exacto onde o sol iria desaparecer daí a pouco. Procurava o raio verde. Procurava-o sempre, em cada pôr-do-sol a que assistia, desde que, há muitos anos já, a professora Fátima lhe ensinara que algumas pessoas, que os deuses tinham escolhido criteriosamente, eram capazes de ver o raio verde ao pôr-do-sol onde os outros não viam nada. Contra isso, o padre Anselmo havia decretado que o raio verde era uma invenção de ateus, de gente sem fé, pois que o mais que um ser humano, e apenas os crentes, poderiam descortinar ao pôr-do-sol era o coração em sangue do filho de Deus subindo aos céus. Era estranho pensar como é que o padre Anselmo e a professora Fátima tinham ambos fundido as respectivas crenças nessa união espúria e traiçoeira a que se haviam entregado e que o havia devastado.

— Olha, tenho pensado muito nisso. Vou-me despedir do meu emprego para a vida, na câmara. Não tenho futuro ali e não suporto ficar encostado o dia inteiro a ler jornais ou a fazer jogos na net. Tenho algum dinheiro de parte, da herança da minha mãe, em que nunca toquei, e pensei comprar algumas das casas daqui: devem vender-se ao preço da chuva — algumas até acho que mas oferecem. E começar a reconstruí-las, dá-las de aluguer, por um preço simbólico, a quem queira vir para cá viver: casais novos, portugueses ou estrangeiros, jovens agricultores ou essa gente que trabalha na net, médicos, professores, funcionários colocados em Beja ou Mértola. Depois, abrir uma espécie de mercearia colectiva, organizar feiras, ateliers, workshops, tudo o que sirva para tentar ressuscitar a aldeia. Acho que o meu avô nem ia acreditar! Mas, não sei, é apenas um sonho meio maluco. Mas, se há tantas ajudas europeias para construir auto-estradas que levam a terras desertas, talvez haja alguma para ajudar a repovoar uma terra sem auto-estrada!

Ela riu-se.

— Parece-me uma grande ideia! Eu própria posso pedir transferência para Beja ou Mértola e vir morar aqui.

— Por exemplo.

Maria ficou calada, como se estivesse a pensar na ideia. E, de súbito, ocorreu-lhe:

— E o mar?

— O mar?

— Sim, o mar! Tu vives ao pé do mar, eu nasci lá: como é que pessoas como nós iam conseguir viver sem o mar?

— Não é assim tão longe...

Ela levantou-se, pensativa.

— Tens razão... nada é longe demais. Só precisamos de saber lá chegar.

— Vais-te embora?

— Vou: missão cumprida.

Filipe tinha-se levantado também, mas não deu nenhum passo em direcção a ela. Ficou a vê-la caminhar para o carro, reconhecendo um ligeiro coxear da perna esquerda, como se ela procurasse apenas o terreno firme. Viu como o sol lhe batia nos cabelos escuros, pintando-lhe reflexos cor de cobre onde a luz incidia. Viu-a colocar de novo os óculos escuros, antes de entrar no carro e antes de se virar para se despedir dele. Imaginou como ela ia desaparecer, o Peugeot 205 iria descer a ladeira, o som do motor desvanecer-se-ia aos poucos serra abaixo e o processo seria arquivado.

— Eva!

Ela retirou os óculos e parou encostada à porta do carro.

— Sim, Filipe?

— Posso voltar a ver-te?

Ela sorriu, sentindo como os ombros baixavam e o seu corpo relaxava. Como uma sirene anunciando o fim de um alerta.

— Não vejo porque não. Acho que faz sentido, Filipe. Faz mesmo sentido.

O Peugeot deu meia volta na rua principal de Medronhais da Serra e começou a descer para o vale. Ele correu até ao fim da rua para o ver desaparecer. Escutou o ronco esforçado do motor trabalhando em rotações erradas, e reparou que ela acendera os faróis pois a tarde estava a chegar ao fim e era quase noite.

ESTA OBRA FOI COMPOSTA PELA SPRESS EM REVIVAL E IMPRESSA EM OFSETE
PELA GEOGRÁFICA SOBRE PAPEL PÓLEN SOFT DA SUZANO PAPEL E CELULOSE
PARA A EDITORA SCHWARCZ EM SETEMBRO DE 2013